幼女戰記

Viribus Unitis

〔10〕

カルロ・ゼン
Carlo Zen

Kadokawa Fantastic Novels

contents

內務人民委員部製作

聯邦

總書記（非常和藹的人）

羅利亞（非常和藹的人）

【多國籍部隊】

米克爾上校〔聯邦指揮官〕——塔涅契卡中尉〔政治軍官〕

德瑞克中校〔聯合王國副指揮官〕——蘇中尉

義魯朵雅王國

加斯曼上將〔軍政〕——卡蘭德羅上校〔情報〕

自由共和國

戴・樂高司令官〔自由共和國主席〕

相關圖

帝國

【參謀本部】

傑圖亞中將〔戰務／東部檢閱官〕—烏卡中校〔戰務／鐵路〕

盧提魯德夫中將〔作戰〕——雷魯根上校

【沙羅曼達戰鬥群　通稱：雷魯根戰鬥群】

第二〇三魔導大隊

譚雅・馮・提古雷查夫中校

└拜斯少校

　├謝列布里亞科夫中尉

　├格蘭茲中尉

　└（補充）維斯特曼中尉

阿倫斯上尉〔裝甲〕

梅貝特上尉〔砲兵〕

托斯潘中尉〔步兵〕

[chapter]

0

第零章

序章

Prologue

統一曆一九二七年七月二十五日　帝都

據說，需要英雄的時代是場悲劇。

比方說人稱治世之能臣、亂世之奸雄的曹孟德就是一名英雄豪傑。他的英雄傳記確實讓人看得大呼過癮。

不過，讓我們換個角度來看。假如是身為生活在同時代──漢王朝統治之下的一個人呢？

你會想生活在曹操作為英雄大顯身手的「不穩定時代」嗎？一般來講，都會希望生活在能吏曹孟德當上三公之一，對漢王朝施行善政的「穩定時代」，此乃人之常情。

只要沒有需要「英雄般解決者」的「問題」，英雄的必要性就微乎其微；反過來說，當有某人在高呼某種口號時，就必定有著他們不得不高呼的背景在。

這在帝國也不例外。

團結一致。

為了故鄉的團結。

基於帝國人民的團結，要求眾人同心協力。

就像這樣散布著帝國的官方政治宣傳，在允許這麼做的危機之中，輿論也毫無變化。

也就是說，要是不團結一致，甚至沒有「解決」的頭緒。

帝國軍的譚雅．馮．提古雷查夫中校深信不疑。

在唯獨高呼團結的聲音供給過剩之際，關鍵的團結本身早就消耗殆盡。縱使還能提供些許出來，也是微乎其微。

這是失衡。

市場需求與供給失去平衡。是只要對市場的完整性深信不疑，還保有理性的理性主義者，任誰都該震怒的天秤的失能。

「……也就是我們就連要交由市場機制處理，也已經不被允許了。」

脫口而出的一句話，是在飽受無力感煎熬到最後所發出的嘆息。對譚雅的信條來說，這是怎樣也無法容忍的矛盾。

基於合理性判斷與合理性市場，由合理性人士所形成的理想性市場分配。市場的完整性才應該是資本主義唯一且絕對的福音。

就認同有限理性吧。

也接受有限這兩個字吧。

然而，正因為作為模型的合理性很卓越，才應該受到「尊重」。

但是，現實還真是驚人！

人人都宣稱希望「和平」，卻沒有一個人知道「自己實際上想買的是什麼」。

「……帝國是頭奇美拉。軍方希望和平，政府也希望和平，就連輿論也由衷希望和平，卻太過於同床異夢。」

真是不可思議的事態——譚雅苦笑。

帝國軍是帝國這個國家的暴力裝置。因此依照委託代理關係，帝國軍就只要貫徹「和平」這個帝國的目的就好。

然而，帝國實際向帝國軍訂購的卻是「勝利」。

是為了以停戰達成和平的勝利嗎？否。

是為了以議和創造和平的勝利嗎？否。

是為了帝國能接受的條件的勝利嗎？否。

總之，就只要求打一場能視為「勝利」的勝仗。

已經搞不清楚情況了。為了滅火的局部性破壞消防很合理，但這是有如每次出動消防隊，就派出戰車代替消防車般的錯誤吧。

讓人想大叫「你們就連自己想要什麼都不知道嗎？」」。

這就是國家嗎？連個戰略都沒有，真虧他們能靠著慣性戰爭下去呢！

不管怎麼說，欠缺戰略明明才是真正該恐懼的事，他們竟然能若無其事地做出這種暴行，只能令人驚訝。

這對生活在現代日本，居住在還算和平世界裡的各位來說，或許超出了理解範圍。我就簡單地說明一下吧。

你是連鎖烤雞串店「萊希」僱用的店長。

儘管不知道為什麼，但不論股東還是總公司的經營管理階層都只命令你「立刻將集團整體的利益最大化」，並深信烤雞串店「萊希」會生意興隆，卻沒有任何具體的計畫、目的與指示。

此外，權限與預算也跟從前一樣。

明明一旦失敗，全公司的員工都會流落街頭，卻還是這麼隨便喲！

這樣會有人能讓利益最大化嗎？

如要我發表愚見，這也就是對帝國軍下達的「贏得勝利」這個命令的本質。

只要是有常識的上班族，都會不得不立刻考慮轉職。

沒有理由要拘泥在烤雞串店「萊希」上，把自己也給賠進去。對員工來說，企業終究只是為了生計的工作地點。

將企業與自己視為命運共同體的理由?怎麼可能會有啊。

大多數的人,理性的人種,對於上述的論點大都會意見一致。

然而,這世上存在著會將成員與構成體比擬成「虛擬共同體」的組織。就算是比誰都還要具知性,比誰都還要具市民性,比誰都還要充滿教養的市民,也都有可能會被困住的,想像中的共同體──國家。

愛與憎,善與惡;或是說人類最偉大且最為邪惡的創造物──現代國家。

對譚雅來說,這如果是利維坦寓言中的巨靈,就還算有可愛之處吧。但很可悲的,帝國這個國家是多頭制度的奇美拉。

由帝室與議會掌管名譽與傳統;官員擔保國家的實務與連續性;帝國軍堅定地維護這些體制的三位一體政體。

軍方、官僚、政治的列陣爭球。

這在建國當初作為超群的智慧發揮了機能。然而……不對,是正因為如此,帝國這個國家的前輩犯了一個非常單純的錯誤。

就譚雅所見,他們是「賢明」且「合理」的。所以才無法避免這個失敗。

他們犯下的錯誤就是高估了繼任者。聰明的人會單純地假設自己的繼任者也會有「跟自己同水準的知性與理性」。

三個頭互相彌補、切磋琢磨的三位一體永續性與帝國制度，是無條件地「以具備優秀的人才作為前提條件」所制定的。

只要能持續滿足這個條件，如此強大的國家體制也很罕見吧。

對後起列強的帝國來說是幸運也是不幸的是，在「勃興期」時三個頭確實能共同追求著一個目標。先行集團所累積的知識與傳統的制度，對帝國來說雖是遙不可及的存在，但也因此少了很多阻礙。

於是，讓帝國想以依靠個人才能與意志的系統，跨越「不足的部分」，然後不知是幸還是不幸的成為超級強國。

結果，三個頭隨即開始追求起「不同」的目標。最後甚至還無意識地互相認為自己才是「頭腦」，想讓一個身體聽三種不同的意見行動。

是木匠多了蓋歪房的典型案例。

理應要團結一致。

在複數正面進行戰爭的現狀下，帝國毫無起內鬨的餘裕。這個觀點不僅是譚雅，只要是帝國軍理性的將兵，都會有冷靜透徹的現狀認知。

不幸的是——譚雅嘆了口氣。

「……只有軍方『有辦法團結一致』，只不過『是以軍方的立場』。」

反過來說，這種現象也讓軍方沒有作為「帝國的一員」行動，確保了在帝國內部「作為軍組織」的純粹性。

要是多頭制度的奇美拉，三個頭分別進行「各自的團結」會怎樣？

分裂、分離，然後迷失方向。

就算高呼團結，一個一個又一個的團結起來，三個頭也毫無交集，離真正的團結相距甚遠。

如果是平時也就算了，在戰時哪裡有國家能允許這種奢侈？

於是，愈是愛國的軍人，就愈會陷入兩難困境。

這是任誰都知道的事。

必須團結一致，迎戰外敵。

但是，什麼才是一致？

頭太多了。

這是軍隊大忌。思考的腦袋不論有多少顆都沒問題。不過一旦決定目的後，「頭」就只能有一個。為了征服混亂，打破混沌，他們徹底學習到指揮系統的統一。

以純軍事的觀點來看，這是當然的吧。比起各自為政的交戰，更必須統一地進行戰鬥。

雙重指揮系統是混亂的溫床。

只需想想以世界為敵，帝國能憑藉著一國之力奮戰過來的理由，答案就顯而易見了；只需看一眼聯邦軍與聯合王國軍美麗的「合作關係」，問題就十分明顯了。

想法不一致的軍隊，就只是各自為政的假軍隊。各自為政的個體是弧。弧就算再多，要以塊擊潰也絕非難事。

一百對兩百，一百的勝算很少吧。然而，如果是一百對二十的戰鬥打十場，一百的勝算就很濃厚。

在軍中，這是每位軍官都有學過的原理原則。甚至是經由實戰，讓大量將兵刻劃在自己心中的經驗法則。

正因為如此——譚雅・馮・提古雷查夫航空魔導中校不得不仰天長歎。

「軍方作為軍方團結一致。並且還希望能舉國一致。」

頭有三個，身體只有一個。

提問。

如果要迅速消除奇美拉狀態的話，該怎麼做？

「是想說必要這兩個字，能將一切的行為正當化嗎……？」

腦海中閃過的答案是外科處置。

如果頭有三個，就把不需要的兩個砍掉。

這是太過武斷的解決對策。會落得手術成功，但患者死亡的可笑下場吧。除非是笨蛋，不然是不會這麼做的。可悲的是，帝國軍也是個專業笨蛋。

他們只有學到手術的做法。

手術以外的做法並沒有納入他們的教育計畫之中。

理所當然，打從最初就缺乏了討論「該不該切除」的能力。他們只有學到「如果有該解決的問題，就要進行手術」的觀念。

糟糕的是，手術技術偏偏還很好。

只需看諸如盧提魯德夫中將那樣的高級將官，譚雅就算再不願意，也能理解到這份危險性。雖然不想說長官是個專業笨蛋，但他太會打仗了。

當然，低估他人的知性是個禁忌。

參謀將校是以惡毒不已的人格、謀略，還有最重要的惡劣性格等，這些與譚雅無關的各種要素獲得肯定的人種。當然像中將閣下這樣的人，假定以外科手術作為「預備措施」，是所謂「例行工作」的一種。

直到有必要為止完全不會想動刀吧。

但是，但是——想到這裡，那可怕的可能性讓譚雅不寒而慄。

這一類的人，比起「自己想不想做」，更會因為「事已至此」的理由行動。

明確來講，就是在衰敗的企業中犯下「禍事」的人，都是「優秀且愛社精神旺盛」的創業元老。

當他們想要挽回，想要支撐，或是「想要守護」的感情把事情搞砸時，倘若身處在會遭到牽連的立場上，可是會很悲慘的。

好啦，想到這裡，譚雅就將「愛國者」譚雅．馮．提古雷查夫的面具丟進垃圾桶裡。

已經沒用了。

「蠢死了。」

我有領到要煩惱這種事的薪水嗎？

絕對沒有。

我該陪他們耗下去嗎？

這當然也是否。

照自己的薪給等級來看，我毫無要無薪加班到這種程度的理由。這完全是該投訴勞基署的案件吧。

軍方的精度性缺陷，國家機構的結構性失敗，最後是戰略面上挽回可能性的喪失。剩下的盡是些不像樣的選項。

就跟靠腳踏車作業拖延破產（註：就像踩腳踏車，一旦停下來就會立刻倒閉的經營狀態）的企業一樣。

然後，譚雅是清正的勞動者。

正當的勞動要有正當的報酬。換句話說，金額才是誠意。不論是理念還是意識形態，都不吝於作為市民教養給予極大的尊重。也會重視契約吧。

但是，勞動契約是基於「適當的支付」與「穩定的僱用」才得以成立的。

當得知帝國軍這艘大船是鐵達尼號時，為什麼還有在此安居的必要啊？跳上救生艇是為了生存的緊急避難。就像是卡涅阿德斯船板的例子。

也就是說？

「……轉職，得進行轉職活動了。」

如果這條路是流亡，譚雅也不會遲疑地這麼做吧。必須逃離沉船。這也是為了自己的年金與退休金著想！

第壹章

藍圖

Blueprint

我們不過是時間的奴隸。

——盧提魯德夫中將／於私人談話中

統一曆一九二七年　七月二十六日　帝都、帝國軍參謀本部

人類是受經驗與環境束縛的生物。就算擁有知性與理性，也無法擺脫這種束縛。舉個淺顯的例子，就是連邀人做日光浴的夏日豔陽，一旦套上戰爭的濾鏡，也會變成「雲量稀少」這種無謂擔心的心境吧。

要如實接納這個世界是不可能的。人類終究是社會性的生物，不得不閉上眼擁抱現實。

況且，既然在社會結構中擁有容身之處，「身為該處居民」這個外在環境所具備的規範與規定就會有著非比尋常的力量。只要是組織產出的人，就會自然而然地體現出組織的文化。

雷魯根上校也不例外。

就算他本人討厭，也不得不承認這件事。自己只是「參謀將校」這種侍奉著軍事合理性的種族，是構成奇美拉頭部的參謀本部一員。

特別是在與外部人士初次會面時，都會不容拒絕地加深這種感覺。

他走在參謀本部熟悉的走廊上，在前往會客室的途中，想著接下來要進行的「會談」內容，苦笑起來。

仔細想想，真是不可思議的發展。

戰爭是要有對手才打得下去的。如果考慮結束戰爭，就不論如何都會關係到「外交」。只靠參謀本部獨自解決，本來就是非常不可能的事。

儘管如此，卻直到現在才終於要和外交部的參事官級負責人會面。

不得不說軍方與外交部都無視了與對方的合作。雙方都認為「對方會想辦法處理吧」而撒手不管的代價，讓寶貴的「時間」被浪費掉太多了。

時間。或是說用年輕人的屍骸爭取到的緩期。要是以年單位浪費掉，會是何等的罪孽啊。

在注意時間的雷魯根上校面前，不知是幸還是不幸的，會談對象準時出現了。

「初次見面，上校。我是……」

「我有收到通知，康拉德參事官。歡迎您的到來。」

在伸手過來的西裝男性面前，差點舉手敬禮的雷魯根帶著苦笑把手放下來和他握手。

不是敬禮，而是握手。

儘管只是這種程度的社交禮儀，就讓雷魯根感到強烈的不對勁。而且，握住的手還很軟……光是要不感驚訝就需要自制心了。

沒握過武器的男人之手；就連工具也沒握過的手。

在如今的帝國，這會是地位多麼優遇的人啊？不行——想到這裡，雷魯根就為了壓抑腦中湧現的隔閡，甩了甩頭重新看向對方。

他抬起頭來，眼前是一張嚴謹耿直，容貌端正的臉。第一眼看來比自己稍微年長一點吧，但是以帝國外交部的……參事官級別來講，是名相當年輕的男性。

「抱歉，畢竟前任者都被解僱了。」

「……是我失禮了，我有露出這種表情嗎？」

「嗯，露出來了。或者只是我太敏感了也說不定。」

畢竟——康拉德微微笑起。

「我很清楚這是不符合我年齡的職位。容我說句冒犯的話，貴官不也一樣嗎？以參謀本部的上校來說，您相當年輕啊。」

「……一旦到戰時，野戰軍官的昇遷會變得很快。康拉德參事官，不曉得您清不清楚。就我所知，就連剛出軍官學校的新任士官，在戰場上也能輕易昇上少校、中校喲。」

「組織有活力是件好事呢。」

參事官以儘管愉快卻又帶著戲謔的語氣說，搔起下巴。

「所謂的老人俱樂部，最好還是去打撲克牌啊。」

與其說是在嘲笑老人，更像是在嘲笑老害吧。

不管怎麼說，這都吐露出年輕一輩在外交部裡所帶有的些許緊張感吧。不經意的情報——雷魯根上校將這點牢記在心中。

「那麼，上校。我們雙方都是抽到下下籤，要幫前任者收拾爛攤子的夥伴。希望彼此能合作愉快。」

這位參事官該說是很出色的合作夥伴吧。但願他會是個能共享危機意識的對象……似乎不是個只會重複「因循前例」的壞掉唱片機，這是個好跡象。

「真是嚴厲的意見……或是該揣測正因為如此才會有這場意料之外的來訪吧。似乎能期待某種戲劇性的變化啊。」

「意思是？」

「在此代表軍方，希望能與外交部攜手合作。」

坦白講，有別於嘴巴上說的，他並不期待能有立即的變化。

然而，讓他驚訝的是。面對他的試探眼神，康拉德參事官毫不在意的點頭。

「沒錯。」

「咦？」

「您說得沒錯。雷魯根上校，我們是帝國這個國家的僕人，是政治、官僚、軍事的鐵三角之一吧。」

因此——男人接著說道。端正的表情帶著些許諷刺，以露出侮蔑之意的語氣說出尖酸不已的話語。

「不攜手合作的結果，就是今日的停滯。要是這個既有方針是錯的，當然就該改正。我有說錯嗎？」

「我同意。」

微笑回著很好，康拉德這名參事官同時惡毒地說道。

「只要不是愚者，這件事就很簡單。然而我們至今都犯了認定對方是愚者的愚蠢錯誤，也就是愚者二重奏。」

他就像認為這是不像樣的醜態，用鼻子哼了一聲後狠狠說道。話中帶著藏不住的真心憤怒。

「這與賢者以三重奏為前提設立的帝國樣貌相距甚遠。你不這麼覺得嗎？」

這正是帝國的病灶。

即使是雷魯根，也唯獨無法否定這點。

帝國軍信奉著「軍事合理性」，只談論著軍事合理性；帝國議會、帝室，甚至是政府都只談論著「輿論」；而且支撐帝國的「官僚」機構還不斷高呼著「維持體制」。

各自為政的分裂。

到最後，所有人都深信自己等人的目的才是最重要的。

「最高統帥府的機能不全是無藥可救。不過，沒有人是無辜的。就這點來講，如要我明確抱怨，參謀本部其實也責任重大。」

雷魯根上校就像感到刺耳的擺出洗耳恭聽的態度，不過卻在下一瞬間瞪大了眼。

「特別是傑圖亞中將的獨斷獨行，帶來了極大的影響。」

「中將閣下……？抱歉，請恕我難以接受這項意見。副戰務參謀長閣下非常適當地貫徹任務了吧。敢問您批判的理由？」

「在對共和國戰時，最高統帥府被排除在決策之外。上校，像你這樣的軍人會認為這是『正確』的做法吧，但是非軍人會認為這是『排擠』的行為，會想要求對等的情報分享。」

「雙方的職務不同吧。」

面對早已聽膩的抗議，身為參謀本部的將校就只能丟下這一句話。如果是不滿軍方不肯提供情報，這純粹是個誤會。要參謀本部來說的話，軍方並不是不捨得提供情報。

「軍方也想採取相反的立場，甚至有留意到得將必要的情報全盤托出。」

「您說得沒錯。但是，上校。如果是像您這樣的高級軍人，應該也知道在那之後，傑圖亞中將就注重起『與後方的協調』吧？」

「……意思是說明不足？既然提供了必要情報，軍方就已善盡職責了吧。這可不是在對帝室講解啊。」

「上校，參謀將校……真是教人羨慕呢。」

「咦？」

朝著愣住的雷魯根，康拉德參事官深深地嘆了口氣。

「您平時似乎是在相當優遇的知性水準下工作，參謀本部還真是個讓人稱羨的職場。看得出來徹底集結了帝國的選拔菁英。」

「儘管傲慢，但這是沒辦法的事。畢竟參謀將校的品質正是……」

雷魯根正要回話，就被康拉德參事官搶先一步的再度口出惡言。

「拜這所賜，讓像我這樣的非軍人苦於說明。」

這是什麼意思？——雷魯根的這種視線，得到了他發自肺腑的深深嘆息。

「各位難道不是把說明誤解成是要向『笨蛋』說『你是笨蛋』了嗎？這真是天大的誤會。說明是需要淺顯易懂的。更進一步來說，就是不論怎樣的『笨蛋』都能理解的『解說』喔。」

「『笨蛋』？」

「就是閣下等人輕蔑的『平凡人』。」

這句苛薄的諷刺讓雷魯根上校不免蹙起眉頭。說過頭了。最主要的是他從未有過這種想法。

「唔，上校。就您的表情來看，似乎認為這是不當的批評。」

「我從不認為有失去過對他人的敬意。」

面對反駁，康拉德參事官卻在很刻意地咧嘴微笑後，摸起下巴。

「也就是說，貴官會不厭其煩地再三說明相同的內容，並對聞十知一的他人說出體諒的話語嗎？真是出色的教育者啊。」

這話著實讓他嚇了一跳。包含雷魯根在內，大半的參謀將校都被教導成認為「一次就懂」是當然的事。

該如何有效率地執行。

這正是參謀將校的作風，會孜孜不倦地避免無謂的行為是怎樣也無法否認的事。

「看來您心裡也有底，很好。這樣就好商量了……總歸來講就是『組織外協商』的問題。」

「十分慚愧，我到現在才注意到身邊盡是些聞一知十的人。」

比方說提古雷查夫中校。如果對象是她的話，事情就會談得非常順利。與義魯朵雅的卡蘭德羅上校等人的談話也是一樣。

長官的傑圖亞與盧提魯德夫兩位中將也是。

坦白說，雷魯根心裡太有底了。回頭想想，部下也是如此。交代給烏卡中校的事情，沒有必要一一詳細說明。

長官與部下全都一點就通。

有著「戰略」這個以作為共同語言的軍事知識，以及共同的使命與意識作為根基的目的。最重要的是被選拔為參謀將校的自尊與能力。

在溝通能力這點上，雷魯根直到現在才從康拉德參事官的苦澀表情上認清楚事實。

「……也就是說，我們的說明不足。」

「用不客氣的說法，是比這還糟吧。只不過我們外交部也很難說是毫無過失。到頭來，不論哪裡都太過封閉了。」

說到這裡，康拉德參事官就從內袋中掏出雪茄盒，拿起一根雪茄。

剪掉雪茄頭，拿起火柴後，參事官就像是要做為友好的證明似的將雪茄盒遞向雷魯根。

「來一根吧，上校。」

「可以的話，我就收下了。」

「當然沒問題。品質我可以擔保，這可是次長室的禮儀用品呢。」

無需口頭說明，飄散的香氣也已傳達了品質之好。從雪茄上的印記看來，是才剛進口的貨。是經由義魯朵雅進口的吧……該有的地方還是會有呢，他在心中佩服起來。這是就連參謀本部的參謀將校最近也很難弄到手的極品。

「是用禮品的名目，從囉嗦的管理者那邊搶來的呢。要是不讓貴官成為共犯……可就無法向本部解釋了。」

康拉德參事官一派認真地開著笨拙的玩笑。

不知他是在說笑，還是認真這麼想。雷魯根也微微苦笑，跟著陪起笑臉的收下雪茄。

「外交的好處，真是百聞不如一見呢。」

對於這句話，康拉德參事官就像是覺得沒錯似的拍起雙手，咧嘴微笑起來。

「很高興能談得這麼順利。就如您所察覺到的，我們的合作有著可期待的共同利益。最重要的是我們也有合作的意志。沒錯吧，上校。」

「我同意，不過比起意志，利益更會是理由吧？」

「上校，這不像是軍人會有的愚見呢。如果是能力與意志相比，會是以意志為重。欠缺意志的能力，會是垃圾吧。」

說到這，康拉德參事官微微嗤笑一聲。

「這只需看我的前任者就好。那些長官就只有能力相當了不起。」

他屈起手指，就像在細數美德似的繼續說下去。

「多元語言能力、廣泛的人際關係、博學淵源的知識、以傳統為底的教養。不用說言行舉止的優雅，就連音樂與美學的素養也不同凡響，是一群愉快的人。如果是作為堅信著等價交換與正當性的高貴外交官，算是在及格分數以上吧。」

只不過——他一臉認真地用手指戳著頭。

「在意志上有著不幸的問題。貴官那邊也差不多吧？」

「我承認參謀本部是在對協約聯合戰的初期階段失誤了……」

「最初的失誤導致了如今的局面。正因如此，讓你們就只靠你們自己制定計畫，我們也只想靠我們自己制定計畫。放棄這種無謂的行為，讓我們攜手合作吧。但願不需要預備計畫。」

不論內心如何，在這瞬間，雷魯根冷靜地回話。

「不論是軍方還是官僚機構，預防萬一是我們的本性吧。」

與自身的信條無關。這是雷魯根這名參謀將校，作為軍務官僚自然學到的「政治」。

他曾經厭惡的政治。

然而仔細想想，令人驚訝的是……如今的雷魯根十分輕易地就披上了這層外皮。只能自嘲自己漸漸染上了政治。作為將校很令人作嘔，但需要是一切之母。

因此他能允許自己冷靜地與對方互瞪。

過沒多久，緊張感卻平淡地緩和下來。

「您說得一點也沒錯。」

康拉德參事官裝作若無其事地別開視線，點了點頭。

「只不過，也沒必要以失敗為前提自掘墳墓吧？與其終日悲嘆，還不如讓軍方與行政機構積極地密切合作，藉此累積應該累積的事物，不知您意下如何？」

他在這番話語面前陷入思考。

乍聽之下，是很正常的提議。

但他不擅長外交與政治。這句話帶有怎樣的意圖，雷魯根上校完全摸不著頭緒。盡可能推敲字裡行間的意思，追求話中的真正意圖，並且思考話中含意而煩悶了一會兒。

只不過，辦不到的事情就是辦不到。更進一步來說，以前提來講自己有辦法同意。

「……您說得非常正確。」

「太棒了。」

「參事官，太棒了是指？」

康拉德參事官「啊」了一聲，就像在為自己語焉不詳賠罪似的開口說明。

「東西方都不希望照現況這樣停滯下去吧。因此想通知各位，我們也正在為了尋求『退場策略』擔憂的事。」

「可以認為這是外交部的意思吧。」

「當然沒問題。身為組織的一員，能互助合作當然是最好的。希望能重新與軍方分享政治、外交的相關情報。」

他那斷言的姿態……毫無一絲猶豫。

以外交官僚來說，是非常簡單明瞭的態度。正因為如此，心中才會湧現不可思議的心情吧。儘管曖昧，但硬要說的話是忌妒吧。

還真是讓人羨慕。

就算是如今的帝國軍，也有辦法如此團結一致的對外發言嗎？

一面封鎖閃過腦海的「預備計畫」這個不祥字眼，雷魯根特意將那個可能性驅離腦海。

只要一切順利。

只要能與外交部、官僚步調一致。

帝國的未來就不會有任何問題。

雷魯根上校帶著滿面的微笑，向康拉德參事官伸出手。

「能為了帝國團結一致，是我無上的喜悅。」

「那麼？」

是的——用力向他點頭。

「軍方全體應該也沒有異議。倘若能與外交部一同摸索戰爭的退路，就再好也不過了。」

「……坦白說，我鬆了口氣，上校。」

「能請教理由嗎？」

康拉德參事官應了一聲沒問題後，叼著雪茄輕輕搔著鼻子。

「我其實很不安。那怕是那個赫赫有名的參謀本部，事到如今，也不知道還有沒有留下能溝通的人，讓我感到一絲畏懼。」

雖是刻薄的一句話，但抱歉，自己可是參謀將校。這點程度完全不痛不癢。

「即使是我們，也會在進入這種總體戰之中後切身體會到理性的重要性。要有知性與理性，才會有暴力。」

這點只要看提古雷查夫中校就好。

即使是她，也不是無差別的暴力。

雖是打從最初就徹底適合總體戰的軍官，但到頭來還是不行吧。那傢伙確實是合理的僕人，卻以奇妙的形式脫離常軌。

只不過，她並沒有淪為沒有煞車的失控列車。

只要受到控制，受到抑制，受到適當行使，就是個令人暢快的將校。只值得讚賞。無論如何，她作為野戰將校的實績過於雄辯，只能對其抱持敬意。

……就這層意思上，如果康拉德參事官是以這一類的野戰將校來想像「參謀本部模樣」，自己確實是「很軟」也說不定。

就在對自己感到些許自嘲與侮蔑時，雷魯根上校注意到康拉德參事官像心滿意足地站起身。

「上校，今天很感謝您。很高興您能撥空前來。我就立刻回去進行實務的討論吧。明天能再前來叨擾嗎？」

「有道是打鐵要趁熱。當然沒問題，就讓我們開始吧。」

當天　參謀本部作戰局——副參謀長室

「雷魯根上校請求入內。」

「辛苦了，上校。外交部怎麼說？」

「他們似乎也開始假設最壞的情況了，然而與我們的目的地相同。他們也認同這會是一條苦難的道路……但只要互助合作，也會是一條康莊大道吧。」

他抬頭瞥了一眼，盧提魯德夫中將閣下面如土色。

「要是來得及就好了呢。」

「『時間有問題』？」

「『這得去問義魯朵雅人呢』。測量我們命脈的沙漏還有沒有剩。」

聽到這種露骨的表現，那怕是雷魯根也不得不蹙起眉頭。不用強調，他也很清楚帝國的時間所剩不多了。

「……下官還不知道閣下是名諷刺家。」

「上校，貴官也挺糊塗的呢。」

就像感到傻眼的一句話。哎，如要說他不懂幽默，也只能承認這是事實了。盧提魯德夫中將的心情也是一樣，看樣子……是想說幾句不成怨言的抱怨吧。

儘管如此，卻還是抬頭挺胸著。

是儘管受到疲勞、困惑、徒勞，還有最深刻的缺乏希望所煎熬也仍舊沒腐朽的將官矜持吧。

然而，長年侍奉他的雷魯根上校還是看得出差異。

以前的話，盧提魯德夫中將的聲音會更加雄厚吧。這位大人是竭盡了活力在支撐著這個現場吧。

「……覺得所有人都深深迷失了方向。戰爭的混亂令人痛苦，無法期待最終勝利的事實還真是讓人難受。」

「借助外交之力，尋求可容許的妥協點。下官認為這是件好事。只要認真執行，也是有可能實現的吧。」

「這算是勝利嗎？」

即使受到質問，雷魯根上校也還是斷言。

「是勝利。」

盧提魯德夫中將用嚴厲的眼神催促他說下去。

「以我們希望的形式結束戰爭。這就跟迫使敵人接受我方的意圖一樣。能說是將戰爭目的的形態改變之後的成功不是嗎？」

與榮耀的勝利相距甚遠。是在滿是泥腥味的犧牲之下勉強求來的停戰。

儘管如此，也還是能放下武器。就算無法愉快談論，但良藥苦口。正因為如此，雷魯根上校才以希望作為糖衣錠，強硬地說出展望。

「以護國的觀點來看，下官確信這會是勝利。」

「這也要能以希望的形式終戰。不論是誰，都太過依靠希望與假設在述說未來了。要談論收穫沒問題，但在那之前就連播種都還沒有喔。」

「誠如閣下所言。但正因為是這種時候，就算得花費時間，也必須用心地培養土壤呢。」

盧提魯德夫中將「哦」了一聲，像是感到有趣似的咧起嘴角。

「上校難道不懂農業？土是要在春季之前養的。就時期上來講，差不多需要準備收穫了。」

現在可是夏季喔——讓長官爽朗笑道的這句話，卻帶有深刻的弦外之音。至少要是在這種時機說出「太遲了」的字眼，就算再不願意也會意識到。

「如果栽培的是燕麥或麥子，就誠如閣下所言……但要栽培什麼，下官也想思考一下。」

「你想說什麼？」

凶狠瞪來的眼神相當危險。不過，雷魯根上校還是淡然地維持若無其事的語調，平靜地說。

「我們不能分心，下官的愚見僅此而已。至少在耕耘故鄉時想專心地去做。」

「我完全同意喲，上校。最近不僅『沒有時間』，該思考的事情也太多了。真傷腦筋。」

盧提魯德夫中將一面強調時間，一面像是疲憊似的搖了搖頭。

「我們是帝國的、故鄉的軍人。只要去做該做的事。除此之外不是我們該去想的事。」

「誠如閣下所言。」

「該盡力做到最好吧。可以的話，那就是最好了。」

雖說要做到最好，但那真的是最好嗎？也共享著這種苦悶。正因為如此，雷魯根上校決意要全心全力去努力執行。唯獨義務的要求怎樣也沒辦法無視。

在為故鄉著想這點上，誰會落於人後啊。

「上校，去跟外交部的……康拉德參事官密切合作。不論帝國要走上怎樣的道路，我們都必須盡全力做到最好。」

「只要閣下下令，下官立刻就去。能借用烏卡中校嗎？」

「……如果你有覺悟會被以傑圖亞為首，對鐵路懷有堆積如山怨言的東部將兵怨恨的話，就借吧。」

雖然可怕，但才這種程度的話，為什麼會構成讓人遲疑的理由？只要明白自身的職責，對雷魯根來說答案就早已決定好了。

「這種程度的話，下官甘之如飴。這是為了故鄉。」

「很好。」

盧提魯德夫中將緩緩起身，就像是稍微卸下了肩上的擔子似的笑著。

「要是能在時間內開闢出道路的話，就再好不過了。拜託你了，上校。」

「咦？這是當然。」

「很好，我會盡量給你必要的援助，也給你權限。就隨你高興去做吧。」

雷魯根上校伴隨著感謝，在恭敬行禮之後退離房間。

點了點頭，雷魯根上校用手錶看起時間。在前往下一個約之前，可以說還有一點餘裕。

回頭想想，從早晨開始，就全都是讓人無法大意的會面對象。

打從上午就在跟康拉德參事官與盧提魯德夫中將會面討論。

兩邊都是有生產性的會面。只是……也讓人累得精疲力盡。是相對疲憊的神經在要求休息吧。

早餐那難吃的戰時麵包，也增加了奇妙的徒勞感。

畢竟就算是這種時候，人也是會餓的。

這樣一來就想吃點什麼填肚子。那怕那會是……參謀本部引以為傲的「參謀本部餐廳」提供的餐點也一樣。

如果是在戰前，自己總之毫無疑問會去吃外食。只要比較味道，這就會被視為理所當然的決定。而事到如今，軍中的價值觀也改變了。

「這裡比較近……比較方便嗎？居然能靠這種優點蓋過那難吃味道的缺點，沒想到會變成這種時代啊。」

這在戰前是完全無法想像的事。畢竟就算去吃外食，味道會比較好的也就只有特殊的餐廳。日常使用的話，參謀本部晚餐室算得上是合理的選擇。

也就是在總體戰之中，就只有「絕對不可能」是不可能的。

於是，他在優雅的晚餐室嚥下淡然無味的午餐，在餐後要了熱水回到自己的勤務室泡著假茶喝完時，剛好到了約定的時間。

訪客是名以分秒不差的完美時機敲門的將校。

「提古雷查夫中校請求入內。」

附帶一提，動作還很優雅。作為野戰將校，她留下了罕見的實績。儘管如此，就連戰前對規範很囉唆的傢伙也對她無從挑剔吧。畢竟這可是近年來很罕見的符合規定的答禮。雖說將校要作為士兵的楷模，但沒想到能培育得這麼完美，帝國軍參謀本部與軍官學校應該要對此感到自豪。

遺憾的是，同類的量產失敗了吧。不對，要是這種傢伙開始量產的話，這個世界說不定也沒救了。

不過，該認同的就要認同。

「很準時啊。貴官還是老樣子，非常守規矩。」

航空魔導中校露出愣然的表情。她肯定連作夢也沒想過，自己會因為遵守「時間」這種事受到稱讚。她只是將理所當然的事，理所當然地去執行。然而，對雷魯根上校來說，這儘管瑣碎，卻是很重要的事。

如今一切的問題，全都是時機與時節的問題。

雷魯根上校心想……這個名叫提古雷查夫的航空魔導軍官，至今為止從未辜負過期待。儘管也曾做過頭好幾次，不過一旦來到緊急時刻，就連她的那份果斷都相當可靠。一想到時間的限制就更加這麼認為了。

「多謝上校稱讚。下官已做好覺悟，會相對地下達強人所難的命令了。」

「妳很敏銳呢。接下來會要妳前往西方。」

「西方嗎？」

雷魯根上校回答「沒錯」，同時告知重點。

「我想讓隆美爾中將能有個部下可以使喚。總之就是參謀本部的父母心。在接連轉戰之中儘管突然……但希望妳能妥善處理。」

這是個緊急到要臨時發出內部通知，同時雖說緊急，卻也還有餘裕發出內部通知的命令。儘

管矛盾，但軍隊也是個緩中求急的組織。

一旦來到上校、中校等校官階級，實際上也早就習慣了。

「只要命令下來，下官就跟往常一樣提著行李前往西方。參謀本部最近也愈來愈體貼了……還真是溫柔呢。」

「因為盧提魯德夫中將閣下是位重感情的長官啊。」

「下官明白了。話說回來，是要以一個戰鬥群展開部署嗎？」

「不，是只有航空魔導大隊的分派。其他部隊想請他們致力於重新編制與療養。」

中校就像明白似的，自然而然地敬禮。當然，接受命令的帝國軍人就該如此，自己對此毫無異議。

一如規定的應對，符合要求的沉默。只不過，從那質問般的雙眼中投來的視線，也讓人無法無視。

……考慮到帝國的現狀，或許也該詳細說明一下參謀本部的父母心吧。

「還有，中校。這是題外話。」

「是的。」

「我們必須預防最壞的情況。在應該避免的破局之前，應該盡力做到最好。只不過，也應該要避免輕舉妄動吧。」

「上校，下官是名軍人。只是個會遵照命令預防最壞的情況，如有必要就會努力做到最好，並揹負著在權限範圍內獨斷獨行義務的一名將校。」

這也是形式上的臺詞。雖然滔滔說著漂亮的話語，但她如今也不是需要特別主張這些事情的將校了。

這是讓人想乾脆苦笑的露骨演技。聽她的說詞，是相當拘泥於身為「軍人」的分界線嗎？自己也曾是這樣。政治還真是討厭。

「譚雅・馮・提古雷查夫中校，最近我有點理解貴官了。妳究竟在哪裡學到這種嗅覺的？」

「上校？」

獵犬的鼻子，相當於獵犬嗎？

就連關於「預備計畫」，她看起來也確實有著某種程度的察覺。

要是太常跟這種悟性優秀的將校對話，自己的說明能力會急遽退化也不無道理吧。也難怪康拉德參事官會提出忠告，要我磨練一下與笨蛋對話的技術了。

儘管內心苦笑著，但如今要以軍務優先。一重振起精神，雷魯根上校就開口說出必要的傳達事項。

「那麼，關於這件事……有一件想拜託貴官『嚴守時間』的任務。」

「是的，是要『嚴守時間』嗎？」

「要請妳擔任公務使者前往東部一趟。將盧提魯德夫中將的機密文件交付給傑圖亞中將。隨後，我在東部幫妳準備了幾天的『預備時間』。等時間經過後，再返回帝都。西方就等這之後再去。」

當天　帝國軍參謀本部晚餐室

午餐時的參謀本部擠滿著在餐廳——參謀本部晚餐室用完午餐的參謀將校。尤其在最近，這種傾向格外顯著。

覺得這理所當然的人，想必不知道戰前的情況吧。

雖然如今已讓人難以相信，但就隆美爾將軍所知，「開戰初期」的參謀本部，就只靠著虛榮與面子在經營參謀本部晚餐室。味道被放在遙遠的天邊。甚至是以人類所能想到的最糟糕的味道惡名昭彰。

然而，現在卻變得高朋滿座……反正就算到外頭尋求美食，總體戰的進展也從參謀將校身上奪走了休息時的樂趣。

所以眾人才會一把不想去思考味道的食物塞進肚裡後，就全抽起便宜的軍菸代替滿腹牢騷，將味道敷衍過去。雖然再怎麼說也不會顯眼地亂丟菸蒂……也不至於說是頹廢。但也離榮耀的參謀本部這個神話般的存在相距甚遠。

對知道這裡往日模樣的人來說，這是難以置信的景象。更何況是看在像隆美爾中將這種長年旅外的人眼中，這依舊是讓人震撼不已的某種存在。

在歸還後，雖然因為被戴上虛榮的月桂樹冠而憤激到忽略了……但睽違已久的參謀本部，只要仔細去看就會感到強烈的不對勁。

正因為是在萊茵戰線勝利後就前往南方大陸的浦島太郎狀態……就算再不願意，也會注意到這裡已今非昔比。

他有聽過傳聞。即便如此，親眼目睹時的衝擊性依舊強烈。

「……過去的習慣也有好有壞嗎？或許也沒必要先特地用完餐再來參謀本部了呢。」

隆美爾將軍用鼻子哼了一聲，闊步走在跟過去一樣的地毯上。跟以前相比，人變得相當多了吧。

而且還很吵。

不對，就以野戰將校的感覺來講算是相當安靜……但這裡可是參謀本部。要是以前，可是有著會讓人忌諱一切多餘聲響的嚴肅性。

結果怎麼了！如今沒有一樣是跟過去相同的。首先注意到的是混沌的氾濫。就本質上來講，混沌明明就該以秩序和計畫一飲而盡！

作為參謀本部的部門居然處於就像喝醉般的酩酊狀態。

將校規律的闊步，形成均衡空間的戰爭神殿是怎麼了。是在數萬的屍骸之前，喪失了過往的靈驗嗎？

甩甩頭，隆美爾中將繼續走著。

目的地是參謀本部的內部深處，如今仍帶有些許往日氣氛的一隅……房間的主人盧提魯德夫中將準時迎接了自己。

在交換敬禮後，就直接進入主題。

預定的任務是西方方面的防備強化與確立統治。坦白說，確立統治不是「參謀本部」，而是盧提魯德夫中將的要求，事態是否會發展到軍事政變，如今也還有許多不透明的部分。

哎，畢竟有著必要性這個必然的理由在。自己還沒老到會在這種狀況下，看不出參謀本部的首長在打什麼主意的程度。

只不過，這一切全都只是在可能性之中搖擺的未來之一。「預備計畫」不論怎麼說，終究是一如其名的預備。

不清楚盧提魯德夫中將將計畫取名為「預備計畫」的真正意圖。也有可能是個幌子吧。只不過，爾虞我詐並非隆美爾將軍的工作。身為軍人，隆美爾中將的本分是戰爭。最重要的終究是西方情勢。

為了高度戰略目標服務的自己，參謀本部毫無疑問會妥善運用。應該要專注在軍事上，只要時機尚未到來，就甚至不該抱持雜念。

正因為如此，他才會對在前往西方赴任之前領到的手牌說出謝詞。

「不管怎麼說，能拿到白銀還真是感激不盡。這樣大半的工作也會簡單多了。」

她是優秀的魔導軍官，也是卓越的參謀將校。將無法對如今的年輕人員抱持期待的一切，全都兼具的軍方寶石。別說是一人分飾兩角，甚至還能分飾三角、四角的稀有將校。

順道一提，也是一頭能討論「預備計畫」的獵犬。

要是能拿到這種手牌，就只能說出滿腹的感謝了。只是高興的時候，總是會有人劈頭潑下一盆冷水。

「抱歉，沒辦法立刻派過去。想請你理解提古雷查夫中校的到任，會比貴官希望得還要晚一些。」

「能請教理由嗎？」

雖說只是有點不高興，但隆美爾中將會當場板起臉來，也是無可厚非的事吧。

……他就經驗上，會將保證好的兵力當成支票。甚至養成習慣，在兌現之前不當成手頭上的兵力。畢竟，本國的增援大都是張空頭支票，無法兌現是常有的事。

可能的話，現在就想拿到現貨。

在以嚴厲的眼神要求無法交貨的理由後，所得到的卻是個意外的答案。

「人事很麻煩，既定的夏季休假與戰地額外休假都還沒消化完。夏季休假甚至還是從今天開始。」

隆美爾中將忍不住，不對，是徹底爆發開來了。

「休假？你說休假！」

要找藉口也找個好一點的吧！讓幹練的航空魔導師享受悠哉的夏日時光，除了平時之外是不可能的事。

「恕我失禮，閣下。我個人的意見是……你和參謀本部會尊重休假？」

所謂的作戰專家，是必要這尊無情之神的祭司，有著會為了作戰，獻上部下的休假作為祭品的心性。如有必要，就會不惜取消休假。

當然，讓頭腦休息是很重要。只不過喝著作戰圈的泉水茁壯的人，會變成必要的奴隸。優秀航空魔導將校的休假，眼前這個人只要一通電話就能取消了吧。

是在微笑吧，盧提魯德夫中將微微聳肩，敲了下手。

「休假是很重要的不是嗎？哎，提古雷查夫中校也接到任務，要兼作納涼的前往東部出差。要擔任公務使者，運送機密文件。」

「哦——必須要由提古雷查夫中校運送的文件嗎？」

航空魔導軍官，而且還是身經百戰，擁有罕見技術的軍官。要是對運送人員如此注重，運送的也會是相對重要的東西吧。

對隆美爾將軍來說，這所代表的意思太過明瞭了。是有關「預備計畫」的通知。恐怕是要直接轉交給傑圖亞閣下吧。

「哎呀，是跟休假沒兩樣的任務。讓她去東部稍微觀光一下，與舊識的傑圖亞中將開心暢談，就像是參謀本部的父母心呢。」

「這趟東部之旅，要是能成為讓那傢伙舒展羽毛的機會就好了呢。」

「是呀，就但願如此了。」

盧提魯德夫中將若無其事的自言自語。不過，再怎樣都能明顯聽出「不准再問」的意思。

還真是可憐，看來那個小不點中校是沒得休息了。在配屬到自己這邊被我狠狠使喚之前，就不能給她真正的休假嗎？

「不，我理解了。既然是這麼一回事。」

「很好。」

刻意地咳了一聲，盧提魯德夫中將接著說道。

「那就這麼決定了。期待你在西方的任務。」

「就期待南方的本領吧。」

在敬禮並離開房間後，隆美爾中將在參謀本部的走廊上嘆氣。

回去的走道又是這麼地黯淡。貧乏、窮困，而且還像隻窮鼠吧。

正因為如此，參謀本部那別說是鬣貓，甚至還很可能弒神的氣氛很可怕。

完全是與野戰不同種類的惡質，讓人非常想要換氣。儘管自己就連沙漠的溫差都能適應，卻不覺得有辦法習慣本國的雙言巧語。

軍人就本質上來講，明明是隸屬於外部的國家守護者。

……這種插手本分外事務的感覺怎樣也無法抹去。就連圍繞著預備計畫的種種糾紛，也讓人怎樣都難以理解。

事情變得太過複雜了。

這裡如果是戰場，甚至不得不說是因為目的不明確而違背了集中原則。在曖昧模糊的戰場上，大量運用可行性低的複雜伎倆？

這怎麼想，都只有種會出意外的預感。

「那怕是盧提魯德夫閣下，也束手無策啊。」

這樣看來，只覺得他是在勉強自己啊。

深深有覺得哪裡出錯了。

第貳章

詐欺師

Trickster

我不是個精明的人。
只是根據需要，設法解決罷了。

——傑圖亞中將

若要用一個詞來評論敵將傑圖亞，就是詐欺師。
深深偏愛著偽裝與欺瞞，
會以將近賭博般的手段集中戰力於決定性局面上。

——聯邦軍對敵分析班

統一曆一九二七年七月二十九日 東方戰線

這是在東部全域不斷發生的景象。

「『移動命令』？雖然有料到……」

一收到長官的命令文件，帝國軍的將校全都納悶起來。

東方戰線很遼闊。移動本身並不稀奇。儘管如此，或是說正因為如此，他們才會一面發著牢騷，一面依照命令向部隊下達指示。

於是，帝國軍的軍靴就踏著東部的大地，向「西」邁進。

「又是往西嗎？最近老是這樣呢。」

脫口而出的這句話是有理由的。

一面警戒游擊隊徘徊，一面接受自治議會聯絡員的支援與引導西進。步兵的隊列逐漸往西。緩慢地後退，緩慢地遲滯。總歸來講，這難道不是對緩慢的失血置之不理的自殺行為嗎？

要是這種情況不斷發生，將校全體也會稍微感到相同的疑問。在這種時候，如果在指定的移動地點，收到帶有既視感的移動命令的話，確實會讓人想抱怨幾句吧。

在六月的大規模機動戰後，七月的傑圖亞中將就像變了一個人似的不斷下達後退命令。而且還是以彷彿遭到敵人的前進逼退似的形式。

主導權是怎麼了？這也讓將兵的心中蒙上一層陰影。

「……還來嗎？居然又要退後。」

如此喃喃說道的軍官不只一兩個人。

話中充滿不安。眾人咬著牙，開始收拾只睡一晚的野營地。即使是他們，也大都不是盲信不顧一切蠻幹的人。

只要符合軍事合理性，即使是他們也會將後退視為當然。

如果是受過軍官教育，或是比黃金還珍貴的資深老兵的話，就會更加直率地認同吧。

在大規模作戰前……頻繁地轉移陣地是無法避免的事。正因為如此，他們大半都在「最初」時，甚至還期待這會是戰線整理的一環。

伴隨著移動與配置，屏息等待下一道命令的將兵卻是不斷地失望。

應該是在赴任當初，斷然進行積極果斷的作戰指導，打響其作戰專家名聲的傑圖亞中將，下達的命令卻非常單純。

所謂，一味地退後。

讓前線的將校一面納悶，一面發著牢騷。同時安慰自己，後方一定有著自己等人所想像不到的深謀遠慮吧。

然而，一旦身為關鍵的後方人員，也就是司令部的將校的話，就無法像這樣自己騙自己了。

一旦成為連個說明都沒有，就一味下達保守後退命令的當事人，心中的狼狽與困惑就只會愈來愈強。

只要一直盯著地圖，就算不想也會察覺到——「這個戰爭指導，有哪裡很奇怪」。難以形容的不對勁感，隨著時間經過浮現出來。

要說這是以後退來整理戰線的話，聽起來是很好聽。在某種程度內，就連司令部的將校都會相信。但要不了多久，就面臨到難以將彷彿毫無作為的後退合理化的困難。

還以為是要重新設定防衛線，但構築的陣地甚至沒有假定要永久使用。傑圖亞中將不斷地發出假定再次移動的要求，最初還以為是要準備轉守為攻……但就只是「一味地後退」。

參謀將校偏愛機動戰與包圍殲滅。對他們來說，逃離敵人只能說是詭異的行為。假如是為了抑制消耗的後退戰鬥倒也就算了，這也有作為正攻法記載在教範上。不過，這有個不可欠缺的大前提在。

後退、集結，然後轉守為攻。

只要有依循步驟達成目的的話，就不會有質疑聲了吧。問題就在於沒有進行關鍵的集結。

就戰線上看來，部隊就只是緩慢地後退。

面對敵軍逼近，就只是一味地後退嗎？會湧現出這種疑問，倒不如說是必然的。

只要能夠理解，他們也會默默執行吧。然而，只是被逼近就後退已超乎了他們的想像範圍。

有人感到憤激，有人自問自答高層是不是有著更高深的深謀遠慮，甚至受到猜疑心煎熬。就這點上，帝國軍的組織文化並不認為沉默是金。那是預先順從。

適當地發表意見，是擁有意見之人的義務，也是權利。

正因為如此，司令部的參謀將校不斷提出正式的抗議。

所得到的答覆，每次都是「作戰考量」。

一次還能接受。

兩次也還能忍受。

但第三次終究還是達到極限了。

質疑的聲音伴隨著時間愈來愈大。如今別說是下級，就連近侍的高級軍官都不得不懷疑地表示不安。

應該是鎮守著東部軍司令部的傑圖亞中將，卻誰也難以看出他的意圖，讓軍官每次打招呼就會如此竊竊私語。

「閣下的意圖是？」

「後退、引誘，包圍殲滅。跟往常一樣吧。」
也是呢——那怕回答與認同的雙方都漸漸明白這只是他們的願望也一樣。
他們只是依照命令，默默地做好後退的安排。

當天　東方方面軍「檢閱官」勤務室

暴風的中心。
這是傑圖亞中將在東部的客觀立場。
所有人，不論敵我雙方都在摸索自己的決心與意圖。哎呀，這還真是……想到這，男人苦笑起來。
「還真是愉快。這該說是壞毛病的喜悅嗎？」
他抖著肩膀哧哧笑起，儘管輕微，但也久違地放鬆了肩膀上的力道。該承認吧。作為軍人的自己，如今甚至暗中感到了奇妙的樂趣。
這或許該說是愉悅吧。
「不幸的習慣……身體太過適應戰場的氣氛了。」

在司令部的一隅，傑圖亞中將露出苦笑。一旦是組織性的後退戰，對應突發事態的司令部業務也會明顯減少。

拜這所賜，讓他能一手拿著雪茄，慢慢思考著許多事情。凝視著遼闊的地圖，在室內稍微漫步一下刺激大腦。

這是運用知性的最佳環境。

……就跟在參謀本部副戰務參謀長室盤算時一樣，一面慢慢抽著珍藏的雪茄，「參謀將校」一面遐想著戰場這個舞臺。

當然，他一次也沒忘記過所肩負的義務。身為軍人，必須要善盡職責。只不過——苦笑一聲。傑圖亞中將也是人。要是自覺到罪業，也只能看開接受了。

「……無法抗拒身為作戰專家的血呢。」

自己雖然也是作戰圈出身的，卻是喝著其他圈子的水成長。如今甚至還達到能掌管一切戰務的地位。所以與作戰至上主義斷絕關係已久……本以為是這樣。

「結果怎麼啦。」

彷彿是些許的自嘲、驚愕、懷舊的三重奏般的牢騷，跟著雪茄的煙霧一起自傑圖亞中將的口中吐出。

「自己將作戰視為一切的君主嗎？」

該如何在東方戰線奪取勝利？

就在只想著這件事的過程中，開始對「政治」，對「協調」，對「後勤狀況」感到不耐煩了。

當然，這全是不當的感情。

「還以為自己早就跟必要的祭司分手了。想不到還盤踞在內心深處，真叫人驚訝。無法抗拒出身嗎？」

看在作為戰務的傑圖亞中將眼中，作戰至上主義是值得憎惡的。這會是多麼重的罪過，是顯而易見的。如有必要，能立刻伴隨著龐大的論據駁倒這種意見。

然而，只要改變立場，觀點也會跟著改變。

以作為作戰專家的傑圖亞中將的觀點來看，情況就完全逆轉了。在東部的所有行動都受到太多來自外部的限制了。不僅束縛了作戰展開的自由，也導致難以追求純軍事的合理性。

首先第一點，是必須考慮譬如自治議會的「占領地區軍政問題」。在對後方地區的波及效果上，這會是攸關後勤的微妙案件。

只不過，要說到能否在戰場上兼顧「軍政」與「軍令」，就令人非常質疑。光是這件事情，就會在軍大學作為「極為困難的作戰指導」事例進行授課了吧。然而，就連這都還只是個開端。

第二點，是本國讓人頭痛的要求。雖說有稍微緩和下來的傾向，但帝國是「勝利依賴症」惡化的典型案例。聽到後退這兩個字，總之就是反射性的表示厭惡……即使不會阻礙基於軍事合理性的後退，也會對輿論帶來影響。這種情況，就連在軍大學的自由討論中都不曾假設過。

唉，不過讓他意識到末期的是下一件事。

第三點，兵員的資質問題。非常令人心痛的是，能承受運動戰的部隊驟減。東部的廣泛戰線所需要的士兵不足，補充來的全是算不上新兵的小孩子。這次大戰等等的玩笑話，有誰能預料到會成為現實？

「只有提古雷查夫嗎？感性與觀點相差太多了。那傢伙簡直就像是站在巨人的肩膀上吧，甚至會讓人如此困惑。」

是小孩子的常識較少，所以觀點也相對地自由吧。儘管說譚雅・馮・提古雷查夫魔導中校是「小孩子」，會有種強烈的不對勁感。

想到這裡，傑圖亞中將忽然再度苦笑，坐到椅子上。

攤在桌面上的是眼熟的地圖。判讀地形，一面看著各部隊的配置，一面「假定」各種情況是他的習慣。打從以前起，能一眼看懂地圖這點甚至讓他有點自豪。

然而，跟過去相比……唉，如今還真是過分的現狀吧。只要看各部隊的所屬就好。這些部隊並沒有編入「自己」的戰鬥序列。就連剛才在心中舉出的三個重大「限制」，在現狀致命性的制度缺陷面前，也很可能是微不足道的小事吧。

「就連上帝……也無法預測到這種發展。」

自己在東部是「檢閱官」的名譽職，不是基於職位下達命令，而是將對「整體作戰指導」的監督與個人的聲望發揮到最大極限，主導著作戰指導。

換句話說，自己的「作戰命令」並不是什麼命令。

全都只是個人的建議與提議。雖說實際上有東方軍背書，但怎樣都無法說是有遵守正規的戰鬥序列。

只有一天的話，說不定是緊急情況的非常措施，說不定還能辯稱是緊急避難，或者也能用夏日祭典前的瞎起鬨來圓場吧。

不過事實相差太多了。自到任以來，這個體制已恆常化許久。帝國軍的軍人不是以職位，而是靠著權威與超法規的解釋與特例，進行實質上的專橫。

產生了嚴重超出獨斷獨行領域的非正式統治系統。

「……這幾乎是軍閥了。」

儘管如此，自己卻很愉快。

諷刺的是，儘管有著這種奇妙的扭曲，作為「作戰專家」的血卻很激昂。

想發揮才幹的願望與感情。這是太過於強烈的衝動。竟然就連那三個限制，也變成適度的香辛料深深刺激著自己的大腦。

「這還真是……真是罪孽深重的癖好啊。參謀教育一點也不適合教育紳士呢。」

傑圖亞中將儘管搔抓起下巴，但心中清醒的部分也仍舊認為只要贏了就好地竊笑著。將視線落在地圖上，距離煞費苦心想要達成的完成型態就只差一步。

依照所描繪的構圖完成了。完成的水準甚至讓他感到有點激昂。

「比西洋棋還要誘人，比狩獵還要複雜的對決。很容易讓人上癮啊。」

雪茄的滋味真好。運用腦袋讓敵人動搖，也欺瞞我方的一場大戲。將在軍大學的桌上演習中反覆嘗試過無數次的戰術、戰略予以實行……這對身為司令官，身為現場軍人的傑圖亞中將來說，甚至是他的夙願。

「只要打贏，想必會很爽快吧……勝利的滋味。渴望的慶祝酒肯定會是美酒吧。」

那是美味的佳釀，可以說是上帝之酒。只需喝下一杯，這酒就宛如蠱惑人心的魔物一般。

這對在徵兵後被立即投入東部，精疲力盡的新兵來說就跟毒沒兩樣。

足以給予希望，讓他們振奮起來吧。畢竟，這肯定會讓他們陶醉在勝利之中「至死方休」。

也足以成為讓自治議會內部懷疑帝國勝利的一派平靜下來的美酒吧。

總而言之，只要能點燃他人心中的火焰，就還能繼續下去。

「我還真是個過分的惡魔呢。」

只要這次贏了，就還有下次，還能希望下次。

只不過，要是為了達成這個目的，就將毒酒作為勝利的美酒的話……然而，也只能這麼做了。

沒辦法再奢望更多了。

「所以才毅然決定這麼做嗎？」

就連自己也覺得這是無藥可救的習慣。

也打從心底理解到，這算是某種豁然了。這終究是處於不得不在現場善盡職責的立場上所做出的自暴自棄行為。除此之外，已束手無策了。將國家的命運賭在自己的才能上，甚至有著難以言喻的重擔。

儘管學過要以平常心肩負重任……但假如要持續揹負著國難，沒有開悟是幹不下去的。

「躊躇嗎？要是能像盧提魯德夫那個笨蛋一樣，能單純到敲窗咆哮的話就好了。我怎樣也單純不起來啊。」

這也是他在考核上被批評太過學究的由來。湧上一股懷念的心情，但如今這是派不上用場的優點。傑圖亞中將將注意力重新放回自己的戰鬥計畫上。用手指叩叩敲著地圖上的地點，重複做著這種像在畫線般的動作。

突出部、根本，還有後方的後勤路線。

徹底伸長的敵方戰線，與煞費苦心整理的各部隊配置。徹底落實偽裝，甚至連各部隊都在抱怨「又要後退嗎？」的欺瞞。

儘管如此……聯邦軍也仍在警戒吧。很遺憾的，他們是優秀的敵人。肯定早就摸透自己的習慣與手法。

想當然耳，會徹底準備好對付我方機動戰的策略吧。畢竟，自己一直都是靠著機動力奮戰過來的。

然而——傑圖亞中將抽了口雪茄，同時看著敵人的配置感到確信。

「敵人看起來就跟我希望的一樣在警戒著……的樣子。」

明瞭的意圖，非常單純的陷阱。「讓敵人警戒自己的習慣」，這是藝術的基本。在看似引誘成功的現狀下……幾乎可行。

不過，也就是幾乎。

所謂的「確實」是永遠的青鳥。在這個不確實的世界裡，就唯獨這點能斷言是確實的。

種子已經播下；陷阱也很完美；之後就只需要收割了。

即使準備到這種程度，也無法保證到最後一刻。

「……不曉得鐮刀夠不夠用。工具不足還真是辛苦呢。」

拿著生鏽的農具，不論是怎樣的農夫都無法做好工作。就算想拿去磨亮，也沒有給自己能用來磨刀的時間與手段。

不是說做不到。但還真是讓人焦急不已。

一想到會漏掉多少，這龐大的機會損失甚至會讓人暈眩。將空閒的雙手盤起，就算抬頭望向天花板，也盡是些眼熟的汙漬。

「……各個宮殿就連天花板也要擺設名畫的理由，我現在總算是明白了。」

先人也在煩惱吧。是直到自己如此苦惱之後，才總算是理解的經驗知識。

「那麼，該怎麼做好？」

想給予「缺乏成功經驗的補充兵」夢與希望，讓他們成為士兵。然而本金卻怎樣都不夠用。

要是採取安全策略……儘管能避免毫無收穫，但成果也會驟減吧。

作戰的基本本來就是集中。分散追求複數的目標，是會有損衝擊力的最糟糕的愚策。

因此只能守著一個地點。

「是賭博呢。」

就算在地圖前繼續煩惱下去也無濟於事。就算有著各種理由，只要結果失誤的話，就只會淪為後世歷史學家的笑柄。

如今，作出決斷的必要就擺在眼前。

「讓人想起萊茵的時候。這恐怕難以說是作戰的正道……不對，或許作戰本來就不是能靠理智談論的事吧？」

所謂的作戰計畫，不論擬定得再怎麼完美，也都只是紙上談兵。一旦開始戰鬥，計畫就會接連破滅。儘管知道，但還是很難受。都接受風險集中戰力了，卻還是不夠嗎？想不到竟會有一天要面對這種苦惱！

傑圖亞中將摸著地圖，嘴邊揚起曖昧的笑容。

「假如沒有必要的鞭子，會怎麼樣呢？」

必要是創造之母。要是有本金的話，自己也肯定會偏好安全策略吧。這樣一來，就甚至可能會淪為平凡的作戰指導。

唯獨這點，是自己的脾氣。

在前線讓自己置身危險之中很簡單吧。這樣只要失去一個自己就好；另一方面，要是讓軍隊面臨危險的話，失敗就有著完全不同層級的意思了。

「發動作戰……不對，儘管很迷惘……嗯？」

規律的敲門聲傳來。似乎是想得太專注，而沒有注意到走近的腳步聲。他甩甩頭，允許擔任傳令的年輕將校入內後，就看到一張緊張兮兮的臉。

這樣子還真是讓人擔心起將來呢——在心中發起牢騷。

「是麻煩事嗎？」

會警戒起來是因為個性吧。就連詢問的語氣都變得很嚴厲。

「那……那個……閣下，中央的公務使者求見。」

是因為語氣很不高興的關係吧，看到膽怯的年輕人，傑圖亞中將苦笑起來。

「啊，抱歉了。我的脾氣沒壞到會射殺傳令。放對方進來吧。」

要是沒有擔任傳令的將校在，不用顧忌他人目光的話，真想咂一聲嘴……但欺負年輕人可不是自己的興趣。

就在作戰層級上下定決心吧。在這種可說是關鍵時刻的時候，中央派來的公務使者儘管讓人不悅，但這也是將官無法避免的艱辛義務。

就彷彿承受著難以避免的痛苦的受難者，下定決心等待對方入內。然而，真是出人意料。中央難得很貼心，從門後現身的……是個「必須要垂下視線」的對手。

也是個就連方才的年輕人，看起來都會像個成熟大人般的……相當嬌小年幼的將校。雖說帝國軍眾多，但不會有比她還要矮的航空魔導中校吧。

「原來是提古雷查夫中校啊。要是知道麻煩的公務使者是貴官的話，就會幫妳準備一杯咖啡了呢。」

讓人不自覺露出親切笑容。要是對狩獵有迷惘的話，獵犬的意見會是最棒的指標吧？

「是的，下官奉盧提魯德夫中將之命，要將這些文件轉交給閣下。」

「看來就連那個死腦筋，也具備著普通人的體貼能力，懂得派貴官過來。這是了不起的進步。讓這場憂鬱的戰爭也稍微有了一點意義了。」

「能請閣下確認嗎？」

特意無視玩笑話的小手，遞來兩封密封文件。是打算貫徹傳令角色吧，提古雷查夫中校以端正的姿勢保持緘默。

「我就看看吧。」

傑圖亞中將切開封口，在看過兩邊內容後再次苦笑起來。

「兩封都是無聊的信件。無聊的通知和怎樣都好的喜事。居然讓貴官這樣優秀的魔導將校運送，未免也太過大材小用了。看來本國的天空似乎還是一樣陰鬱呢。」

一封是人事的信；另一封是政治情勢的信。

「大都跟我預想的一樣嗎？」

傑圖亞中將拿起放在菸灰缸上的雪茄，用火柴重新點燃後稍微抽了一口，搔抓起下巴。

儘管緩慢，但中央的政情有改善的跡象。

這不是件壞事。只要外交部的傢伙回想起「外交」這個字眼的話，也能稍微研究一下結束戰爭的方法吧。就傑圖亞中將所見，這對帝國來說是唯一的正道。要是有朝著正確的方向前進，就還能支撐下去。

只要意味破局的預備不再必要，就能期待最好的結局了吧。儘管好友表示時間有限，但也不想犯下因為時間而做出自殺性判斷的愚昧。

就只能為了未來掙扎。正因為如此，是否要在東部賭一把，才也有著煩惱的價值。

「儘管全是機密情報，但就某種意思上是好消息。感謝妳，中校。話說回來……貴官知道內容嗎？」

「不，下官只是奉命運送密封文件。」

「很好。那麼，希望能在痛苦之前，先跟妳分享喜悅。是我指揮的戰役受到認同了吧。似乎要昇遷了。」

「那麼，就是上將閣下了？恭喜閣下。」

要一面對賀詞答謝，一面忍住苦笑，不是件容易的事。畢竟對傑圖亞中將來說，在「發動攻勢前」收到晉昇上將的內部通知，也只會讓他覺得諷刺。

「這實際上算是盧提魯德夫的補償費。那個笨蛋，居然學會這種無聊的小手段。是打算去當官嗎？」

那傢伙想將東部交由我全權掌管的強人所難。是覺得中將的份量太輕吧。儘管有點遲，但還是在事後補給我立場嗎？以作戰圈的做法來講，這算是很周詳的顧慮，不過以戰務圈來說，不得不說這做得不夠周全。

至少，要是在到任東部時就有這個階級的話；或是在晉昇上將的同時，也給予我「明確的權限」的話。

儘管對軍官來說，上將、元帥算是某種目標……但還真是感激不起來。

「……另一封也跟晉昇通知一樣無聊，是閒話家常。除了那傢伙就快爆發之外，完全沒有特別值得一提的事。」

「身為聽說是機密而運送過來之人，下官無話可說。」

「相當官僚性的回答呢，中校。」

或者，這就是參謀本部的作風吧。儘管在裡頭時一點也不在意，但在離開之後，不同的觀點也隨之增加。談論政情的文件對帝國這個國家來說是機密中的機密吧，但對在最前線擬定作戰的立場來說，就只是該聽進耳裡的知識之一。

對現場的高級將官來說，緊迫需要的是其他東西。

是三週後，三個月後的長期戰局……而不是現在的政治。

「幫我轉達一句話。我現在也是作戰專家。比起政治，更想討論作戰的事。」

「下官不認為像閣下這樣的人會輕視政治。」

「當然，要有政治才能談論大戰略；要有大戰略才能談論作戰。不過，也不該忘記在東部現場奮鬥之人的觀點呢。身在現場的我，底下有著許多比起大戰略，更該擔心明日生死的士兵。」

話雖如此——傑圖亞中將輕輕搔著下巴，接著說下去。

「由於我們似乎在朝著正確的方向前進，所以我也能放心進行作戰了。至於詳情，哎，該由那傢伙親口告知吧。」

考慮到信上記載的內容，基於機密性採用航空魔導將校擔任公務使者，以官僚來說也很有道理。姑且不論對傑圖亞中將的價值……也是直接寫明帝國內情的文件。絕對不能落到敵人手中。就這點來講，如果是以從白銀轉為鏽銀，威名遠播的提古雷查夫中校的話，總之就能讓全員安心吧。

然後，也有個意外的副產品。

「我看得很愉快喲。」

伴隨著這句話，傑圖亞中將用火柴點燃文件。在將燒落的灰燼塞進菸灰缸後，就開始主題。

「提古雷查夫中校，根據權限，我也能以戰務的立場命令貴官。怎樣，來幫我做件事吧。」

「閣下？」

「我非常期待貴官能體現航空魔導師的精髓與威名。本官就算這麼說也無妨吧？如何？」

「下官無所謂。」

中校點頭的臉上，有著對「做一件事」這四個字的困惑，同時也有著對命令的忠實義務感。還真是在臉上浮現了奇妙的複雜表情。哎，誰叫棋子不夠。就讓她勉強一下吧。

畢竟只要交給這位航空魔導中校，姑且是萬無一失了。

「很好，非常好。很高興妳還沒忘記東部的空氣要怎麼呼吸。事不宜遲，就讓我們來討論戰爭的事吧。」

她正是現在極度渴望的答案碎片……可以信任且能幹的野戰航空魔導軍官，在東部遠比黃金還要珍貴。

要是能用的話，就要徹底的運用。

擺出親切的表情，隨口說出包含無理要求的案件的才能。總而言之，就是將麻煩事打包發送的手法。這雖是幹練管理職的必備技能，但傑圖亞閣下的手法洗練到讓人佩服。

譚雅也有著作為企業人的迴避心得，但要是受到如此近距離的攻擊，想要避開也很困難。總而言之，就是在不讓部下逃走的才能上，傑圖亞閣下就連在帝國軍中也是數一數二的，譚雅不容拒絕地體會到了這個事實。

當意圖從這種上司底下轉職時，必須要細心留意吧。

畢竟轉職本來就不受上司歡迎了。這要說起來也是當然的事。所謂的好聚好散，是離開時才要煩惱的事。目前來講……正因為是在轉職前，所以才應該誠實吧。順道一提，能在轉職時帶走的情報愈多愈好。

最重要的是，就算是在帝國軍內部稍有名氣的譚雅，也沒有天真到自以為自己在各外國之中也很有名氣。考慮到資訊的不對稱性，戰時報導的偏頗，人際關係交流的斷絕，就算表示「自己在帝國軍中有這樣的實績！」，對方會不會「相信」也很令人懷疑。

必須要打響名聲，或是說向轉職候補對象進行宣傳，有意圖地讓對方記住自己的名字。所以會增加外勤業務，也想建立實績。

正因為如此，譚雅戴上格外認真的面具面對上司。

「就照閣下的意思。」

「很好。看吧，這就是現狀。」

他隨手指著的，是攤在桌上的地圖。

自然地看過去，地圖上詳細寫著東部的整體情勢。是令人垂涎的軍事機密。既然說可以看，就不自覺地作為職業軍人在意起來。

乍看之下，帝國軍受到壓制；整體看來，是稍微後退的戰線；缺乏預備部隊，主抵抗線的火力也貧乏到讓人想哭。

然而，儘管缺點堆積如山……卻看不到致命性的破綻是怎麼回事啊。

「儘管很過分，但不可思議地沒有破局的跡象。」

「這是被壓制到這種程度的戰線吧？」

就跟彷彿很愉快的傑圖亞中將說的一樣，戰線比過去還要大幅後退是儼然的事實。敵方的壓力增強，無法徹底支撐戰線。就這層意思上，是暴露出了弱點。

然而，相較於自己展開部署的時候，有一點不同。那就是認為有致命危險性的地點，全都堵住了。就算是接連後退的結果，也依舊完成了緊急修理。

說好聽點，是大膽的戰線整理；說難聽點，就是將難以控制的地點全部丟棄的調整。

呈現著不拘泥於空間，非常激進的戰略性重新部署的結構圖。

「緩慢的連續後退……太漂亮了呢。」

「姑且不論我方的那些將校，聯邦人也會同意貴官的意見吧。假設他們有著跟貴官同等的腦袋的話。」

妳覺得如何？——被用眼神詢問到的譚雅非常困惑。

該不會是發現我想轉職了吧？怎麼可能。再怎麼說這也想太多了。這樣的話，這就會是有關敵人意圖的詢問吧。

「……真想看看敵人的愁眉苦臉呢。會覺得是被擺了一道，氣得牙癢癢的吧？」

「沒錯，就是這麼漂亮的戰線後退。只要看地圖，就能看出我想在他們面前做什麼了吧。想必敵人的臉也氣得紅通通了呢。」

咧嘴一笑。傑圖亞中將一面從嘴邊微微露出難以隱藏的猙獰尖牙，一面自豪。

「想來，他們也誤算了我方的意圖吧。」

「認為帝國軍會拘泥於土地？」

「沒錯。殲滅野戰軍才是我的夙願……看來他們是忘了。想要陣地的話就儘管拿去吧，但要用主導權來換。」

這是唯有能微笑說道「萊茵戰線也是這樣勝利」的將軍，才有辦法說出的話語。尋常經歷的人沒辦法做出這麼極端的整理吧。能作出決斷，根據必要後退的上司。儘管這在理論上是妥協，但令人欽佩的是，他居然能毫無妥協地做到這點。

一般來說都會遲疑，或是被反對論壓倒。戰術性後退這個模範的決斷，常人是做不出來的。

……可以的話，真不想離開有著這種上司的部門。就算要轉職，也想在這種能幹人物的推薦與斡旋下，圓滿地逃到他處。這樣唯一的問題就是，不僅「推薦對象」極為有限，而且還都是會因為帝國的解體連鎖破產的交易對象。

這可是個大問題。

不過，這全都不是現在該煩惱的事，譚雅甩甩頭，將這些當成雜念驅離腦海。

就算轉職活動很重要，但要是顧此失彼，導致在本業上失敗的話，可就前功盡棄了。既然要轉職，就必須在那之前好好地持續證明自己的能力。會被挖角的，只會是有能力與幹勁的人才；把工作搞砸的傢伙，對方也肯定會拒收。

全神貫注在作為軍人的思考上。

判斷，回想歷史，徹底發揮自己的經驗。像這樣不斷來回看著地圖，將戰略與作戰的意圖結合起來的結論是……感嘆。

「下官坦誠稟告，這還真是大膽的決斷。」

竟能做到這種程度——是足以讓人有這種感想的果斷。

人在捨棄時會比獲得來得難受。太過害怕失去而導致喪失一切的愚者太多了。

所以才需要停損。

為了守住整體的健全，適當地割捨，適當地處理損失，然後邁向下一個階段。

合理性所導出的算式的正確性，令譚雅打從心底信奉不已。就跟自己要轉職的決斷一樣，傑圖亞中將也很懂得停損。

就算說上將職位是作為提前慶祝交給他的，也足以讓人信服的傑出本領。

正因為如此，就像舔拭般的盯著地圖的譚雅視線，也發現到不自然的部分。某種異常的鼓起。

視線就像被吸引過去似的探查周圍後，發現這太過於露骨。

形成的是敵突出部。

儘管看起來也像是太過輕易遭到突破的戰線，化作巨大的癌在逐漸侵蝕著帝國軍的戰線……

但「看得到的腫瘤」就只有一個？哎呀，未免也太過刻意了。

「如何？」

面對長官的詢問，譚雅發自內心地說出讚賞。

「只能說是藝術了。」

除了他之外，沒有人能做到如此的演出。這是工匠技藝的成果。帝國軍應該要替副戰務參謀長閣下準備一筆臨時獎金吧。

能力與表現，絕對需要正當的報酬。

「哦，很高興能博得好評。貴官也懂得美術啊。」

「不……下官對美感沒有自信。畢竟是比較擅長活動身體的將校。不過，能打從心底確信這是個很好的形狀。」

在看過地圖後，除了只把腦袋當帽架使用的參謀將校之外，不論是誰都會跟自己有同感吧。

看來，這個形狀是……傑圖亞中將的巨大詐欺嗎？

不知該視為毒辣，還是該認為是可怕的才能。有權利高興我方的指導者比敵方能幹真是太好了。甚至讓人覺得就算要轉職，可以的話也想繼續跟他保持良好關係。

「閣下打算從根部切除突出部嗎？」

「中校，妳為何會這麼看。」

在被意外似的詢問後，譚雅立刻斷然回答。

「敵軍的突破是被『適當』調整過的。」

「……給我看地圖。這可是承受不住敵方壓力，讓戰線開出缺口的形狀喔。」

「確實是在某種程度內，被偽裝成是自然的突破。不過，這不得不說是人為性的突破吧……恕下官冒昧，下官非常清楚閣下導的默劇。只能說這是張設計得非常好的『布』。」

「很敏銳呢。」

譚雅就像十分得意似的點了點頭。這種時候，她仍會符合年齡地感到自豪。至於本人有沒有自覺到這一點，就先姑且不論了。

「那麼，果然是？」

「我引誘了敵軍。是我的苦心之作喲。」

「在後退的同時，引誘敵軍？……這會記載在教科書上呢。」

引誘殲滅敵人，嘴巴說起來是很簡單。實際上執行起來，甚至是極為困難的事。以空間為餌，引誘殲滅敵主力。倘若實現的話，將會是足以留名戰史的典範吧。

竟能做到這種程度——譚雅甚至坦率地感動起來。

「要稱讚還有點早喔，中校。計畫就算制定得再好，也終究只是計畫。要是無法成功結束，就毫無意義。」

「可是，閣下。就連在現實世界中，粗心的敵人也早已上鉤了。」

「他們也繼承了盧斯帝國軍的血統。雖然很勉強就是了。要相信他們徹底喪失了芭蕾的素養還太早吧。如果是以我這把老骨頭為對手，說不定還能充當舞伴喔。」

敵方看穿了我方意圖這種事……儘管不是完全不可能，但以現實來講是很罕見的事例。

不過，可能性並不是零。

「好了，接下來妳怎麼看？」

「能讓下官稍微想一下嗎？」

對敵人將計就計，看穿背後的意圖，再進一步取得佐證，要是老在思考這些事情，也難怪參謀將校這個職業的特殊思考迴路會刻畫在腦中了吧。

想到這，譚雅稍微搖了搖頭。

自己看不出來，這個事實才是問題。

「中校，時間到了。這是戰爭呢。沒辦法一直延長考試的時間。」

「……那麼，就採用積極方案。不理會敵人的意圖，摸索能強行通過我方意圖的最佳解答。儘管不是萊茵戰線的『旋轉門』，不過應該要視為截斷後勤路線，進行包圍的好機會，發動攻勢吧。」

「要怎麼做？」

面對傑圖亞中將愉快似的詢問，譚雅立刻回答。

「針對突出部的根部是通常的做法。就這麼踢飛那些蠢蛋的屁股，進行圍剿，創造局部性的優勢……」

提古雷查夫中校方案

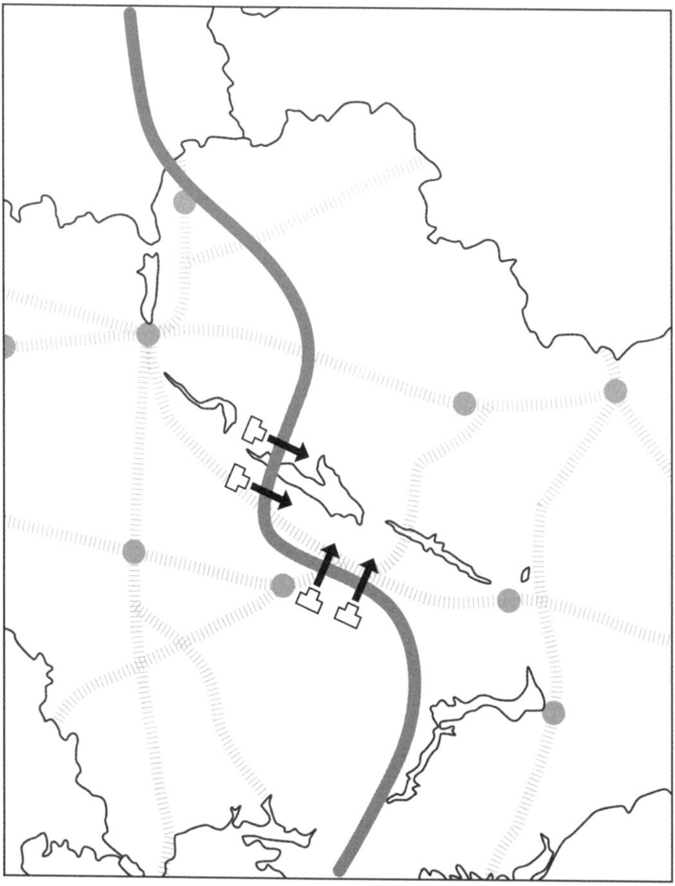

聽到她這麼說的瞬間掌握到的手感，還真是讓人受不了。硬要形容的話，就像在狩獵時用槍口對準了大獵物一樣。如果能在等待、瞄準之後，作為夙願解決掉獵物的話，就沒有比這還要高興的事吧。

就連眼前的航空魔導中校都上當了……就連這個儘管只有某種程度，但應該熟悉自己，熟悉傑圖亞這名軍人習性的參謀將校都上當了！

「如果是軍大學時代的我，會讓貴官的答案合格吧。」

「咦？」

愣然的表情述說著她的意外。就連以身經百戰的航空魔導中校——提古雷查夫這名總體戰論者為對手，也成功做到了戰術性奇襲。這下就相當有把握了吧。

「東部是非常時期。非常時期要有非常的做法。」

傑圖亞中將帶著輕笑，收回要去拿雪茄的手，改抓起香菸。一手拿著火柴，點燃紙香菸。就算是便宜的軍菸，只要是勝利的一根，也會非常美味。

如果是提古雷查夫中校的話，說不定就會識破吧？這樣一來，敵人不也能識破自己的真正意圖嗎？……這樣就消除掉這個疑問了。

「就連像貴官這樣卓越的野戰將校都會被這招騙到。這樣的話……我的機關也意外地能維持很久啊。」

「閣下？下官不懂您的意思……」

「中校，想拜託妳進行武裝偵察。」

「一有命令，下官立刻就去。」

只不過——在恭敬地說出開場白後，提古雷查夫中校提出異議。

「這樣好嗎？要是進行武裝偵察……會有點冒險。很可能會讓敵方看穿我方的意圖。不過看來有必要加上一句但書，假如閣下的計畫是典型的包圍殲滅戰指向。」

「意思是？」

「要是可以的話，下官想請教閣下的意圖。」

帶著困惑的意見，是不論怎樣的人都會「判斷錯誤」的實例。提古雷查夫中校也不出例外。

回想起在軍大學時代，指導著有希望的學生的那段時期，傑圖亞中將懷念地揚起微笑。

回想起來，當時還很單純。而現實是如此的複雜。儘管如此，也還是有一件事是不會改變的。

就算不想，也會在戰場上得知的事。

「中校，我就教妳一件事吧。」

聽好——在吸了口氣後，說出基於經驗的確信。

「戰爭的原理原則是不會變的。」

「是指數量劣勢的一方，不得不花費心思嗎？」

讓人想點頭表示沒錯的機靈回答，讓傑圖亞中將綻開笑容。擁有理解力的將校一直都是這麼地出色。

因此，回答也一樣簡明。

「所以才需要機動力呢。包圍殲滅，真是太好了！」

「可是，方才閣下……」

「這是著眼點的不同。中校，我也有必要揚棄一點矛盾。」

就像不懂似的，神情凝重起來的中校正在推敲我的想法吧。就大膽的策略來講，看來自己的創意還不會輸給年輕人。

「我就公開創意巧思的祕密吧，中校。」

帶著有點愉快的心情，傑圖亞中將補充說道。

「後退就跟萊茵戰線一樣，『僅限於為了反攻的局部性後退』。這是本國的命令。既然如此，就不允許只是後退的包圍殲滅。必須要有更大的成果。這很簡單對吧，中校。」

要求反攻的政治請求。是在不知道戰場現實的帝都柏盧，某個待在安全房間裡用屁股磨亮椅子的某人所突發奇想的玩笑話。就算是這樣，只要成為軍令，無數的將兵就得極為認真地赴死。

只要想到不負責任的發言所導致的破局，就令人幾乎要發出沙啞的嗤笑。

不過，請勿擔憂。這裡有我，有參謀將校在。既然如此，就不會有任何問題。

就算是不可能的過分要求，也會不顧一切地開出突破口。用戰爭藝術擊倒道理，強硬地拉住命運女神的頭髮。

「我們只能遵從軍令。」

「……前進？就算讓將兵去做自殺衝鋒，也跟壕溝戰一樣只能前進幾公尺吧？」

「正常進攻的話，就如妳說的。不過，我沒有餘裕，也沒有理由選擇正攻法。所以，就唯有行詭道。這裡的話，怎樣？」

看到我叩叩敲著的地點，提古雷查夫睜大了眼。看來只要給予一個刺激，就足以讓她的腦袋掌握到答案了。

「閣下，這是……」

就像完全看出自己的巧思般，這個嬌小的參謀將校不掩驚訝地感嘆起來。

「下官還不知道，原來閣下有當上元帥的野心。」

雖然說得很矯揉造作……但瞬間就理解到這種程度了嗎？在不得不苦笑的敏銳之前……傑圖亞中將抽了一口嘴上的菸，微微點頭。

「是否能前進到足以奪取敵方要塞的距離，目前還不得而知。但要是能瓦解敵人到這種程度，我說不定也會在元帥府有個位置呢。」

當然，這全都只是玩笑話。即使部隊前進得再快，也無法靠脆弱的補給線走完這段距離。況且，相較於徹底剷除法蘭索瓦主力軍的「旋轉門」，這就只是個小旋轉。

頂多就是在野戰軍的作戰層級上奪得一勝。

話雖如此，看出這是個頗有野心的計畫的中校也非常正確。這個航空魔導中校，當下理解了傑圖亞自身的意圖。

「下官是負責佯攻嗎？跟萊茵戰線時幾乎一模一樣呢。」

「沒錯，給我盡全力引人注目吧。」

已將敵人的補給據點引誘到這裡來了。

再來，就是五五波了……但也得到了適合吸引敵人目光的誘餌。勝利的道具就掌握在手中。既然如此，那就一點也不用擔心。能毅然地發動作戰。

「恕下官失禮，閣下會是名優秀的詐欺師。」

「這是我的榮幸，中校。我的目標是詐欺師上將，將來的詐欺師元帥。也會讓貴官成為我愉快的夥伴喔。」

咧嘴嗤笑後，拿出便宜的軍菸。

正想勸她來一根，中將這才總算注意到自己判斷錯誤了。

傑圖亞雖以戰爭的滋味作為愛菸，但很可悲的，眼前的航空魔導中校似乎不懂香菸的滋味。也回想起她就連聞到雪茄菸味，表情都會微微僵住的反應，她應該是禁菸主義者吧。

哎，提古雷查夫中校的年齡要是抽菸的話，會惹上憲兵吧。那些傢伙可不懂得通融呢。苦笑想著還真是沒意思，傑圖亞中將回到戰爭的話題上。

「由貴官擔任佯攻，再以主力攻敵不備。雖然單純，但足以作為有效的一擊吧。」

「可是，閣下。對於關鍵的主力，下官也有個疑問。」

「什麼疑問？」

被用眼神催促說下去的中校緩緩開口。

「是配置圖。」

在用嬌小的手指描著地圖上的幾個師團編號後，她困惑地歪著小巧的腦袋。

「就下官所見……作為主攻的『幾乎全是下官沒怎麼聽過』的師團編號。為何不是以資深師團作為主力？」

「是為了夢想與希望喲，中校。這是為了將來。」

瞥看過去，資深魔導師臉上寫著完全無法理解的表情。率領著戰意旺盛的選拔精銳的將校果然會這樣吧。

「不懂嗎？中校。是希望，這會帶給人活力。」

希望雖然也是劇毒，但根據份量也能充分作為良藥。姑且不論年輕人，這是唯有老人才會知道的事。

「閣下，下官不太懂您的意思……那個，假如是隱喻，或者是下官沒有權限知道的機密代碼的話……」

她是優秀的軍官，也是優秀的戰士。但還很年輕。過於偏頗的經驗，也讓她難以察覺細微的人情。正因為如此，眼前的孩子才沒能理解到問題的本質也說不定。

「提古雷查夫中校，儘管很突然……能說一下妳領過那些勳章嗎？」

「咦？下官的授勳經歷嗎？」

受到表示沒錯的眼神注視，這名軍官困惑地開口。

「以銀翼突擊章為首領過各種突擊章、戰功章、技能章，還有功勳章及戰役紀念章……」

「第二〇三與雷魯根戰鬥群，應該也有以部隊單位領到勳章。」

「是的，部下表現得很出色。」

自豪地挺起胸膛的中校，唯有在這種時候才看起來符合年齡。哎，雖然是在誇示跟以朋友為傲的小女孩似是而非的危險內容就是了。

哎呀，真是個誇張的時代。

對傑圖亞中將來說，只能認為這已經脫離常軌，讓他忍不住苦笑過頭地揚起嘴角。

他啪啪啪地拍手，說出讚賞之詞。

「了不起。太了不起了，中校貴官還有貴官的部下，全是不愧於天下的傑出精銳。」

「這全歸功於日常的訓練、教育，以及在戰場上的奮戰。」

因為能幹，所以她才會引以為傲吧。這可悲到可以說讓人有種奇妙的滑稽感。

「就為了將來討論一下吧。妳的核心是什麼？是如何讓部隊戰鬥力提昇到這麼高水準的？」

「總之是訓練。不惜流汗，避免流血正是我部隊的夙願。」

努力與成功。這名中校果然是這樣。能立刻察覺到在她旗下的部隊也是如此。

是貪婪啃食著名為成果的果實，化為自身血肉的一群人。

「……啊，果不其然嗎？」

「閣下？」

對於狐疑地反問，傑圖亞中將語帶嘆息地指摘。

「把成功體驗的幻想收起來吧。」

「……咦？」

「都說到這裡了，妳還是不懂嗎？儘管無可厚非……但也稍微理解一下失敗者的立場吧，中校。」

中校一臉像聽不懂般，臉上露骨地浮現困惑的表情。

有別於平時的駑鈍啊……因為她是有著優秀軍歷、優秀戰果，而且還持有傑出部隊的小鬼嗎？或是因為能幹，所以無法理解無能？

要她不要挑選部下當天的事，如今也歷歷在目。不需要因為能幹，就變成要求水準過高的軍人啊。

「給我記好，航空魔導中校。這年頭除了航空魔導部隊外，會對訓練抱持斯多噶主義態度的人，將近是少數派喔。」

「訓練不足會害死士兵，但拚死的訓練能讓士兵活下來。」

最重要的是——中校不掩憤慨地說道。

「該考慮到目前的戰局吧。時間有限，而且極為珍貴。要是能品嘗到享有餘裕時間的幸運滋味，任何人都會為了生存勤奮訓練，這是當然的事吧？」

「哈哈哈，這是『戰前』的觀念喔，中校。我向妳保證，如今的新兵絲毫沒有這種想法。」

「是因為技術不足嗎？還是比起訓練與時間，他們大多是經由火與鐵的考驗鍛鍊成為士兵的問題嗎？……」

「戰意不足，是因為缺乏成功體驗。」

傑圖亞中將為了讓她理解，以毅然的語調斷言。

「像妳這樣戰無不勝的部隊指揮官是完全無法想像的。無法贏的戰爭，會讓士兵淪為敗家犬。」

「下官難以理解這句話的意思。」

「正視這件事吧。就連東方方面軍司令部的參謀將校，也宛如瘟疫般的悄悄染上了失敗主義與悲觀主義嘍。」

「頭腦不夠好的人，是會這樣吧。」

「中校，妳對總體戰的見解是一流的；洞察力也甚至能說是英明。不過，看來妳太過於以自己為基準衡量『事物』了。斥責小孩子的貧乏想像力是很奇怪，但妳的經驗太過偏頗。」

她要是有軍人以外的經驗的話，也會出現深度吧。想到這，傑圖亞中將苦笑起來。自己也毫無軍人以外的經驗。這完全該說是歲月的功勞吧。

不過，他在這時注意到一件事。盧提魯德夫那個笨蛋又是如何？要是這樣的話，這就……得看他辛苦的程度嗎？

「唔——讓人苦惱呢。」

「閣下，怎麼了嗎？」

「不，沒事。稍微想了一下教育的重要性呢。言歸正傳吧。這是我方前線戰意的極機密報告書……拿去看吧，中校。」

傑圖亞中將一面把收在桌子抽屜裡的文件堆塞給她，一面單手把玩著便宜的軍菸。

「請等一下，戰意的調查是極機密文件？」

「必須要了解實際的狀況。結果得到了將兵約有四成依然相信帝國會勝利的結果。在這種狀況下，四成算是好到讓人驚訝對吧？」

她看完遞過來的紙張，只能說太不像樣了。

「閣下，這難以說是良好的數字吧？」

譚雅伴隨著有點內疚的心情，對長官的評價提出異議。

如果要問帝國是否能勝利，答案顯而易見。自己總之是不相信。如今能追求的頂多就是「平手」。即便如此，也仍要徹底強辯這是勝利的話……儘管不是不能勉強說是勝利……但要說「完全勝利」就只是個幻想。

然而，要是「前線將兵」不這樣相信的話，「誰要來戰鬥」？當然，說不定也會有像自己這樣，把這視為職務善盡義務的軍官在。

但士兵會如何？就連在塞班島戰役那麼慘烈的狀況下，士兵也都還深信著本國會有救援啊！

要是徵募來的士兵無法確信勝利的話……心理戰的狀況就只會讓人恐懼了。

「妳說得沒錯。有六成抱持懷疑態度。而且，愈是新來的新兵，失敗主義與悲觀主義就蔓延得更是嚴重。」

「……根據慣例，老兵才會因為接連的戰鬥磨耗身心吧？」

「以前是這樣沒錯。儘管很驚人，但如今悲觀的老兵大都去英靈殿了。存活下來的老兵看得懂戰術的交鋒，也會緊咬著勝利與成功不放。是這些讓他們對失敗主義免疫的。」

雖是有很多部分讓人認同的發言，不過就譚雅的常識來看，也有一些矛盾在。

「製造出在東部的抗衡狀態——創設自治議會分離敵人——破解民族主義代碼。下官以為我方達成的『戰略性成功』，就十分足以作為勝利經驗了。」

「新兵看不到這種程度。要是有經驗的話，也能看出我們是處於抗衡狀態吧。首先，需要些許的成功。足以振奮人心的，些許的成功。」

「他們不是在本國吞下了大量幻想世界的政治宣傳嗎？下官還以為全是些腦袋天真的傢伙，會這麼容易灰心喪氣？」

「正好相反。是宣傳太有效了，讓新兵過度期待帝國的勝利，然後在幻滅的反作用力下深感不安吧。直截了當地說，大多都很有可能因東部的現實休克至死。」

原來如此——譚雅理解了。要是聽信良心東部的宣傳口號來到東部的話，就會因為眼前黑心東部的可怕現實，讓心靈受到打擊嗎？

企業的宣傳也是如此。太常把理念、理想、願景之類的話掛在嘴邊，卻沒有實際內涵的企業，

離職率會非常難看。上一份工作很幸運地，是甚至還有餘裕依法令道理解僱「無能」的良心企業

……但帝國軍還真是嚴酷啊。

啊，該死。回想起擔任人事負責僱用的過去，變得更加地懷念和平。而譚雅想轉職到良心環境的念頭也變得更加強烈。

「因此，就算有點亂來，也得讓那些傢伙養成『勝利的習慣』。也就是說，我們需要勝利，上頭的玩笑話也就唯獨這點是對的。」

儘管聽起來像是體貼的話，但聽出言外之意的譚雅，忍不住在心中長嘆一聲。總歸來講，不就是黑心企業在教導員工「工作價值」嗎！

譚雅因為自己擔任幫凶的邪惡，忍不住仰天。

「……這種事情，就連在軍大學都沒有學過。」

「就當作是實戰教育而感到高興吧，中校。而且，我說過了吧。就跟我一塊走上優秀詐欺師的道路吧。」

真想打從心底的大喊「不要」。

譚雅．馮．提古雷查夫這名中校一直正直地累積著作為軍人的資歷。怎樣也不想去做榨取工作價值這種無能的證明。要是能拒絕，就想毅然地拒絕。

如果這裡是公司，甚至不惜遞出辭呈。然而可悲的是，戰時中的校官級軍人並沒有「轉職」、

「辭職」的自由。想要轉職，就只能流亡。讓人懷念起有職業選擇自由的日本國。

譚雅終究是低微的職員。就算能認真考慮從體制中逃離的事，也沒有能耐在體制內進行改革。基本上也不具備這種利他主義的信條。

因此，為了守住微薄的良心，譚雅確認起一件重要的事情。

「倘若能與閣下一塊成為詐欺師的話，這將會是充滿榮耀的第一步吧。然而，正因為是詐欺師，才必須要確實地理解自己的謊言。敢問閣下的謊言，是怎樣的謊言呢。」

「妳變得很會兜圈子說話了呢，中校。假如妳想問我是否能確信帝國會勝利的話，答案就只有一個。」

優秀的上司，也很擅長正確理解部下的意圖。讓人不知道該覺得很好，還是該感慨沒辦法隨便開口。

譚雅一面苦惱，一面也默默等候著傑圖亞中將的回答。

「勝利早在很久之前就已是『不可能』了。我們除了妳所指摘的『保持不輸』之外，沒有其他路可走。而就連這條路，也不知道能不能抵達。」

「那麼，就為了不輸而將夢想與希望作為鴉片提供給將兵？是想量產成癮者嗎？」

「雖是刺耳的說法，但我不否認。帶給他們成功經驗，讓他們擁有自信與希望。一想到這是我如今的工作，眼淚就幾乎要流下來了。」

是啊，說得沒錯。是這樣啊──譚雅忽然注意到自己的淚腺變脆弱了。

「閣下，這您早有覺悟了吧。」

作為專業人士，是沒辦法選擇工作的，這點上司也是一樣。

就連傑圖亞副戰務參謀長兼檢閱官的權限與經驗，都無法擺脫制度的糾纏。她絕對不想站在這種立場上。

不能擔保選擇的自由，就是如此地可怕。自由要等到失去之後，才能理解到有多麼珍貴……但失去理所當然的事情，是多麼可悲的一件事啊。

朝著體會到轉職重要性的譚雅，傑圖亞中將就像當她理解似的點了點頭。

「很好，很好，很好。那麼，魔導中校，就去帶給大家一個夢想與希望吧。帶給聯邦軍惡夢，以及該讓友軍依靠的根據。我會期待妳的好消息的。」

「下官還不知道自己轉職成馬戲團的小丑了。」

不過既然是工作，那就非做不可了。儘管很難受，但就盡量挺起胸膛，堂堂正正地完成吧。

「那麼，閣下。雖然會演得很笨拙，但下官會努力的。請期待我們的小丑劇吧。」

「就讓我好好欣賞吧，中校。」

統一曆一九二七年七月三十一日　聯邦領　多國籍義勇軍部隊基地

一旦與聯邦合作，指揮起由各種背景的勇者編成的多國籍義勇軍部隊，就能體驗到許多不同於往常的經驗。每天發生的刺激事件，每天都充滿驚奇的交流，還有愉快的夥伴。

一旦來到月底，就會不容拒絕地變得富含詩意。德瑞克中校如今就懷著發現到自己意外一面的心情，向本國訂購了著名的喜劇詩集。

也能說，假如不用美麗的詞藻修飾，就會讓人想逃避起現實。

「……要考慮的事情堆積如山，也看不到辛苦的終點嗎？」

總歸來講，這就是戰爭。就跟無法實現的戀情一樣吧。畢竟會因為無法得知著迷對象的意圖而痛苦，只能追求著對方的身影徬徨，過著宛如苦行般的生活。

就算在野戰用的簡易帳篷裡閱讀過期報紙，忍受著嗜好的果醬沒有送來的不滿，為頻頻故障的攜帶鍋爐傷腦筋的生活之中，腦海中想的始終是敵人的事。

不論睡著，醒著，在意敵情都是將校本能性的衝動。

「正因為如此，才不得不對聯邦人手腳不乾淨的程度……感到佩服呢。」

就在方才，米克爾上校身邊的政治軍官送來了一整套的機密文件。親切地翻譯完畢的內文，將帝國軍的敵情赤裸裸地描寫到讓人驚訝的程度。

聯邦名聞遐邇的內務人民委員部……這個部門儘管就各種意思上來講惡名昭彰，但能力毫無疑問是頂級的。

畢竟他們徹底到甚至掌握了帝國軍指揮官對雪茄與茶的喜好。好比說，敵將傑圖亞中將比起紅茶，更偏好咖啡等等。儘管這樣就能理解他難怪會這麼黑心，但聯邦人就連餐桌喜好都掌握到的調查情況，也不得不說是偏執。

而且是相關調查吧。甚至連傑圖亞中將派系的關係者之一，Named「萊茵的惡魔」的喜好調查資料都有，這只能讓人苦笑了。

根據聯邦內務人民委員部的資料表示「萊茵的惡魔也是咖啡黨，要留意與傑圖亞中將興趣相同的關聯性」。再怎樣也不會因為飲料的興趣建立起人脈吧……雖然也不是不這麼覺得，但還是對他們意圖讓敵方的人際關係一覽無遺的熱情肅然起敬。

同時也冒出了一點慾望。要是調查到這種地步的話，必然也會冒出「他們是怎麼辦到的」的好奇心。

「好想知道，真是讓人好奇。」

帳篷內響起自己的低語，不過德瑞克中校自己也非常清楚，這只是無法實現的願望。

情報來源是絕對的機密。

別說是他國，就連自國內部都會嚴加管理。怎樣都不可能告訴他。如果意圖調查，毫無疑問會毀掉雙方危險的合作關係。

「俗話說得好，唯有在戰爭與戀愛上，不論怎樣的手段都是公平的……這種時候，還是別做多餘的追究吧。」

倒不如說，祕密主義的聯邦人會對自己公開情報到這種程度，才是讓人驚訝的事。「聯邦人」在「請求之前」，就「自發性」地以情報分享的名義，將這些資料丟給身為「聯合王國人」的自己。

「這是主的奇蹟嗎？哎呀，就只有不可能的事才是不可能嗎？」

看來是萌生了雙方好歹是同盟國，或是說共同交戰國的自覺了。

這本身是件好事。可說是讓未來帶有希望的發展。

作為發誓要對棘手的帝國軍還以顏色之人，就唯獨在這件事上，甚至會被聯邦人的工作表現感動。

所以打從這一天起，德瑞克中校就決定不再抱怨。首先要做的是幹勁的總動員。

就連平時不願意做的記者對應，也毫不客氣地盡情胡扯。在列強記者團面前一個勁兒地宣傳多國籍義勇軍部隊的勇猛，還周到地表示與聯邦軍的合作獲得改善，努力在針對本國的報導上說出「他們所希望的訊息」。

雖是要面帶微笑與共產黨員握手，被刊登在報紙社會版面上的不愉快經驗……他還是看開地認為這也是工作上的義務。

握手了，笑了，努力了。

就結果來說，本國也很高興。

雖說也被蘇中尉挖苦，只有在拍照時「穿得特別帥氣呢」之類的話，但這種連政治都不懂的小女孩說的壞話，就靠稍微戲弄一下記者安德魯紓解壓力撐過去。

總而言之，是德瑞克中校的勤勞精神受到守護天使的認同了吧。在預期的帝國軍反擊之前，與聯邦軍共同西進的多國籍義勇軍部隊，戰備前所未有地完善。

而米克爾上校與德瑞克中校之間的聯邦與聯合王國的指揮官合作關係，本來就很堅固。就連對煩人的政治軍官，聯合王國方也姑且盡可能地配合。

然後，最重要的是情報戰的勝利。聯邦軍已幾乎分析完帝國軍的意圖。聯邦的情報部門「正確地」解讀出「帝國軍的目的，是傑圖亞中將擅長的引誘，截斷，包圍殲滅」。

當得知掌握到敵將意圖時，所有人都大呼痛快。在當時……幾乎認定這猜得沒錯，認為這實際上是某種機關被破解的魔術。那段確信勝利，確信敵人的失敗，要讓敵人嘗到敗北悲痛滋味而滿懷幹勁的日子，還真是耀眼啊。

所以，就在隔天的那一瞬間。

在東方戰線，德瑞克中校一如預期的遇敵了。

統一曆一九二七年八月一日　東部──多國籍義勇軍部隊警戒空域

「對照結果……真是驚訝，跟預報的一樣。是萊茵的惡魔！」

擔任觀測的部下脫口驚呼。

聯邦軍分析官表示「傑圖亞中將有在關鍵時刻投入親手栽培的部下的習慣」，這個的分析居然說中了，真是教人佩服。

看來是從容地派出他的部下──萊茵的惡魔了。

目標是連結突出部的後勤路線。而這也是傑圖亞中將、帝國軍偏好的習慣，儘管當聯邦基於這點要求埋伏時，也還是半信半疑的……

「真的來了嗎！數量？」

「只有兩人小組！是偵察飛行吧？」

「看起來是這樣沒錯。乍看之下，就只是帝國軍魔導師的偵察飛行。不過，只要有這麼多資料就看得出來。這是武裝偵察，不然就是斬首任務吧。不論如何，都不會讓他們為所欲為的。」

他有著看穿敵方意圖的實感。唯獨這次，勝利也是確實的吧。對德瑞克中校來說，這是個能夠確信的好預兆。

「全都看穿了嗎？聯邦軍的分析官也挺行的呢。」

敵人的行動確實是個優秀的幌子。任誰看來都是小組偵察，不會太過在意。正常情況下，要人警戒還比較困難。

是打算偽裝成尋常的作戰行動吧——早就知道你們會來這一套。

「我可是充分領教過你們的手法，不會再讓你們為所欲為嘍。」

傑圖亞中將這名將軍所特意形成的突出部。

太可疑了，這絕對是陷阱。只要研究過他自萊茵戰線以來的經歷，就會十分清楚那位將軍是病態的包圍殲滅戰信徒。要德瑞克說的話，帝國軍的參謀將校這種人種，甚至是信仰著包圍。

所以很清楚，敵人是襲擊脆弱後勤路線的慣犯。

這就跟看穿了敵人的手牌與習慣一樣吧。只要知道該怎麼做，採取對策就是件簡單的工作。

只不過，站在身旁的幹練軍人，並沒有對德瑞克的樂觀確信懷有同感。

「……有點可疑呢。」

「米克爾上校？哪裡可疑？」

要是戰友脫口說出不穩的懷疑，情況可就非比尋常了。

德瑞克中校也無法輕視，忍不住發出疑問。只是，連這麼說的本人也像是感到不可思議似的歪著頭。

「不，這雖是我的直覺……中校，敵人有什麼異常嗎？」

就算問有沒有異常，當下也很難進行判斷。

敵人有兩個。以小組的偵察飛行來說是標準的人數。假如敵人是以這種偽裝來調查行軍路線的話……並沒有可疑之處。

老實說，儘管很驚訝預測說中了……但看起來非常普通。

「恕我失禮，敵人並沒有可疑的動向。當然是不會太過小看敵人。對方可是Named，我會盡全力解決他們的。」

「就這麼做吧。只不過，總覺得被某種很過分的詐術騙了……強烈有種怎樣都無法釋懷的感覺。」

還來不及問這是什麼意思，部下的警報就將德瑞克中校的意識強制拉回到敵人身上。

「敵方，往高度八千英尺上升！他們再度提升高度了！」

放眼望去，敵小組確實是在急速上升。上升速度快到讓人討厭。要是對方賣弄起帝國軍魔導技術的高超之處，胃就會抽痛起來。

這讓心情自然而然地變糟。那群傢伙依舊擺出一副天空支配者的嘴臉嗎？

「嘖，畢竟是以偵察為目的的輕裝。速度還真快。」

最主要的還是他們不把八千英尺的障礙當作一回事這點讓人不爽。因為他們可是在上方悠哉俯瞰著我們在六千英尺氣喘吁吁的模樣。

不過，不會再容許這種傲慢了。

我們再怎麼說也早就設法克服了八千英尺的障礙……不僅讓肺部適應了，還重新審視了術式。不會再容許帝國軍魔導師獨占天空了。

「我就先失陪了。敬請期待戰果吧。」

「祝你武運昌隆。」

德瑞克邊感謝他的祝福，邊率領著自己的義勇軍部隊，為了提升高度而加速。

設法讓一個大隊發揮效用，即是大隊運用。萊茵的惡魔雖是棘手的敵人，也還是有可能擊退吧。

然而，眼前的敵人卻開始輕盈避開我方想要追上的努力。應該是縮減了高度，但不知為何，距離並沒有縮減。

「高……高度一萬英尺！」

部下宛如慘叫般報告。不過，這不用他說。

看就知道了——就算勉強忍住了這句話，也難免還是會脫口咒罵。

「那個什麼九十七式，實用升限不是八千英尺嗎？嘖，該死……！」

技術劣勢——實用升限差距的事實，還真是讓人厭惡。用比敵人低劣的武器，與經驗豐富的獵人對決……這可不公平啊。

本國的無能就不能給我們與敵人對等的裝備嗎？

一面咂嘴，一面開始調整，徹底落實各小組在空中的配合。就算個別的訓練水準不足，只要團結起來，也能在某種程度內達成任務。

技術上的劣勢，就靠組織的力量彌補的努力……她並沒有理解到。

「……請掩護我！我去拉她們下來！」

「蘇中尉！」

當下猶豫起是否該制止她的德瑞克中校甩了甩頭。

該死。

只能承認了。既然高度差距過大，只要是能靠近敵人的手段，不論是什麼都想要。即使那會是……蘇中尉宛如擦槍走火般的衝鋒也一樣。

懷著苦澀的心情，德瑞克中校改變想法。

雖然想盡可能地進行組織性戰鬥，但拘泥於這點是本末倒置吧。

既然如此，現在就只能將這視為良機，加以活用了。

「掩護蘇中尉！準備統一射擊！採用光學狙擊術式！注意高度差！敵人可是混帳！要當作實質上差了四千英尺來瞄準！」

飛在上空的譚雅相當佩服。

敵指揮官非常優秀呢。

在以部隊單位追到高度八千英尺後，也依舊緊追不放。實用升限六千英尺，是開戰以來既存寶珠怎樣也難以跨越的實用升限門檻。當能無視這個門檻時，敵航空魔導部隊的訓練與合作水準就算再不願意也能想像得出來吧。

更何況敵魔導師個別的動作還算不上卓越了。靠著單核裝備的部隊，竟像這樣緊追著將雙發規格的九十七式突擊演算寶珠的性能發揮到極限的我們。將部隊運用得很好吧。

而且，偶爾還會迅速射來牽制用的術式。在穿插使用著光學系與引導系，特意進行適當壓制的部分考慮得非常周到。就算只需要靠防禦殼或防禦膜一一防禦或是迴避，也依舊是讓數量劣勢的我方被迫做出應對，稍微限制了機動的自由。

作為同行，不得不感到敬意。只不過，儘管對敵人很抱歉，但這世上是受到物理法則所支配的。

做不到的事就是做不到。

這是簡單明瞭的真理。反過來說，為了讓做不到的事情可能做到，就必須要勉強自己。就算靠運用掩飾，也有個限度在。

上吧——譚雅向搭檔的謝列布里亞科夫中尉輕輕揮手。

「02，要上嘍。」

「02收到。」

只需一句話就了解情況的副官輕輕揮舞著刺刀，讓譚雅看了竊笑起來。

敵方那群傢伙，光想著要提升高度而在勉強自己。要是這邊俯衝下降的話……可期待他們驚慌失措的反應吧。

「當敵人沒辦法再提升高度時……」

就去擊潰他們——這句話還沒說完。譚雅就在這時，注意到一個小點莫名地急速逼近。

「嗯？有頭野豬衝上來嘍。」

「真的耶……真是驚訝。用單發上升到這種高度？」

相對於副官的感慨，譚雅則是帶著嘲笑咧嘴。

「是用知性換取蠻勇呢。」

「我覺得在那種高度還能呼吸，就已經很了不起了。」

副官的指摘也很有道理。實際上，跟平均來講訓練水準非常低下的航空魔導師相比，是有著天壤之別的能力吧。然而，那是魯莽的突出。如果是單機的話，這會是一種正確解答，但把大部隊留在後方可就讓人難以恭維了。

所謂的戰爭是組織戰。跟石器時代仰賴個人力量的格鬥，情況可不一樣。還好那是敵人。假如是友方的話，會讓人難以忍受他的無能吧。

「我記得這個波長。是那個硬得莫名的棘手貨。雖是得花時間處理的麻煩傢伙……但現在反而來得正好也說不定喔。」

聽到譚雅的提醒，副官瞬間就明白了她的意思。

「堅硬、麻煩的敵人……啊。」

坦克角突出戰線，不在能保護脆弱的後續人員的位置上。儘管不是在說角色理論，但數量優勢的敵人願意放棄組織性戰鬥，還真是極為僥倖。

「02，懂了吧？」

「02呼叫01。中校的表情很可怕喔。」

「要我帶著笑容朝敵中央衝鋒？我可是常識人喔。」

譚雅一面迴避下方敵群瞄得很不準的光學狙擊術式，一面與副官一塊放聲大笑。高空上響著兩道笑聲。開朗是件好事。要散發著悲壯感飛行，只需戰敗時就夠了。

從容不迫正是衣食足則知禮節的反證。

由此產生的自信才是真正的偉大，將人性的尊嚴給予了人類。可說是面對工作的勇氣與果斷的根源。

「那麼，就看準時機上吧。配合我的動作。」

「收到。」

將高度差做最大限度的利用，為了制敵機先而監視著狀況。

於是乎，當多國籍義勇軍部隊將蘇中尉的突出視為良機，為了掩護而停止移動的瞬間，帝國軍的兩人是絕對不會放過的。

「統一射擊！三連發來了！」

就對她在術式顯現之前就看出攻勢的本領喝采吧。然後為敵人的失態歡唱凱歌吧。聽聞副官的報告，譚雅歡喜地高喊突擊。

「笨蛋！我就在等這一刻！」

就算有經過訓練，只要以統一的動作射擊……行動就會變得「單純」。要是訓練程度不夠，腳步也會相當凌亂。

現在要向愚蠢課稅了。

「那麼，要衝了。上吧。」

微微一笑後開始俯衝。

在敵我的相對速度達到最大的局面，垂直落下。譚雅與維夏竭盡全力地將「高度」轉換為「速度」。帶著即使展開防禦膜也仍舊能感受到的風壓化為兩顆子彈的箭矢，所射向的目標是可悲的敵部隊。

這對只想著要提升高度的敵人來說，是一如字面意思的晴天霹靂。

想要擋下在帝國軍魔導部隊中，仍維持高水準的兩匹怪物的突擊，反應實在太慢了。

德瑞克中校作為海陸魔導軍官，很罕見地習慣敵我的技術差距，外加上部隊水準之間的本領差距所導致的苦澀滋味。要是還徹底領教過海外任務、種種的特殊政治要求的話，就可以說是前無古人吧。

而正因為累積了特殊經驗，才會讓他以自身的血肉徹底理解到基礎的重要性。狩獵的基礎，即是活用數量優勢的相互配合。

要是做不到這點，別說是狩獵，甚至會讓自己淪為獵物。

很可悲的，這是多國籍的義勇軍。就連母語都不同的人，要在突發狀況下讓步調一致，是最為困難的。

而更糟糕的是，就算米克爾上校與德瑞克中校之間的管道有正常作用，所指揮的部隊也是由兩個指揮官在指揮。雙重指揮系統所帶來的弊害極為悲慘，就算做好萬全的準備，也依舊會惴惴不安。

雖說已逐漸形成合作的雛型，但終究是臨陣磨槍。統一射擊的命中率，看在德瑞克中校眼中是悲劇性地粗糙。

「敵人雙雙避開了嗎？嘖，機動力差太多了。」

勉強把「合作也是」這句話吞了回去。

憑藉著只能認為是有掌握到彼此位置的軌道，在三次元中恣意游動的相互配合。乍看之下很不起眼，但背後的技術根基卻讓人不得不倒抽一口氣。

不僅徹底理解在空中、三次元的機動，還維持著緊密配合！

「在那種高度，以那種速度嗎？」

沒有比這還讓人討厭的了。大名鼎鼎的Named，果然名不虛傳嗎？即使為了掩護不顧一切猛衝的蘇中尉而進行牽制，也是以牽制攻擊來講太過稀疏的射擊。怎樣都不覺得有辦法擊墜敵人。

就算部下的訓練程度也已改善到平均水準，但要對上這種傑出的對手，無論如何都會落於下風。最主要的還是蘇中尉的突出。在緊密配合與管制上還有問題嗎？……慢條斯理想著這些事情的報應，就從上空襲向了德瑞克中校。

「蘇中尉就快……嗯？」

最初感受到的，是有如雜訊般的焦躁。在將戰區作為三次元掌握時，有著某種不協調的感覺。

能夠掌握空間座標的德瑞克中校，在那裡發現到確實的異狀。

不愉快的感覺；討厭的預感；儘管展開了防禦殼，背部也依舊冷得不行。

「是什麼，我……」

忽略了什麼嗎？——正要這麼說的瞬間。他猛然注意到了。

是蘇中尉離敵人「太近了」？但為什麼會這麼覺得？……是因為她雖然突出戰線，但「接觸的速度比預期來得快太多了」嗎？

——不對，德瑞克中校的直覺大喊著否定。不是這樣的。疑問在腦中開花結果，在這瞬間冒出了答案。

是蘇中尉被敵人無視了。為什麼？

「為什麼會無視她……不對，等等，敵人加速了？」

目標是……我們嗎！該死！

「散……散開！散開，散開——！」

警告喊得有點遲。當喊出時，敵小組早已用最高戰鬥速度開始俯衝。看也不看突出的蘇中尉一眼，從她身旁經過。

就算想要應對，反應也太慢了。年輕的部下現在肯定就只想著攻擊的事，大半的魔導師都沒能對當下的警告迅速做出對應。

有聽從叫喊散開的只有聯邦軍的老兵。唯獨他們能幸運地試圖迴避……至於他們以外的人，命運則是相當悽慘。

為了統一射擊而組成的隊形帶來了弊害。被敵人抓到了配合不佳的破綻，多國籍義勇軍部隊就連最後一秒都沒能活用。

夥伴就在身旁的安心感，讓他們的反應變慢了。

這是過於致命的時間損失。

帝國的兩人就像是要趁此良機似的，在衝進來前三連發爆裂術式。

密集的多國籍義勇軍部隊，對他們來說是很好的靶子吧。禍不單行的是，敵人還非常狡猾。所顯現的術式，還全都是以有效範圍優先的擴散型。

威力普通。通常的話，就算能打穿防禦膜……也會被魔導師自傲的防禦殼擋下吧。

即便如此，在勉強上升到高度八千英尺的局面下，這依舊是帶來最糟糕的損害。

就算累積了再多實戰經驗，大半的魔導師也很少會有突破實用升限的經驗。當然，適應嚴酷環境的經驗也很少。

就算是平常時只會帶來輕微損傷的攻擊，缺氧與低溫也讓感覺錯亂，讓緊張與恐慌瞬間蔓延開來。大多數的人都忍不住服從本能，開始降低高度，但這只是個甜美的陷阱。

就在隊伍分崩離析，眾人氣喘吁吁，容易分心到氧氣提煉術式上時，展開追擊。

沒錯，敵人的攻擊是術式三連發。第一發誘發恐慌，第二發截斷凌亂的隊伍，第三發痛下殺手的心狠手辣。

只要被這殘酷三連發的有效範圍捕捉到，除了老兵之外是束手無策。遭受直擊的兩個中隊損害慘不忍睹。

就算沒被擊墜，也是從有效範圍內搖搖晃晃下降……他們就連要保持意識降落地面都非常困難。肺部要是灼傷，會是難以形容的痛苦吧。

不對，現在沒閒時間擔心他人了。

「近身戰！要來了！做好準備！」

將重力作為夥伴的垂直降落。

死神拿起了鐮刀。手中顯現的魔導刀閃耀著不祥的光芒，兩隻惡鬼從天而降。

還有些許時間能辨識軌道是幸運嗎？或是說，是能品嘗囚犯在斷頭臺上的心情的罕見體驗嗎……？

該死的是，德瑞克中校看出其中一名敵人正在逼近自己。

這股殺意不會錯的。

豈止是防禦膜，甚至還能穿透防禦殼的明確殺意。德瑞克中校咂了一聲，同時察覺到帝國軍魔導師的意圖。

目標不只是我……是我方的指揮系統嗎！徹底的獵頭。就只靠兩人？不，對他們來說這樣就夠了！

在理解到的瞬間，德瑞克中校當場破口大罵。

「斬首戰術！是斬首戰術！他們的那一招！」

符合帝國軍，萊茵的惡魔的行徑。

才兩個人就來狩獵多國籍部隊雙首腦的暴行。但要嘲笑這是有勇無謀，敵人也太過危險了。德瑞克中校一面高喊警告，一面朝著以宛如彗星般的勢頭衝來的兩匹金髮野獸，竭盡全力地顯現爆裂術式。

術式的扭曲讓受到干涉的世界發出宛如悲鳴的爆炸轟響，但這別說是阻止火力，就連牽制都算不上。

「衝進去了！」

是打定主意了吧，敵魔導師小組強行突破了有效範圍。火焰明明就能煽動恐懼！能不顧一切衝進魔導火焰裡的神經，完全令人無法理解。

就在德瑞克中校咂了一聲，打算接著嘗試光學引導系術式時，他儘管不願意，也還是明白了敵人針對腦袋的理由。

我方的射擊線中斷了。我的天啊。讓人傻眼的是，不僅是來不及應對，訓練水準低下的多國籍義勇軍部隊還在等候指示。

沒有號令，新兵就連最低限度的判斷都做不到！

「阻止火力！全力射擊！」

要部隊全力射擊的射擊命令。只要一聲令下，部隊就會立刻抬起手開始射擊……但沒人下令就不會動作，而且射線還七零八落。

正想痛罵這未免也太過分了，敵人的狡猾就讓德瑞克中校再次瞪大了眼。

「注意誘餌！該死，是光學系嗎！」

光學系欺敵術式的誘餌。在戰鬥教訓報告書上看過不下百遍的那一招。在萊茵戰線還很熱鬧時，投影在雲上的魔導幻影是很常見的東西。

因為單純，所以惡劣到非常有效。剛從恐慌中恢復過來的判斷力，難以分辨誘餌與本體。

「不集中阻止火力是沒意義的！冷靜下來瞄準！」

就算顫聲大喊也毫無意義。在恐慌之下，居然連對付兩個人都沒辦法集中火力。

這是何等醜態啊。而且，還絲毫無法偏開敵人的矛頭。

擊中了。因為是重量不重質，所以會被防禦膜彈開是早有預期……但居然還是無法阻止衝鋒！

凝望過去，前方是嬌小的敵人身影。所刺出的魔導刀輸出，讓人不敢去想。要是被這一刀刺穿，再怎麼說都會一擊倒下。就算想迎擊，也擋不住加上速度的突刺。

「來了！掩護我！」

在高喊的同時立刻加速。就算想在被衝進懷裡之前，先活用手臂長度的差距也沒辦法。這和擊劍不同，就算想架開……也趕不上。

他立刻以對砍的方式，揮出自己的魔導刀砍向敵人的魔導刀。

「呃啊！」

宛如打在岩石上的衝擊。就算想在空中站穩腳步也沒辦法嗎？被彈開了。沒辦法維持姿勢。最糟糕的是，敵人很嬌小。我居然砍輸了這種對手！別開玩笑了。這要是夢的話，就給我醒來吧。不對，在現實中看到的惡夢還沒結束。哦，神啊。在空中轉了一圈穩住姿勢後，敵人那雙絕不放過獵物的冰冷雙眼，不就正在盯著自己嗎？

「混帳啊啊啊啊啊！」

即使想擋下刺出的魔導刀，也已萬事休矣。就在自暴自棄的瞬間，德瑞克中校做好覺悟。

極近距離。

敵我的姿勢怎樣都對我不利。但這反過來說，就是零距離。如果是這種距離的話，是不可能打偏的。

一面甘願承受就像要挖開肩膀般刺來的魔導刀，一面在零距離下顯現光學狙擊術式。無視顯現速度安全極限的急速顯現。在腦血管與腦細胞的悲鳴中，就連維持氧氣系術式的餘力都省去的術式，以遠遠超越極限的速度開始顯現。

就在藉由展開的術理，能稍微看到勝利光輝的瞬間。

「！？！！？！」

在敵魔導師的咆哮後，就像要挖開自己肩膀般刺進來的魔導刀消失。同時，大概是槍托吧，有硬物撞擊在腹部上。

腸胃被扭曲，腹部傳來難以形容的不舒服感讓注意力分散。術式亂掉，就在僅差一步時，關鍵的術式煙消雲散。

朝著只能呻吟的德瑞克，敵人用上非常漂亮的聯合王國官方語言破口大罵。

「別妨礙我，狗屎混帳。」

「狗……狗屎……」

「永別了，萊姆佬。」

伴隨著這句話，德瑞克中校被敵兵的軍靴踹開了。

在空中失去平衡，看到敵人就像是瞄準好似的用衝鋒鎗對準自己的德瑞克中校，當下明白了一切。

啊，該死。我不會平白被妳幹掉的。當下自暴自棄地做好覺悟後，德瑞克中校就將術式切換成爆裂術式。

以有點超出負荷的程度，將顯現的術式強行展開。

大腦幾乎就要燒燬。不過，還有意識不是嗎？那麼，就上吧。

他準備好術式。就在視線迷濛，迷走神經反射的黑暗即將籠罩住一切之前，德瑞克中校勉強睜開的眼睛，看到敵人從容地掉頭離去的身影而咂了一聲。

已經無法取消了，但至少也要烤焦妳的尾巴，惡魔！

「哈哈哈，去吃屎吧！」

她感到極度的憤慨。所謂的怒髮衝冠就是指這麼一回事吧。面對非常沒有常識的暴行，就連平常時致力保持冷靜的譚雅，都不得不發自內心的激動起來。

自己所做的，是針對敵高級軍官的衝鋒。

是直接性的，外科性的，所需要的最低限度的排除措施。在戰場上，光是不會擴大損害，就甚至能說是和平且人道的做法吧。

是為了帝國軍，總歸來講就是為了自身安全所必要的最小犧牲。

對譚雅來說，甚至相信自己的緊急避難措施極為公平。

儘管如此，對方做出的應對卻讓人完全笑不出來。

在對上相當於自爆的零距離光學系術式而連忙拉開距離後，居然一如字面意思的像是覺得自爆正好一般，顯現了將術者自己也涵蓋在有效範圍內的爆裂術式。

打從最初就以自爆為前提，還真是令人吃驚。我們雖然是在戰爭，但應該是作為一個人在戰鬥啊。雖能接受士兵將自己比擬成「兵器」，但成為「兵器」是對人性的冒瀆。

啊，這還真是……還真是個狗屎般的現實。

不要求成為優雅的假紳士。這是戰爭，也就是不像樣的東西，不會要求榻榻米上的禮節。但是，至少應該要做為一個人來戰爭啊。

「戰爭打得太過頭了嗎？」

心情被搞得很糟，還真是讓人不愉快。

她為了消除湧上的不快，將壓力灌入術式之中。在敵中突破時朝周遭撒出爆裂術式的風暴。

在用炸飛的敵兵打亂敵戰列後，再次追加術式。

至於對此反擊的敵術彈，就顯現光學系誘餌應對。驚慌失措的敵人是蠢蛋。敵彈幾乎都被誘餌吸收了。打從一開始就朝錯誤方向飛去的也不在少數。空戰可是三次元的。以二次元的感覺戰爭的外行人是永遠不會懂的。

當然，她不會掉以輕心。

因為會有流彈。

不過，哎……譚雅在充滿爆炸聲與慘叫聲的天空上微微苦笑。空戰時的姿勢控制是她的拿手好戲，早就卓越到能半慣性地做到這點。些許攻擊就靠防禦殼與防禦膜徹底彈開。

射擊，迴避，然後維持著最高戰鬥速度闖越敵戰列。

就一下子就拉開距離的情況來看，也不用擔心敵方的組織性追擊。多國籍義勇軍的傢伙果然在突發的組織性行動上有難處嗎？

說是這麼說，但他們的腦子有問題也是譚雅毫無虛假的感想。

「……就外表看來，是聯合王國軍的軍裝沒錯。內容卻截然不同呢。跟在西方空戰中知道的模樣截然不同。」

就連在萊茵戰線最為激烈的時候，宛如窮鼠般走投無路的共和國軍航空魔導師，都沒有選擇自殺性的自爆手段。雖是理所當然，但在聯合王國本土上空進行航空魔導戰時，印象中應該也沒有過這種事情。

他們自豪的騎士道精神，不對，是良知究竟消失到哪裡去啦？

……東部的戰場，有哪裡很奇怪。

效惡人殺人害命，即是惡人。學驥為驥類，學舜為舜徒。

古文等文字遊戲就只有在考試時適當地學過一點……但說不定該再多學習一下古人的智慧。

「雖偽而學賢，亦可稱賢人嗎？」

譚雅想到這，就用鼻子哼了一聲。

考慮求學的餘裕，在戰場上難以奢望。正因為如此，才會亂成這樣嗎？要是這樣的話，就完全是惡性循環了。

束手無策。

過分的混沌增幅。

現代應該是花費極大的努力封印在非日常之中的暴力，卻在這場總體戰之中日常化，而且還嚴重置換了「平常」與「異常」。在煉獄中散步化為日常光景的情況，讓人怎樣都會湧上厭惡。

她早已習慣敵人傳來的殺意。

該說是不幸吧。就只是認真、誠實、篤實、腳踏實地工作的自己，卻遭到那些傢伙的遷怒。畢竟是戰爭，這也是沒辦法的事。遭到奇怪傢伙遷怒的機會也會變多吧。

不對──譚雅一想到這，就將意識拉回到空中機動上。

要是被消極的想法拖走的話，人生也會變得灰暗。只要有健全的精神，肉體也會多少健康起來。

將衝鋒路線全行程消化完畢。漂亮地突破敵陣。拉開距離的敵人所發出的攻擊，幾乎全是效果有限的牽制攻擊。而這些與其說是瞄準好的射擊，更像牽制與騷擾。既然是沒有集中的火力，那就不足為懼。

能認為已經實質脫離有效射程範圍了。

「02呼叫01，突破成功了呢。」

「01收到。02，妳那邊如何？」

被問到解決了嗎的副官，不像是她的嘆了口氣。也就是說，狩獵失敗了嗎？

「有發動攻擊，但沒能解決掉敵方的上校級。」

遺憾沒能拿下成果而氣餒的副官，讓譚雅看得苦笑起來。自己也是空手而歸。也沒辦法責怪他人的失敗。

「我也是。敵人再怎麼說也不是簡單人物呢。」

「是會讓中校失手的對手嗎？」

面對她感到意外的反問，譚雅儘管不願意，也還是稱讚起敵人的技術與意志。哎，不過也帶了點諷刺。

「不是像我這樣的常人所能應付的敵人呢。是打從最初就做好同歸於盡覺悟的變態自爆混帳。作為斬首戰術的對抗策略，哎，算是有效吧。」

敵人簡直就像是耐性菌。在受到一兩次攻擊後，就連理當是必殺的戰術也產生了免疫性。

自爆作戰要說是適應還是頹廢，雖是因人而異……但「敵人變得難纏」這點無庸置疑。為了不讓他們累積經驗，也想打從最初就將他們斬草除根。儘管明白……但在東部卻無法實現。現實難為啊。

「不過，都打到這種地步了，閣下的希望再怎麼說也……」

有達成伴攻吧——才剛思考起中長期的戰術觀點，譚雅就在這時注意到情況不太對勁。

「嗯？」

某種刺燙的感覺。那怕隔著防禦殼也一樣能感受到的，討厭的魔力流動。就算回頭望去，也只能看到豆點大的敵影……卻有種像是被槍口對準般的惡寒。

「照射反應！在這種距離下！」

這怎麼可能——把這句多餘的話吞回去。動口不如動手，譚雅與維夏立刻開始緊急隨機迴避。

靠著雙發的優點急劇地變更軌道。加速，為了讓敵人的預測路徑失誤，在空中畫起亂七八糟的軌道。這是唯有九十七式突擊演算寶珠才有可能做到的藝術。

該說是好不容易吧。結果在千鈞一髮之際趕上了迴避。

大規模光學系長距離術式的極光從身旁擦過的恐怖，讓譚雅一面咂嘴，一面用光學觀測系術式確認攻擊方。

視線前方有個非常嬌小的身影。魔導反應是不可能會看錯的「該死」。

該說是一如預期吧，是那個蠻幹混帳。讓人傻眼的是，那傢伙才剛發射完長距離攻擊，就立刻在顯現第二發了。

而且還針對自己和謝列布里亞科夫中尉，周到地同時啟動雙重術式？已確認過多國籍義勇軍的演算寶珠並沒有九十七式的水準。

「是個人的保有魔力天差地別嗎？該死的怪物。」

難以置信的是，這不是技術，而是蠻力。

看在像譚雅這種平均水準的魔力保有人眼中，這是令人可恨的光景；身為只能運用有限魔力之人，這也是讓人想哭的一幕。這就像是不講理的資本力差距般的魔力差吧。自己明明是用盡一切技術，靠著受詛咒的九十五式的「奇蹟」儲備魔力，煞費苦心地在戰鬥，笨蛋卻有著充沛的魔力……這就是階層差距嗎？

就只是靠著規模大到誇張的魔力扭曲道理，干涉世界，藉由干涉顯現扭曲世界的術式？甚至讓人感到就像是存在X般的任性。

哎，譚雅甩甩頭。不過，也就只是這樣。區區的魔力差，怎麼會有辦法擊墜幹練軍人呢？譚雅是自不待言，就連謝列布里亞科夫中尉都是在萊茵空戰的消耗戰中生存下來，身經百戰的航空魔導師。

經驗是最好的教師。學費雖然很高，但只要支付就沒有問題。

只要學習，就也有辦法對應；只要有經驗擔保，就能選擇最佳解答。

雖是了不起的威力與精度……但終究是長距離攻擊術式。在航空魔導戰中是中看不中用。畢竟在一發一發的顯現之間，怎樣都會留下空檔。就算多少能夠導引追蹤，也無法期待面壓制，雙方也還隔有距離，算是容易迴避的攻擊。坦白講，就只會打中粗心大意的蠢蛋。只要知道會來，就算是沒有預備照射的偷襲射擊，也不是無法避開。

有時候，速度是勝過裝甲的。

「哼，魔力再誇張，打不中就沒意義了呢。」

好不容易突破了，卻被干擾了嗎？在脫離敵砲臺射程圈之前，很可能會遭到頻繁射擊這點，也讓人很不愉快。不過——譚雅微笑起來。

儘管麻煩，但絲毫不妨礙脫離。就趕快離開吧。陪笨蛋玩只會累死自己……才剛這樣想，譚雅就注意到一件怪事。

「嗯？」

儘管早已遠在天邊，連要目視遠方的敵人都很困難的距離……皮膚卻感到某種刺燙感。是直到剛才都沒有的預備照射嗎？

就在這時，譚雅注意到敵人身上纏繞著一個大到讓人討厭的術式。儘管跟爆裂術式十分相似，但考慮到射程……

「空……空間座標爆破！那傢伙是想說既然打不中，就全部一起炸掉嗎！」

帶著難以置信的心情，譚雅連忙開始俯衝。瞥看一眼，發現謝列布里亞科夫中尉也立刻追隨起自己的機動。

很好——才剛這樣想。

大氣沉重搖晃的振動，讓譚雅咂了一聲。天空爆炸，因魔導顯現而搖晃的空氣振動，居然連在拉開距離後都還感受得到。

「太亂來了……居然在機動戰途中，用這種術式打過來？」

被用如此有效的攻擊手段，以超長距離進行追擊……真是再糟糕也不過了。可怕的未來預想，連方才感到的成功喜悅都開始急劇褪色。

還真是令人不爽，相當於存在X的可恨存在。

不過，譚雅就在這時改變觀點。既然是存在X的同類，也就是說腦袋並不優秀了。

她瞬間敲了下手。敵人是蠢蛋吧。雖然低估敵人是個禁忌，但也沒蠢到高估敵人的知性。要是我們輕快地到處亂飛，就會想連空間一起爆破……這也太過果斷了。

當然，這不見得是錯誤的選擇……但也不認為對方有向戰區發出警報。考慮到對方氣昏頭的可能性，應該可以期待吧。

假如敵人忘了誤炸有多麼危險的話，就行得通。

基於空間座標微調位置，降低高度，調整角度讓敵人的射線能同時經過自己與敵地面部隊。在與尾隨的副官一起持續占據好位置後……猜對了。

一偵測到瞄準照射，譚雅就確信自己的預測沒錯。只要是正常的航空魔導師，至少都會確認射線的前方有什麼東西在。

要是像這樣持續照射的話……理性大概是蒸發了吧。

「那傢伙果然是徹底忘了在我們下方的是『聯邦軍』這件事。很像是狂信者會幹的事。」

咧嘴竊笑的譚雅向副官發出邀約。

「謝列布里亞科夫中尉。要不要跟我……去分點火給地面部隊呢？」

「讓敵軍自相殘殺？……又做得這麼狠呢。」

「是力量的有效運用。這就叫做ＥＣＯ喲。」

「是指經濟（Economy）嗎？」

是環保（Ecology）也是經濟。也就是雙重ＥＣＯ。是對環境溫柔，對共匪嚴厲的最佳系統。哎，讓人朝著自己開槍是不怎麼愉快……但考慮到是在戰時情況下，這部分也是沒辦法的事了。

當天　東方戰線聯邦軍

聯邦軍將官比起政治，更加地喜歡現實。

現實很辛苦，但政治會侵蝕人性。光是在首戰中受到政治要求玩弄，就讓高級軍人有著更加執著於現實世界的傾向。畢竟權力、名聲與地位等虛榮的混合毒素會使人敗壞。所謂的軍人，只需要與滿是泥腥味的現實為友，踏著軍靴征服這滿是鮮血，受到詛咒的世界。

為了明白自己該怎麼做，他們持續調查著敵情。在首戰中付出龐大犧牲所得到的教訓，成為了他們的骨肉。收集情報，盡可能地徹底分析。

總歸來講，聯邦軍這個組織已蛻變成聯邦最為「現實」的組織，此外還為了適應戰場這個特殊環境而在持續進化。

他們已是專業人員。作為對敵人懷有敬意與警戒的勤勉專家，他們全心全意地為了了解敵人而在不斷努力。

當然，他們對帝國軍也有很深的了解。他們的調查甚至比帝國的自我認知還要詳細。作為其中一環，他們甚至將帝國軍高級軍官的個人傾向、經歷也列入調查視野內。

只不過，這得要有內務人民委員部的強力支援才做得到……讓軍方決定與憎恨的對手攜手合作。在值得信賴的夥伴之間，也不是沒有人私下提出反論，也不可能沒有人表示異議與排斥。不過，他們都在必要這名偉大之母的命令下沉默下來。

只要與惡魔簽契約，成果也會非常豐碩。在愈來愈厚的敵指揮官相關情報中，也包含許多有益的內容。

比方說，傑圖亞中將這名敵指揮官的個性。

查詢經歷，詳細調查戰歷，將諜報資源盡可能投入動向調查之中。既然是棘手的強敵，分析官就像當然似的窮追不捨。

而作為概要浮上檯面的是，一名狡猾的敵手。直截了當地說，傑圖亞中將是戰場的詐欺師，聯邦軍的分析官做出這個正當的結論。

就聯邦軍所見，敵將愛用的魔術機關是機動戰，或者說，是在機動戰上追求實現徹底的包圍殲滅思想，是如有必要，也會不惜背負巨大風險的類型。分析人員表示，儘管知道「有這麼做的必要」，但他真的「這麼做了」的事實，是種讓人害怕的氣質。

會大膽地集中戰力，不將主軸放在空間上，而是殲滅野戰軍上，有著極端的決戰氣質，然而在後勤上卻忠於穩健的理論。但在最後卻偏好詐欺手段的指揮官。

總而言之，就是性格惡劣，而且還是非常惡劣的那種。別說是私下討論，就連在可說是刎頸之交的友人之間，也都做出他能跟家中的祕密警察一較高下的評論。

既然如此，以這種敵將為對手，就不會有分析家會單純地認為我方有辦法「突破」戰線。大概是特意讓他們突破一部分的前線形成「突出部」，然後再針對其根部下手的策略吧。

只要知道這點，就連剛出軍官學校的新任少尉都能識破他的伎倆。既然敵人設下了陷阱，那就連同陷阱一起啃食殆盡。

連戰連敗的聯邦軍所盼望的復仇機會即將到來。

正因為如此，聯邦軍就為了擊潰敵方的機動戰力，布下天羅地網。詳細假定傑圖亞中將指揮下的強力機動部隊襲擊過來時的情況，在突出部的後勤路線上配置萬全的預備部隊。

甚至將新鮮的增援全都分配給了伏兵。就這樣將計就計地利用詐欺師的陷阱，為了擊潰帝國軍作為主攻的活動戰力而嚴陣以待。

最後，敵人看來就像是輕易上鉤了。

被認為是隸屬在東部叱吒風雲的戰鬥群航空魔導師，在後勤路線附近毅然進行偵察飛行，並受到等候多時的多國籍義勇軍組成的航空魔導部隊攔截。

雖然勉強擊退……但傑圖亞中將的爪牙著實凶惡至極，殲滅了多國籍義勇軍的兩個中隊。是實質上的沉重打擊。

但是，這也讓他們充分感到確信。

「……他的前鋒果然凶狠。」

在聯邦軍司令部，人人都將敵魔導師出色到令人咂嘴的活動視為證據——認為當他投入 Named 時，就暴露出那傢伙的主攻點了。

「要來了。」

不知是誰的喃語。就在聯邦軍做好覺悟面對嚴酷的全面攻勢時，帝國軍也正好開始發動攻擊。

最初的攻勢，是大規模砲兵的地毯式砲擊。

是就像在說全面攻勢的前兆就該如此的彈藥預置吧。這絕對不是遭到突破而陷入混亂的敵人所能做到的火力集中。正因為如此，這也再度加深了他們識破伎倆的確信。對聯邦軍來說，自信愈來愈強。

「彈藥儲備告罄一事果然是詐欺嗎？」

人人都伴隨著確信低語。

「行得通，這次行得通！」

要是中了詐欺師的騙術，就會無法預期到敵方的砲擊而陷入混亂吧。然而，聯邦軍早就預料到這種情況，部署好第一線陣地了。

在砲擊的間隔中配置部隊。為了應戰嚴加戒備，並對敵人展開對抗砲擊。

「全都跟我方預料的一樣……就開始吧。」

將校在司令部抱持確信，滿心期待著能夠復仇而充滿希望的片刻時光。

這次，這次一定要讓那個該死的傑圖亞中將顏面盡失。就在聯邦軍司令部的眾人暗中確信成功，在內心裡竊笑的瞬間。

坐在對面，等待聯邦人亮出手牌的詐欺師……就得意洋洋地連同桌子一起將棋盤踹倒。

當天　帝國軍東方方面軍臨時司令部

高級軍官聚集到司令部裡。受到突然召集的他們，冷不防地拿到傑圖亞中將所主導的「作戰計畫」。所謂的已發布即時發動命令。

當聽聞要攻擊敵突出部的意圖時，所有人都點頭表示理解。

心想著「這確有道理」。

不僅是戰線被整理得很乾淨，還不動聲色地讓兵力集結在突出部附近。雖然大半是新兵較多的部隊戰力，但濫竽充數也是東部的日常。只要基於不得已的狀況審視，就能看出這是有意識到運動戰的配置。

甚至還能全面接受，認為機動戰論者的傑圖亞中將終於要發起反攻了吧。

……直到被告知目標為止。

「前……前進！不……不是敵後勤路線，而是攻打敵主戰線？」

將驚訝的聲音、疑惑的視線，還有困惑的空氣一笑置之的傑圖亞中將表示，本次作戰的主旨是「小旋轉門」；目標是敵野戰軍；手段是「無視」敵突出部的後勤路線，更進一步地深入後方的大膽作戰機動。

只要成功的話，確實會留名戰史吧。

然而，這只是沒有失敗時的假設。在現實的將校腦中，魯莽兩個字閃耀著不祥的光芒。將以毅然的先發制人、徹底進軍，而且還要依靠奇襲與速度持續確保主導權作為前提的跳躍？

完全就是想當英雄的軍官學校小鬼，灌了大量的蒸餾酒，在隔天早上睡醒時所想到的天方夜譚計畫。

「閣下，那個……真的要這麼做嗎……」

就算對是否要承認這項作戰而面有難色的參謀為了讓他改變主意而從旁插話，傑圖亞中將也只是處之泰然地對反論充耳不聞。

「下官已決心要這麼做了。要趁這絕佳的機會，毅然地發動這項作戰！」

一拳敲打在桌面上。難以置信的參謀面面相覷，在高級軍官全都僵住表情的情況下，就只有傑圖亞中將一人愉快地綻開笑容。

「雖不到戰略性，但這可謂是作戰性的奇襲。成算很大喔。」

面對這番充滿自信的發言，儘管感到戰戰兢兢，但還是決意不說不行吧。一名參謀將校總算伴隨著明確的反論開口。

「閣下，請重新考慮正攻法。」

別說這種無聊的事——就算承受著傑圖亞中將帶有這種要人閉嘴之意的視線，他也仍舊激動

地說得不停。

「即使是截斷敵後勤路線，在現狀下應該也算是相當可行的選擇！請考慮狀況！」

「貴官……喜歡打牌嗎？」

「咦？」

「去稍微玩點牌吧。有賭雪茄的話就更好了。只要有所失去，就會是學習人類的自負與誤信的良好經驗吧。」

不要在拿到一手好牌時露出笑容，反之亦然。虛張聲勢，互相猜測，爾虞我詐。某種程度內，確實也有著運氣的成分在。

但撲克牌對參謀將校來說，「與對手在牌桌上的較量」足以成為一種指標。

「貴官的意見恐怕也是聯邦軍的期望。畢竟是那些傢伙，肯定準備好了一場歡迎會在等著我們。所以……我選擇奇襲，從側面將那些傢伙狠狠踢飛。」

就大略上看來，敵軍的動向該說是專業水準。就像提古雷查夫中校看穿了一樣，敵人也同樣看穿了我方的意圖。

真是太棒了——傑圖亞中將竊笑起來。

對自己這類的人來說，敵人是專家會比較好料理。特別是一板一眼的傢伙，將會是最佳的冤大頭。就作為獵物吊起來，放血，好好地料理一番吧。

「以為看穿的瞬間是最危險的。反過來說，想要欺騙對手的話，讓他誤以為『已看穿伎倆』會是最好的方法。」

「那麼，閣下，您是說聯邦軍的突出部早就考慮到我方的反攻，他們還確信我們對嘗試截斷後勤路線嗎？」

心想著「這怎麼可能」，露骨地帶著質疑與困惑的參謀反問……是討厭的餘味。

輕視聯邦軍，認為他們是僵化的無能偏見，是低估敵人的傲慢所散發的腐臭。就算對自身的才幹感到自豪，也得適可而止啊。

「貴官的意思是聯邦軍沒有這種能力嗎？」

「……一時之間難以置信。雖不覺得他們不會學習……但會這麼快就上手嗎？」

「他們的教師很能幹。」

在愣住的眾人面前，傑圖亞中將稍微抽起雪茄。儘管非常遺憾，但不只有帝國是學問的探求者。

戰爭總是逼迫著當事人學習。

手法日新月異，要是沒能跟上腳步，就只能等著脫隊。習慣與惰性是最惡劣的陷阱。必須阻止習慣東部的將兵讓思考僵化吧。

「是經驗，各位。向經驗學習。對我們來說很不愉快的是，聯邦人也向經驗這名教師繳交了血之柬脩，拜於門下。也差不多要拿出學習的成果了。」

聯邦是個僵化的國家，而聯邦軍也只是其延伸……這在戰場上已經無法通用了。

就在這時，一名傳令軍官緊張兮兮的出現。這雖是年輕將校的常態，但想來是不太敢打斷大人物說話吧。

想說沒辦法，傑圖亞中將體貼地率先開口。

「你有事嗎？」

「是……是的，有電報。是提古雷查夫中校的電報。」

「很好。冷靜下來，把內容唸出來吧。」

「『霧中太陽』，再重複一次，『霧中太陽』……敵軍的引誘成功了。」

很好，太好了，傑圖亞帶著滿面微笑點頭。每當將她作為少數精銳送出去時，總是能取得最棒的成果。

「還……還有，那個……」

在用眼神催問還有什麼事後，欲言又止的傳令軍官才總算開口。

「還……還有附加一句怨言。」

「怨言？」

意外的一句話，是出乎意料的奇襲，讓他忽然不自覺地挑起眉毛。在詢問是什麼事，要求繼續說下去後，一臉不知所措的將校就唸起信文的後續。

「這種亂來的命令，希望只限於這一次。」

「就跟她保證吧。強人所難的命令，這回就只限於這一次。」

「下次還會有嗎？」

這位中校還真可憐。傑圖亞中將以輕鬆的語調朝著臉上寫著這種話語的年輕人說道。

「這你不必擔心。下次的事，就等下次再擔心吧。」

在說聲辛苦你了慰勞傳令軍官後，傑圖亞中將就瞪向參謀。事已至此，沒有時間爭論了。

「好了，各位。工作的時間到了。就來教導聯邦軍何謂敗北的滋味吧。」

於是，傑圖亞中將指揮下的機動部隊，就一如聯邦軍的預測，展開企圖進行包圍殲滅戰的行動。

只不過，針對的方向是前線的東側。這正是聯邦軍作夢也沒想到的「攻勢」。

聯邦軍也有預測到帝國軍會發起反擊，甚至還做好了準備。然而，他們卻因為所累積的經驗而判斷錯誤。

……不適當的學習還真是可悲。

充分領教過帝國軍式機動防禦的人「學習」到了──「意圖進行包圍殲滅戰的帝國軍，會攻擊突出部的根部」。

帝國軍攻勢案

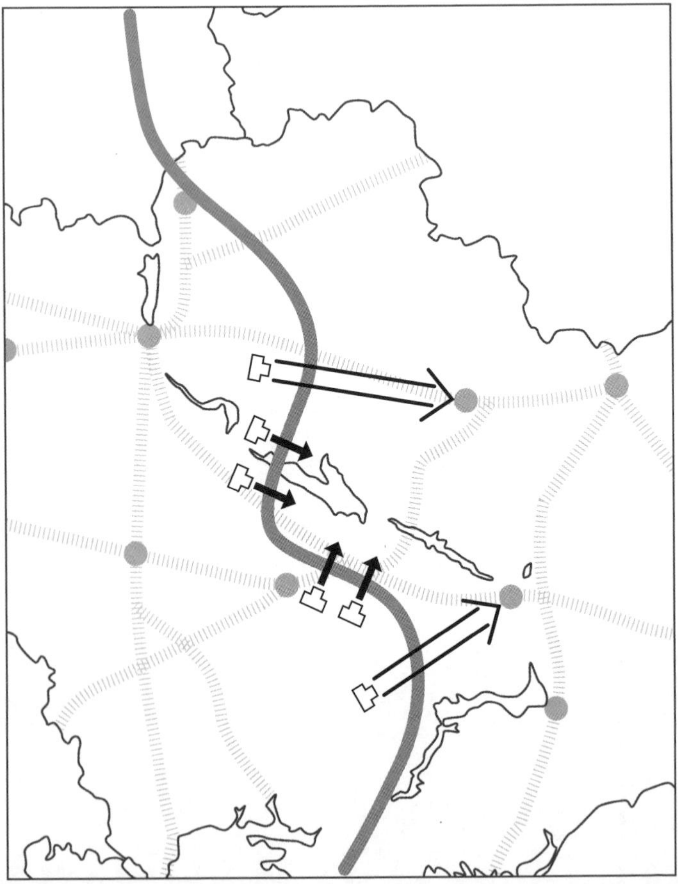

所以當聽聞帝國軍反擊時，就會很自然地認為自己知道「哪裡會被攻擊」。思考陷阱；預測到敵人會來的自負。

對只有假設「根部的後勤路線會被攻擊」的聯邦軍來說，針對出乎意料的思想破綻下手的攻擊，成為典型的奇襲。

假裝是要攻擊後勤路線，但實際上，卻是將突出部比擬成旋轉門的攻勢。朝著心生大意的敵陣從正面發起猛攻。正因為對假設深信不疑，所以聯邦軍所準備的對策，無法對應意料外的事態。

而且，傑圖亞中還將能毫無滯礙地調動部隊。畢竟，這是沿著前陣子為了引誘敵人，帝國軍各部隊所「退後」的路線倒走回去。雖是聯邦領地，但帝國軍卻能在兵要地誌的掌握上與聯邦軍勢均力敵的稀有環境就此成立了。

另一方面，在未曾研究過的戰區上爆發的衝突，則是對聯邦軍帶來困難。就算想動用預備部隊，但就連聯邦軍司令部都沒辦法當機立斷。知道要堵住缺口；也承認有必要為此投入兵力。但是，究竟該向「哪裡」投入預備部隊？

一面懊悔疏於研究該死守的地點，一面反覆爭論到最後，他們儘管遲了一步，也還是察覺到敵人的意圖。

「剛推進的補給據點」。

帝國軍義無反顧地衝向聯邦軍設在交通要衝上的據點。這意味著傑圖亞中將也有向聯邦學習；他也有為了了解敵人而進行調查。只不過，不是敵將的個性，而是「補給」系統的習慣。

正因為是標準化，不論好壞都很「明確」的做法，所以在掌握地形的戰區上，能大致預測到「會放置在哪個位置」。

只要能在敵地獲取糧食，就足以完全解決補給上的難題。捨棄一切會讓進擊停止的要素，裝甲部隊勉強達成了被認為是不可能的任務。

有將近半數的補給據點沒能做出銷毀物資的決定就敗走，因此讓帝國軍裝甲部隊先鋒集團成功補足了燃料。不過，比起這件事……最為重大的是野戰砲與砲彈的繳獲。

對於將僅存的砲彈統統用在佯攻上的帝國軍來說，能從敵軍身上搶得重砲，就相當於是一種奇蹟。賺到本金了呢，愉悅的傑圖亞中將立刻編制臨時野戰砲兵。

用聯邦軍的重砲裝備，編制帝國軍砲兵隊。

畢竟是東部，使用戰利品乃是家常便飯。召集過來的砲兵專家全都毫無困惑地將「用慣」的聯邦製品作為武器，十分大方地朝著聯邦軍陣地發射聯邦軍的砲彈。

很不幸的，是因為知道得太詳細了吧。聯邦軍司令部透過嚴密的諜報與情報分析，正確預測到了帝國軍的兵力。在這張預測表上，完全沒有能在戰線深處展開重砲兵部隊的戰力。

當得知實際上遭到砲擊時，他們陷入了混亂。

不僅是從意料外的方面遭到突破，還因為「敵重砲兵出現」的惡耗亂成一團的聯邦軍司令部，始終沒能在這場混亂之中找出這些本金的出處。

然後，撕裂遲鈍的敵人……正是傑圖亞中將的拿手好戲。

第參章

上司

Boss

區區戰爭，豈能毀滅得了官僚主義？

不詳：戰時隨筆

統一曆一九二七年八月十一日　西方帝國軍司令部

在恭賀傑圖亞中將晉昇的提前慶祝會上，心胸寬大的聯邦軍與共匪在東部應邀作陪。是可稱得上在憎惡之中的奇妙喜劇的戰爭好日子。

只不過，新任上將閣下離溫柔相距甚遠。一突破敵戰線，就像認為擴大戰果乃是戰爭之華似的，在聯邦軍的戰線上縱橫馳騁。然而，在這個賺分場上卻不見譚雅的身影。很不幸的，這個最高潮的局面……並沒有公務使者的事。

一喪失勉強運用的理由，就下令跟副官一起返回帝都。畢竟她是參謀本部派來的派遣將校。沒辦法留妳太久，辛苦妳啦——以這種感覺將她趕了回去。

結果沒有勳章，只有承認擊墜數。

在想轉職的瞬間，能用來自我宣傳的要素變少，還真是令人傷腦筋。

雖可以主張「我也有參與那項專案」，但要是名單上沒有自己的名字，就相當於是「那是我做的詐欺」了。實績會希望有確實的佐證。派遣業務在這點上就有很多問題。國營大企業帝國軍果然毫無疑問地是家黑心公司。

而且，還接連看到對轉職願望火上加油的景象。

就連在出發前，都對帝國的悠哉氣氛感到不耐煩了……在從東部歸來後，則是更加讓人煩躁。就算在心情上遷怒也毫無意義，但這種就宛如現場人員的奮鬥不被總公司理解的景象，作為勞動者難掩失望。

「……是為了什麼而勞動啊。」

工作熱情不斷削減。明明返回本國了，卻明顯累積著憤懣。

儘管如此，她也沒辦法與人類的好朋友酒精相擁入睡。在前往下個任職地的鐵路旅行途中，譚雅就連自己也有所自覺地感到愈來愈疲憊。

真是讓人驚訝，是受到了「待在戰地還比較輕鬆」的思想汙染吧。也或許是因為睡眠不足的精神錯亂，或者過勞所導致的混亂嗎？

不管原因是什麼，都到極限了。在這瞬間讓人深切感覺到，不論是多麼能幹且勤勉的人，都不能缺少適當休養。

很可悲的，在西方等著譚雅的……可是會揚言「要休息等死了再說」的那種指揮官。畢竟是隆美爾將軍，在個人的勤勉上是工作倫理的模範，但作為使用者是最差勁的那一種人。

抵達西部方面司令部，並依照規定前往司令部報到時，他很意外地居然「出門了」。

讓人驚訝的是，還是自執行官以下的全員都出門巡視了。

就連留守軍官都只有疑似副官的上尉一人。聽他說，自隆美爾閣下以下的幕僚部門，將搭載無線電的軍用裝甲車群作為移動司令部。

似乎是靠著代步用的輪式裝甲車，精力旺盛地率著大批人馬前去視察現場與部隊，不斷進行著突襲監察。作為新任的將官，這項行動本身可說是非常正確的吧。

為了掌握狀況的率先行動，甚至是期許軍官做到的基本中的基本。

「那麼，是連日視察？當地部隊和參謀也還真辛苦呢。」

因此，譚雅就基於些許的關心向留守軍官問道。該說是一如預期吧，所得到的答覆是彷彿理所當然的點頭肯定。

「妳也曉得他的個性，畢竟是閣下呢。」

「閣下的神出鬼沒，我在南方已充分領教過了。讓人不分敵我感到提心吊膽的行動力，依舊健在嗎？」

「就跟往常一樣。跨越陸海空的隔閡，精力充沛地遍訪各個部隊喲。」

「哦，居然跨越了軍種的隔閡……」

還真是了不起呢——譚雅表面上微微點頭附和，一完成禮儀性的到任手續，就決意要立刻展開行動。

畢竟——譚雅再重複一次。是那位隆美爾將軍。她知道那個人就像失控列車一樣，有著停不下來的惡劣性質。

過去曾在南方大陸被他狠狠使喚過，所以甚至是非常清楚。

那位大人有著精力過剩到會在到任的同時展開機動戰的性格。這位長官非常勤勉，充滿著積極性。倒不如說，甚至會覺得他是帶有人形的積極性。作為勞動者，能斷言他是工作倫理的模範。

但這反過來說……就是討厭浪費時間。不覺得他會去做跟工作無關的事。

平常不會去在意這種事，但這種人會跑去跨越「軍種的隔閡」，就讓人感到毛骨悚然了。他可是那種能派上用場的，不論是屍體還是惡魔都會丟到戰場上的將官……譚雅的第六感宛如偵測到魔導鎖定反應般在腦中響起震耳欲聾的警報。

特別是與陸海軍的接觸讓人格外在意。

「為什麼會去那裡？」

西方目前的問題是「西方空戰」。

假如是去視察防空用的高射砲部隊的話，倒還可以理解，但積極地視察陸海軍的各個部隊？陸軍部隊也就算了，因為隆美爾將軍是帝國陸軍的中將閣下。既然是陸軍出身，在那裡也有許多應酬、人際關係和麻煩要處理吧。

海軍呢？

帝國海軍與帝國陸軍之間，與其說是關係險惡，倒不如說是關係良好。但絕對不是……將軍會親自前去交際應酬的關係。當然，如果是意圖與在西方方面展開部署的大洋艦隊徹底落實聯絡與協議的話，還算是在常識的範圍內吧。

……假如是一般性聯絡的話。不過，那位將軍會因為「能交給他人去做」的聯絡親自前往嗎？不可能的吧。

譚雅在艦隊司令部也多少有些門路與知己。雖然難以說是定期性的，但偶爾也會前去打招呼，交換近況，就連禮儀性的交流也不是沒有。但即使是這些，也都還是社交的水準。

會在視察時前去訪問的理由，她怎樣也想不出來。這項行動……應該潛藏著不單純是聯絡的某種理由。

不對勁感一口氣膨脹開來。該不會是跟預備計畫有關吧？

「跟陸軍有關……還可以說明。但海軍？」

姑且不論海上，海軍在陸上的兵力是微乎其微。

首先，就以要衝進首都的意思上，步兵是最為自然的。但從軍事合理性的方向來思考，真的是對的嗎？作為「預備計畫」的備案是政治的產物。就這點來講，譚雅是自不待言，但隆美爾將軍也是棋子吧。而且說到底，那位軍人會主動參與核心的部分嗎？

整理一下就要偏離主題的思維，讓重點回到軍事上。

「……這樣一來，就是正規的作戰行動？可是，關係到海軍？」

能立刻想到的，頂多是通商破壞作戰吧。確實聽說過西方的潛艦，一直在對聯合王國展開艱難的作戰。不過，會需要司令官過去鼓舞士氣嗎？

儘管也不是不需要，但作為親自前往的理由有點弱。

如果再加上西方的艦隊行動……啊，就算這樣，也還是想不透呢——就在譚雅闔上雙眼時，時間到了。方才見過面的留守人員，也就是隆美爾將軍的副官，帶著「召集」的命令文件來了。是從移動司令部隔空發來的出面命令電文。

在彷彿搶過來似的收下過目後……哎，這要說跟看到的一樣，還是一眼就能理解重點呢。畢竟，內文寫著「過來」。就只有這兩個字。

毫無討論的餘地，還真是傲慢的上司啊。

被叫到移動司令部目前所在地的譚雅，做好了覺悟。

心想著要有會接到強人所難任務的預期啊。只是，討厭的預感就算猜對了，也絲毫高興不起來。

在那裡等候自己到來的，是閣下揚起的燦爛笑容。或是說，窮凶惡極的微笑。光是這樣的話，還只要害怕就好。

但真正讓人恐懼的是，從他口中說出的「等妳很久了」這一句話。

「中校，我很看好妳，所以要跟妳提一件事。」

再糟糕不過了。向隆美爾將軍降下災難吧……他所提出的計畫書，還真是……還真是非常刺激的內容。

主旨是「向聯合王國本土發動強攻——經由海路」。

第一印象是白日夢。

她一時之間伸手揉起眼睛。自己該不會是睜著眼睛睡昏頭了吧？這怎麼看都像是會讓腦袋感到這種愚蠢疑問的玩笑話。

「怎樣，中校。」

被詢問感想而回歸現實的譚雅，思考仍處在混亂之中。若無其事地寫在上頭的內容，是作為專家絕對無法容許的豪賭。

就以大前提來講，很不幸的，我方的空中優勢處於實質上的喪失狀態。就算勉強在法蘭索瓦與低地工業地帶上空的防空戰中，瀕臨極限地阻止了破局，但也無法否認是每況愈下。

擔負西方方面的方面軍正在進行戰略性防禦。我方處於劣勢，就算聯合王國本土是麻煩至極的敵作戰基地，卻也無法觸及。毫無可能在短期內將其殲滅、占領，或是喪失功能，帝國軍全體將校都會毫無疑問地一致同意這點吧。

要衝進這種敵地？從正面？

「關於對聯……聯合王國的海上強攻作戰……『該不會，真要這麼做』？」

「攻擊作戰基地是基本吧。」

「要視時間與場合。參謀本部本下達的任務不是強化西方的防衛體制嗎？」

「正是如此。」

譚雅默默搖頭。

強化防衛體制，正常來講是要「重新評估防空體制」吧。就譚雅個人來講，也是設想隆美爾將軍會下達有關這方面的任務。

然而，為什麼會變成這樣？

宛如存在X的跳躍性邏輯。該不會連隆美爾閣下的腦袋都被戰爭搞壞了吧？

很不幸的，譚雅的長官是隆美爾將軍，隆美爾將軍是一個積極主義者。

「如妳所見，中校。」

「要是這樣的話，那可糟了。看來下官的眼球似乎是出毛病了。」

伴隨著難以置信的憤怒，譚雅以能被容許的最大限度，從口中擠出帶有反駁之意的抗議。

「這是防衛計畫嗎？怎樣都不覺得我們看到的是相同的內容。要下官找軍醫過來嗎？」

「安心吧，中校。貴官很正常，我可以向妳保證。寫在上頭的是純粹的防衛性計畫喔。」

「您說作戰基地強攻是防衛嗎？」

所提出的計畫書標題上，排列著譚雅難以用帝國語理解的詞彙。

在完全掌控制海權的海軍國家本國艦隊眼前，橫越海洋，襲擊敵方本土。這與其說是防衛計畫，倒不如只能說是魯莽的突擊計畫。

他腦子有問題。儘管有著這種感想，但譚雅作為社會人士，組織中人，還有更重要的現代人，必須要慎選話語。

譚雅重新盤起雙手，為了整理思緒仰望著天花板。

「這……該怎麼說好呢。」

即使已決意要轉職了，但就連轉職對象的內定都還沒拿到。轉職的基本，即是要記得準備好隨時都能回頭的救命繩。要辭掉工作，得先等下一份工作確定好之後再說。在這之前，必須好好待在所屬的組織裡，不犯大錯的完成份內工作。

「閣下，請恕下官對這句話提出異議。下官果然難以接受。這超出了『獨斷獨行』的容許範圍，看起來就像是在重新解釋任務。」

「這是積極的防衛策略。」

「……閣下，您是說強攻嗎？」

「在軍事上，成功的『防衛』要伴隨著積極性。極端來講，甚至比攻擊時還必須要有對主導權的貪慾與攻擊性。」

貴官也知道這點吧——他要這樣講的話也難以反駁。

實際上，他說得很有道理。決定戰力的運用，在適當的局面下投入預備戰力，然後達成戰略目標。

也就是說，跟轉職一樣。

只有能為了更美好的未來，積極且深謀遠慮地採取行動的人，才有辦法累積資歷。因此，揹負風險的決定「未必是不好的」。

「提古雷查夫中校，我們沒有追求安穩的餘裕，我不會讓貴官說不懂。只不過，看來就連以白銀之名為傲的魔導師，也會抱持著該唾棄的恐懼，而不是敵人的鮮血。貴官難道是鏽銀嗎？」

要是能乾脆當作是這樣的話，該有多好啊。

只是她沒辦法這麼說。譚雅也是社會中人。不得不基於社會性生物得保護社會地位的必要性提出反駁的意見。

譚雅深深嘆了口氣，凝視著隆美爾將軍開口說道：

「勇者要懂得忍耐吧。蠻勇並非勇氣。會不想承認需要等待適當的時機，是因為有顆軟弱的心。」

「沒錯。不過，機會是要自己製造的。不是嗎？」

是這樣沒錯——譚雅只能點頭承認。

「當然，下官也不否定在防衛之際需要積極性。問題在於所能容許的風險！」

「作戰需要孤注一擲。以集中的兵力，設定唯一的戰場，全力投入。就某種意思上，防衛也是一樣的吧。」

這也沒有錯。姑且不論織田信長的革新性云云，他的軍事機動正是「成功防衛」的典型事例吧。

就譚雅所知，在日本就連小孩子都知道「織田信長」的大名。作為他著名的第一步，桶狹間村、田樂狹間這個地名也頗負盛名。儘管如此，卻因為懶得從所知的知識去類推的人太多了……所以讓「防衛」這個詞彙一直沒受到理解。

也很少會有詞彙像「防衛」這樣受到誤解。所謂的防衛，有時也包含著毅然的攻擊。不包含排除敵方攻擊的防衛，除了爭取時間之外，將會收斂成為只是漫無目的的「為了防衛的防衛」。

織田家在今川義元侵略尾張時，是怎麼做的？是「被動」地加強「防衛」，然後死守城池嗎？只要翻開日本史課本，答案就很清楚了。

防守方的織田家突擊部隊，砍下今川義元的首級，「擊退」了「前來侵略」的今川軍。就這樣，織田家成功「防衛」了領地。

假如信長這名武將就只是死守城池的話呢？就算他的生涯只用一句「勇敢的抵抗」打發掉，尾張的織田氏就只有歷史愛好者才會知道的知名度也不足為奇。

「閣下，下官就原則上也不否定對防衛來說，積極性也很重要這點。斬首戰術是如此，傑圖亞閣下在東部的機動戰也是如此。」

譚雅作為幹練的野戰軍人，很清楚「防衛」也必須要徹底活用積極性與知性。

「那就沒問題了。這極端來講，也算是防衛吧。」

「極端來講，是國防沒錯。但怎樣也無法稱為防衛。」

只不過——她沒有忘記要補上一小行前言。凡事都有個限度，即使是自己，也難以贊同隆美爾將軍那寬鬆的定義。

「這是在指鹿為馬吧。很明顯嚴重超出了戰略性防衛的範圍。」

「這是見解上的不同呢，中校。讓人不禁覺得貴官作為野戰將校，似乎欠缺了向前突進的積極性……」

上司蠻橫的發言，讓譚雅蹙起眉頭。不知是幸還是不幸，雖然前世很少有這方面的對應經驗……但在戰時黑心國家體制的帝國軍中，這可是家常便飯。所以譚雅才會想要換工作。

只不過，現在必須要先守住自己的立場。

「恕下官直言，獵犬在襲擊獵物之前……可是很安分的。」

她更加地挺起胸膛，注視著對方的臉。

「不待命令就擅自衝出去的，會是沒有教養的廢犬吧。絕對不會是帝國軍人的行動原理。」

「所以？妳就直說吧，中校。」

「過度重新解釋本國的命令，是非常嚴重的問題。」

面對譚雅不再兜圈子的忠告，隆美爾將軍依舊不改愉快的表情。以煞有介事的表情注視過來的雙眼催促她繼續說下去，還真是令人討厭。

「動員艦隊的水面艦艇，不是用來攔截，而是衝進敵制海權領域！下官認為，光是這樣就相當具有攻擊性了吧。」

闖入聯合王國的控制水域；派艦隊衝進占優勢的皇家海軍所徘徊的大海……這不可能會是防衛吧。

先不論腦子有沒有問題，這單純只是魯莽的攻擊。

「是見解上的不同呢。對我來說，排除威脅就是防衛。貴官的看法如何呢？都這種時候了，別客氣，儘管說吧。」

「說這種外線作戰是防衛，閣下是認真的嗎？」

看到長官默默地點頭表示沒錯，譚雅終究不得不指出他的錯誤。

「不管怎麼說，這都超出了任務範圍。甚至動員了航空魔導部隊與海軍步兵部隊的海陸聯合作戰是……」

「為了西方防衛，這是必要裁量權的範疇吧。」

防衛計畫有包含攻打敵本土的權限嗎？

他腦子有問題。就連在戰國屈指可數的瘋子當中特別值得一提的島津家，都還是在自己的勢力範圍內進行防衛啊！

「……下官還是難以同意。要是把這稱為防衛的話，很可能會讓攻擊的概念消失。」

「中校，我身負著要讓西方方面的防衛進行根本性地改善的期待。也跟貴官在前陣子得知的一樣，有著許多內情呢。」

「關於西方防衛，不論閣下的想法背後有受到多少要求，下官都是一名軍人。因此，只會為了以最大資本強化西方的防衛推動軍務。」

「白銀，想不到妳會用這種彷彿腐敗政治家的口氣講話呢。」

隆美爾將軍表情十分傻眼地搖了搖頭。

「看來聯邦的空氣相當毒呢。」

就像是傻眼般的喃語，確實指出了真實。實際上，去過東部的譚雅可以斷言那是個很過分的地方。

「東部的泥濘，無法埋葬的屍體，還有渾身散發著共產主義與民族主義混合物的聯邦這頭奇美拉，那是個很愉快的空間。有機會的話，想請閣下一塊來玩。」

「是相當有趣的遊樂場呢……不過要玩泥巴的話，自己畢竟過了那個年齡了。」

「閣下還真愛說笑！就連那個傑圖亞閣下，都在東部帶著我的中隊一起愉快地玩著泥巴喲。」

「總而言之，就是會讓那位『閣下』生龍活虎的空間啊。以戰場來講，我理解到那裡是最差勁的那一種了。感謝妳，中校。」

只要回顧起與聯邦的戰鬥，就會毫無異議地認同那裡是最糟糕的戰場。

大致上難以說是個清淨且風光明媚的戰場。以環境險惡這點來講，南方也很相似……但就算有著極端強烈的溫差，那裡也是個「輕鬆的戰場」。

南方大陸也是個稀有的空間。只要考慮到開端，會感到很不可思議的是，交戰各國大都不認為在南方的勝敗是「攸關生死」的問題。就結果而言，讓南方戰場有著基於餘裕的良知。

不過……賭上國家命運的戰場就另當別論了。國家理性會不擇手段，不顧一切地持續高喊著勝利。

隆美爾將軍就像要改變話題似的，在盤起手後開口說道。

「就直接說結論吧，中校。這跟妳在聯邦幹的事，本質是一樣的。」

「閣下，東部與西部的環境截然不同。請恕下官直言……」

一句等等阻止了她。

對方在譚雅閉嘴的同時，語氣不悅地說道。

「別拐彎抹角說什麼『恕下官直言』。我不是官僚。」

「……或許是在帝都待太久了。下官也有注意到自己漸漸染上了繁文縟禮的風氣。」

「連妳這個前線將校都這樣的話，參謀本部與官僚就沒救了呢。」

隆美爾將軍豪邁地哈哈大笑。但他的這句話，卻也蘊含著會讓譚雅僵住表情的內容。

那怕是在戰時，官僚主義也依舊跋扈。就連自己也沾染到這種弊病。老實說，雖然也有感到恐懼，但甚至是佩服起來了。那怕是辛辣的帕金森定理，也從未料想過……官僚會把工作量產到這種地步吧。

「中校，我也有看著現實在制定作戰。只說慾望的話，我會想要妳去直擊首都。怎樣，我有在反省吧。」

「要我轟炸霧都？」

「光是沒這麼說，就表示我也在南方學到了謹慎吧。」

「閣下此言，真是讓人勝讀十年書。為了將來著想，等下能否商借閣下的字典一用呢？」

「妳這話還真怪呢，白銀。這裡是帝國，貴官是帝國軍人。我們使用的是同一本字典喔。不用顧忌任何人，自由地去看自己的字典吧。」

裝傻的回答。

看來他完全不是譚雅的迂迴牽制所能應付的對象。隆美爾將軍為人雖然爽快明朗，但終究出色地修完了帝國軍參謀將校課程嗎？

就是因為這樣，我才討厭參謀將校出身的將官。

「我就反過來問妳吧？中校，假如貴官有著睿智什麼的話，就教教我吧。還有其他能鞏固西方防衛的方法嗎？還有其他最好的辦法嗎？」

這是就算長官的言外之意是沒有，也依舊不得不對他說有的苦行。會計什麼時候才要發給我壓力加給啊？譚雅一面想著無益的事，一面作為職業人士，以恭敬的態度正面否定長官的話語。

「下官自負，自己就只精通自己所知道的事。作為軍事專家，下官能提議的就只有防空戰的效率化。該追求的是防空網的組織化與效率改善吧。」

「只要有能投入的資源，妳說得就沒錯。只不過，教範上有寫到在如此惡劣的狀況下該怎麼做嗎？」

沒有寫呢──讓人想苦笑的瞬間。

黑心企業會徹底要求員工的幹勁與足以打破現狀的技術革新，但說到底，早在將技術革新作為解決對策時，企業就已經敗北了。技術革新不是靠口號就能完成的。相反地，是要將自由與創造性做最大限度的活用。

很可悲的，就一般論來講……創造性會在惡劣環境下逐漸萎縮。

「敵夜間轟炸機與我方的夜間迎擊飛行師團，每晚都在展開死戰。想要效率化的話，就無法避免要進行大規模的增強。換句話說，就是痴心妄想呢。」

「誠如閣下所言」這句話卡在嘴邊，差點脫口而出。

儘管明白道理，但只要認同隆美爾將軍的意見，就會自動地強制參加「意義不明的豪賭」。為什麼要這麼可悲地不得不做出這種像是要志願參加先遣部隊，跑去攻打敵本土的行為啊？譚雅很寶貝自己。打從心底地想珍惜自己。

懷著充滿人性的自愛心，譚雅說出替代方案。

「少數有少數的戰鬥方式。況且只要有我航空魔導大隊在，就自負能做到少數以上的戰鬥。我們是最資深的部隊，跟飛行時數不足的帶殼小雞可是有天壤之別的。」

航空魔導部隊難以說是迎擊高空轟炸機的最適當兵科……但能接替部分工作。更何況是已達到最精銳化的自身部隊了。

儘管打算提出極積的替代方案，但該說果然沒用吧。長官的表情一點也沒有好轉。

「提古雷查夫中校，這是止痛劑的處方。」

「只要從劇痛中解放，也能給予冷靜思考的時間吧。」

「部分正確。不過，貴官嘗過太多遲滯防衛的滋味了呢。沒有活路的爭取時間，只會每況愈下。這到最後還是死路一條。」

譚雅就理論上能理解長官想做的事。就近似信長對於信長包圍網的行動吧。織田家藉由「集中攻擊」包圍網的脆弱部分「淺井、朝倉」兩家，打破了包圍網的枷鎖。

以藉由內線戰略的積極防衛來講，這可說是教科書般的典型事例。只不過，也能說是因為成功了，所以才被當成是典型事例。大半時候，因為速度快卻品質差而讓經營衰退的企業，往往大半都不會說出現場人員有多麼操勞。

就算想抑止半信半疑的聲音，疑問也會不斷膨脹。

「只要行動，狀況就會改變嗎？」

「反了，中校。憑妳的腦袋不可能不懂吧。要是不行動，不論如何都只會確實地緩慢死亡。」

儘管有道理，但譚雅沒有會成功的把握。

信長確實是成功了。但是，隆美爾閣下會成功的保證在哪？怎麼可能會有這種東西啊！

首先，織田家跟帝國的差異太過顯著。織田家確實也遭到包圍。就這點來講，跟帝國置身的現況也很類似吧。然而，類似點就只有這樣。在參與信長包圍網的各大勢力背後，可是有著對織田家來講可作為遠交近攻友人的各大優秀勢力。

帝國呢？帝國的敵人背後，有帝國的朋友嗎？完全想不到會有誰。就算再怎麼想，再怎麼深思，也依舊無法推翻這個假定。

到最後，譚雅不得不做出結論。

想再多也無濟於事。這比無薪加班還要沒有益處。完全沒必要將帝國的命運與自己的命運綁在一塊，還是開始認真追求「自我利益」會比較安全吧。

換句話說，就是怎麼做會有利於轉職……在進行轉職活動時，實績是很重要的。

譚雅自身的實績是戰歷。在帝國軍內部儘管超群出眾，但可悲的是，組織內部的功績在「外部」幾乎不會受到肯定，她基於經驗知識能確信這件事。

就作為前人事斷言吧。人往往都會難以置信地高估自己的市場價值，有著這種壞毛病在。人人都深信不疑——「自己肯定在平均之上」。

也以烏爾岡湖效應聞名的這種現象，看在像譚雅這種「非常客觀」的人眼中，是種難以置信的錯誤。

譚雅認為自己就只是一介平均的存在，自負是在努力之後，才勉強保住相當於秀才的水準。假如不每天告誡自己，不要對資歷抱持過度的樂觀想法的話，也會在轉職戰線上徹底失敗——有著這種根深蒂固的擔憂。

所以，譚雅確信。

就算自己是多少有點名氣的勳章持有人，但自己終究只是帝國的魔導中校。就算說想要背叛，對方也只會覺得「妳不過就是個軍官」吧。

銀翼突擊章持有人這點說不定能作為自我宣傳……但這只是帝國內部的評價。譚雅在這點上絕不會自命不凡。

這是因為她也很熟知資訊的不對稱性。

這其實很簡單。貴公司的王牌員工、領過董事長獎等獎項的「明星員工」，在「其他公司的員工」裡有著多少知名度?更何況這裡跟轉生前的日本不同，並沒有網路可以查詢，別說是業界之間的障礙，甚至還存在著國家之間的障礙。

把轉職賭在自己的知名度上，就只是魯莽的賭博。

「假如有戲劇性的戰果的話……或許——」

要是能在對付聯合王國等交戰國時，以能展現自己的形式創下戲劇性的實績的話，就多少能達到自我宣傳的效果。就算難以說是完全的市場，也該重視宣傳自身人力資本價值的機會。

為了創造市場價值，應該要再多考慮一下公關活動吧。廣告不需要戰略性。因此，譚雅帶著自我警惕喃喃低語。

「自己居然因為太過窘迫……而搞錯了。」

在這瞬間，一隻手輕放到肩膀上。在猛然抬頭的譚雅眼前，是帶著燦爛笑容的隆美爾將軍。

就在回過神來的譚雅，不知自己的喃喃自語會受到怎樣的解讀而戰戰兢兢時……聽到的卻是一句出乎意料的話。

「妳說得沒錯。中校，唯有戲劇性的戰果，才有辦法治癒各種事情吧。真是了不起的慧眼。」

「要是別無他路，下官願盡犬馬之勞。」

就算連忙敷衍過去，長官也像是有所誤會似的愉快笑起。

「那就讓我們兩人一塊走吧。邁向這條單行道。」

譚雅直愣愣地盯著長官。兩人一起？要兩人一起流亡？不對，再怎麼說這邏輯也太跳躍了。

「閣下要跟下官一道同行嗎？」

「是比喻。陸地人終究無法越過大海。」

啊——譚雅的知性就在這時恢復冷靜，適當地重新理解到長官想說的，是有關軍事性冒險的那類社交辭令。

總而言之，就是祝妳一路順風的將軍流委婉說法。既然如此，也不用多想要怎樣回話才適當了。

「閣下，下官確實是魔導軍體系的軍人，但也是就讀陸軍的軍大學。在這種時候視我為外人……可是會嚴重損害戰友精神的。」

「放心吧，中校。妳想要的話，連隊隨時歡迎妳來共享晚餐。」

我們可是同吃一鍋飯的夥伴呢——一旦他用這種陸軍軍人風格的說法裝傻，也就難以追究了。她感到受不了的搖搖頭，心想這個話題總算結束了而安心下來……但千萬別大意。

就算是自己人，太過鬆懈也會被乘虛而入。很不幸的，譚雅並沒有意識到……會有更大的困難襲擊而來的可能性。

「對了，中校。我有件事忘了跟妳講。」

忘了講？講什麼？真是讓人討厭的臺詞。長官直到最後才提出來的，從來就沒有好事過。

就算連忙提高警戒，但說到底，早在他提出話題時，就無法否認嚴重有種已經太遲了的感覺。

「有什麼事嗎？」

要掩飾內心的害怕也很辛苦。

「必須取得本國的許可。」

「……咦？」

警報在心中響起；討厭的預感增強。作為最低限度的抵抗，譚雅故意以漫不經心的語氣與表情嘗試迴避。

即刻實行一切可能緊急迴避的方案。

默默別開視線，調整呼吸並保持冷靜。特意減少發言，然後盡可能努力不看長官的眼睛，同時全面展開困惑的表情。擺出無法理解與欠缺當事人意識的態度——就算想裝傻，也只能爭取到數秒的時間。

這是無力的抵抗，相對地，現實的力量卻是壓倒性的。

「真是遲鈍的傢伙。去給我取得許可。」

當然，她單純只是不想理解，不過要是他這麼直接地說出業務內容……在職務上就無路可逃了。譚雅忍不住詛咒起自身的不幸。不論是傑圖亞閣下，還是隆美爾將軍，帝國軍的高級將官似乎很懂得如何把人往死裡操。

她雖是航空魔導師，但要在帝國與戰地之間往返好幾次，可也不輕鬆啊！

「閣下，考慮到茲事體大，還是您親自……」

「指揮官豈能輕易離開任地。」

就只在這種時候搬出正論。只要他高舉著對軍人來說，不論是誰都無法否定的大原則出來，那怕是單純的反駁，都很可能會有損資歷。

退路已斷，也不允許反駁，到最後，譚雅就作為組織中人，在心中暗自吞下眼淚。

「去向參謀本部的大人物說教吧。抱歉，我無法同行。但就讓我們兩人一同努力吧。」

「……下官願盡微薄之力。以最大的努力保持機密，致力達成本項作戰。」

除此之外，還能怎麼回答呢？

統一曆一九二七年八月十四日　聯合王國——郊外

在本國郊外，有著一棟外觀平凡的宅第。

以貴族的鄉村別墅來看，是稀鬆平常的樣式。主棟、附屬設施，還有大量的生活設備。在戰時狀況下，對軍方與公家機關來說，算是某種方便使用的臨時住所……在表面上。

實際上，一踏入土地內，氣氛就在瞬間變樣了。

站在那裡，「偽裝成」毫無幹勁且百無聊賴的衛兵盡是些熟面孔……是同行的海陸魔導師。在戰時狀況下，前線部隊所極度渴望的一批幹練軍人。

為了通融其中一人，就連本國將官都會不擇手段地將精銳偽裝成尋常的民兵。

要是有人能奢侈到利用身經百戰的魔導部隊擔任設施警衛的話……除此之外，頂多就是防衛霧都的首都近衛連隊吧。

不過，一旦這裡是情報部中樞的話，這也是沒辦法的事了。儘管如此，但對於每次來訪都要受到偏執性的加強防護對策，就只能不帶感情的苦笑了。

「雖是明智的處置呢。」

自萊茵戰線以來，帝國軍在各地展現的斬首戰術有多麼棘手，這裡的主人似乎非常清楚。

所謂情報部門的首長，不論東西，都能看得出來有哪裡十分謹慎。這種長官很慎重是非常好的一件事吧。

……如果自己的報告對象，沒有正好是這種長官的話。

「被萊茵的惡魔打傷的傷口在痛。真是糟透了。只會讓人打從心底有著不好的預感啊。」

俗話雖說舊傷是勇者的勳章，但與其說是勳章，更像是金絲雀。對於想太多的人，傷口會發出警告。

很可悲的，德瑞克這名中校是社會性的動物。他的理性與坦率的感情相反，不允許他做出立刻折返的正當選擇。

他跟著帶路人在屋內闊步。

或是說被引導著。來自外部的訪客，不論是誰都無法自由行動，這述說了屋內警備有多麼森嚴。

不過，雖說引導人員的戒備森嚴……但他不是障礙，而是擺渡人。是將德瑞克中校拖引到目的地的存在，就像卡隆（註：希臘神話的冥河擺渡人）一樣吧。在他的引導下，自己最後逃不了也躲不了的被帶到目的地的門前。

在心中深呼吸。

依照規定的禮儀向衛兵低頭，讓對方開門並走進室內後，等在裡頭的人就以可怕的表情注視過來。

「辛苦了，中校。看來傷勢並無大礙呢。事不宜遲，報告吧。」

德瑞克中校心想：自己雖是好惡分明的人……但格外不擅長應付話少的老人。一旦還是英明得足以掌握重點，脾氣暴躁到會因為自己的藉口勃然大怒的大人物的話，頭就痛起來了。

「是的，請問要從哪裡開始？」

「就先說誤射的事吧。實際情況是？」

劈頭就譴責起會讓頭痛與胃痛變得更加強烈的案件，讓德瑞克中校嚴重地感到喘不過氣來。雖說只是名目上，但畢竟是在自己管理下的「軍官」所犯下的失態。就算不是處在完全的管制下，也不能說是完全沒有責任。

一旦身為官職就更不用說了。

作為專家，作為現場負責人，一面提出詳細的整合報告書……德瑞克中校一面盡可能注意情緒的開始報告。

「表面上是以『戰鬥中的混亂』所導致的事件進行處理，但實際上是義勇魔導師無視我的制止所做出的失控行為。」

「儘管很遺憾，但畢竟是戰場上的事……聯邦軍有必要特別吵鬧嗎？」

「很遺憾的，術式太過強大了。」

不僅讓他得做出向政治軍官低頭賠罪的不愉快行為，犯錯的當事人蘇中尉還在跟政治軍官有說有笑。是難以理解的不講理。實際上，德瑞克也差點氣炸了血管……但既然經由米克爾上校得到的情報，與經由政治軍官的損害報告一致，也就只能賠罪了。

「據說在地面上，就連聯邦軍的校官層級……待在現場的連隊長層級都遭到波及死亡。雖是非正式管道，但總之是來自確實的情報來源。」

損害的規模十分嚴重，而且還發生在最糟糕的時機。甚至足以讓激動的情緒冷卻下來。是在被傑圖亞中將再度玩弄時所發生的禍事。沒有要求引渡犯人，事情還被私下搓掉，幾乎可說是奇蹟了。

在外交上，外交部將會承受到最大限度的抗議吧。

不知道自己也會受到怎樣的譴責……他帶著這種想法，在心中暗自做好覺悟。

「是不幸的事件呢……雖然沒辦法正式道歉，不過就請大使閣下私下向共產主義者表達謝意吧。話雖如此，但這件事就到此結束了。」

辛苦你了。就這隨口一句。

沒有追究責任，沒有挖苦，甚至沒有諷刺。

「咦？」

「中校，我沒有無意義地譴責部下的興趣。被政治家的要求擺布，對現場人員提出不講理的蠻橫要求的無能很醜陋吧。我雖是老人，但沒有隨著年齡增長增加惡習，而是想成為更加完善的人。」

令人感激的話語。儘管很醜陋，但德瑞克自己甚至有種因為這句話而免除責任的感覺。只不過，就算沒有正式的處分，但自己的良心……也不允許就這樣當作「什麼事都沒發生過」。

正因為如此，才會明知傲慢，也依舊在報告書上追加簽呈。

「話說回來，為什麼要特意在報告書上追加直接遣返的要求？你有得到能查閱蘇中尉與其他多國籍義勇軍人員經歷的權限吧。」

總之，就是在暗指你也有理解到政治意圖吧的斥責。就連長官狠狠瞪來的雙眼中帶有的些微煩躁，都讓人很害怕。

儘管如此，自己也不得不說。

就算上頭想讓「原協約聯合軍遺孤」加入多國籍義勇軍，對此提出警告，表達意見，也是自己身為將校所要背負的神聖義務。

「哈伯革蘭閣下。恕下官直言，下官不得不擔心此事會再度發生。」

「沒什麼，反正受害的是共匪。你無須在意吧。」

「要是不知道內情，下官也會表示贊同吧。但是……身為待在現場之人，下官難以苟同這句話。」

直到方才都還心不在焉的長官，身上的氛圍就在這瞬間稍有變化。身為大海男兒卻宛如紳士般的情報部長，如今作為鬥士直瞪著德瑞克。

「德瑞克中校，是我誤會了嗎？」

緩緩地，伴隨著宛如觀察般的視線，發出尖銳的審問話語。

「我還以為貴官是熱心的反聯邦主義者。」

「請容下官訂正，現在也還是激烈且毫不迷惘的反共產主義者。坦白講，下官難以對聯邦軍懷有好感。」

就連對這樣的德瑞克自身來講，聯邦人與共產主義者之間的差異都太過顯著了。

只要在現場看過，就算討厭也會明白。

共產主義的聯邦人儘管也不少，但聯邦人就意味著共產主義，完全就是惡質的謠言。

「大半的軍人與其說是共產主義者，更是『聯邦人』。他們不是因為意識形態，而是因為民族主義在行動的。說得極端一點，在軍人這點上，他們就只是我的同行。」

這會有損自己的經歷吧。是在做好充分覺悟之後的發言。

畢竟，聯合王國情報部就傳統上非常討厭共產主義。光是被認為對具有實際傷害並可恨的意識形態懷有好感，就會大幅減少未來的出路。

儘管如此，德瑞克也還是要說。

「要憎恨體制，但不該憎恨於人。」

長官不發一語，拿出雪茄開始抽起。方才還對他做出寬容老人的宣言，現在卻是這種態度，還真是卑鄙呢。對方拿著緩緩燃燒的火柴，看著那燃燒殆盡的火柴，德瑞克中校甚至有種無可救藥的親近感。

立正不動，暫時就只是等著長官開口。這是一段讓人相當難熬的時間。

怎樣都好，所以趕快說出結論吧。心情就像是接受審判的被告，怎樣都無法冷靜下來。

相對地，長官則是在從容抽完美味的一根後，緩緩放下雪茄，就像突然想到似的冷冷說道。

「是人本主義呢。慈愛是很好，但在戰時還是別了吧。中校，感傷有時能殺掉任何英雄喔。」

「閣下，恕下官直言……我不是作為怪物，而是身為一個人在參與戰爭。基於良心的問題，下官想提議將以蘇中尉為主的部分人員調離部隊。」

「不僅沒慶幸自己沒受到責罵，還進一步提議嗎？了不起的成長呢。德瑞克中校，你的家人會哭喔？」

雖然沒忘了挖苦，但長官還是帶著洗耳恭聽的態度繼續說道。

「哎，就聽你怎麼說吧。不過，中校……這不是事故嗎？」

「如果問題在於敵我雙方的位置的話，就誠如閣下所言，也可算是事故吧。然而，這是多國籍義勇軍的外行人，被敵人故意而為的戰術機動給拐騙了。考慮到這點的話，就只會是人禍。」

簡明扼要地說明完狀況後，哈伯革蘭少將凝重的表情上，帶著嘲笑地微微揚起嘴角。他理解到這是敵人故意的誘導與不適當的戰術所導致的吧。

對這種不像樣的前線實情，他的評價很單純。

「……敵人技高一籌。你是這個意思吧。」

「是的，閣下。帝國軍的資深魔導師大概有長著尾巴吧。」

「是一群惡魔嗎？只能接受事實了。要避免再次中這種伎倆，有這麼困難嗎？」

在被問到預防再發的可行性後，德瑞克中校就帶著苦澀的心情點頭。

「就兵員的背景來看……非常困難吧。」

「就不能教導他們別被挑釁嗎？」

「……閣下，下官已盡我所能的去做了，但對方可是萊茵的惡魔。一旦受到那個惡毒的敵人故意誘導，就相當難以制止。」

德瑞克中校也像是在抱怨似的深深嘆了口氣。

「那個該死的亡靈，還真是惡劣至極。」

不僅聰明，而且還強大到難以置信的Named。就一如那傢伙的別名鏽銀，她全身裝飾了無數的敵人鮮血吧。要在戰場上持續對付那種傢伙，真的很辛苦。

「萊茵的惡魔？我有聽過這個名字。」

「是的，是個非常囂張的敵人……」

「等等，說到萊茵的惡魔，我記得……就是那個擅長斬首戰術的Named級魔導師。你沒看錯嗎？」

就像是感到興趣般的語調。儘管不知道是哪裡讓他在意起來，但既然詢問，就只能回答了。

「下官有直接目視到，並親自與她交戰過。只有波長的話，還有欺敵、誤認的可能性，但那麼具有特徵性的惡魔，下官是不可能看錯的。」

最重要的是——德瑞克中校斷言。

「我們是在零距離之下互訴愛意。她用魔導刀刺中了我，我則是交換了光學狙擊術式與爆裂術式作為回禮。」

「你的傷是那個時候的？」

「是的。假如沒有軍醫與魔導技術的話，下官現在不是要被迫退役，就是會被稱為閣下的那種死人了吧。」

對上斬首戰術的專家，真虧我能活得下來。德瑞克感觸良多的一句話，似乎深深引起了長官的興趣。

儘管故作冷靜，但頭髮略微斑白的將官其實非常在意。

「唔……關於這件事，能稍微說明一下嗎？」

會被召回本國，本來就是要兼作為前線的實情報告。對德瑞克中校來說，這是不容拒絕的要求。

在表示請儘管問後，立刻就丟來一個題目。

「在聯邦遇到萊茵的惡魔，是個讓人在意的消息。首先，跟我報告一下當時的狀況。」

「我的部隊對於敵 Named 的情緒，特別是舊協約聯合體系的航空魔導師，整體上幾乎是糟透了。就連合州國出身者，也基於屢屢遭到痛擊而心存怨恨，處於容易遭受挑釁的狀況下。」

「不對，中校。」

他揮手打斷發言。

用你的理解力很差的眼神發出斥責，是要我怎麼做啊？

很遺憾的，德瑞克以外勤為主。姑且不論內勤人員，他是無從掌握哈伯革蘭閣下的情緒與在意之處的。

不是都依照指示說明了他要我說明的事嗎？……正當他這麼想時，長官就一臉疲憊地補充說道：

「我沒有問你貴隊對惡魔有怎樣的心情。想知道的是與『萊茵的惡魔』接敵時的相關詳細報告。有可能是誤認嗎？我要聽交戰時的狀況。」

如果是這樣的話——他開口回道。

「是疑似在偵察飛行的小組其中一人。」

「在這之前？」

「曾交手過好幾次，這次算是久違的接敵吧。」

長官點了點頭表示原來如此，不發一語用眼神催促他說下去。

「我方判斷這是武裝偵察，以大隊進行全力襲擊。很遺憾的，毫無戰果。在對方逃離時，被幹掉了六人。加上重傷者的話，損失了一個中隊。」

「……與小組為對手?」

就算承受到不悅的眼神，德瑞克中校的精悍表情也毫無動搖。只不過，在他心底也不是毫無感覺。

「而且，戰線整體還遭到傑圖亞中將玩弄。」

「是的。」

雖是簡短的肯定，但比起自己的話語，表情與拳頭的吶喊更加雄辯吧。就算是受過良好訓練的將校，到底還是個人。沒辦法完全抑制感情。

「意思是詐欺師與惡魔聯手了?」

「下官強烈地確信就是如此。至少，我們毫無疑問是被將計就計了。他們依舊是狡猾得可怕。」

「是這樣啊。你這個故事雖然讓我很感興趣……」

「是的，閣下。」

一道視線凶狠地瞪來。

「但我還是難以相信那傢伙會在東方戰線的可能性。就算聽完貴官的報告，也還是不得不半信半疑。這和我們的情報來源有矛盾。」

「懷疑下官的親眼所見?閣下，我……」

「根據最新的諜報結果，那傢伙正和部隊在西方展開部署。」

他只覺得聽到了惡質的笑話。這以情報部人員，而且還是其老大所提供的消息來講，還真是無聊，德瑞克聳了聳肩。

「下官只是將所見所聞據實以報。硬要我說的話，就是最新的諜報也太蠢了呢。」

在零距離下交戰，而且還遭到敵人重創。這要是萊茵的惡魔的話，要人怎樣搞錯啊？

「德瑞克中校，我不是在懷疑貴官。」

和所說的話相反，眼神帶著強烈懷疑。德瑞克中校一面心想眼睛至少比話語誠實，一面洗耳恭聽著長官的發言。

「不過，這是戰場上發生的事。往往也會受到錯誤與混亂塗改。不是嗎？」

「關於這點，下官也毫無異議。不過，希望閣下能考慮到下官作為將校所累積至今的經驗。」

「……就我看來，貴官應該是遇到海市蜃樓還是幻影了吧。」

「閣下，恕下官直言……」

「夠了。」

哈伯革蘭就在這時搖了搖頭，甚至舉手打斷德瑞克接下來的發言。不耐煩地按壓著頭，下令要他離開。

「有關東部的整體情勢，由Mr.約翰遜當貴官的報告對象。就算是寫在報告書上會有所忌諱的內容，口頭報告的話就毫無顧慮了。就到此為止吧。」

「感謝閣下撥冗接見。有關要向 Mr. 約翰遜報告的內容，下官也能準備私人信件。」

「他跟我同樣都是老人。所以也很性急呢。趕快去報告吧。有關貴官所看到的幻影，唉，也去跟他講吧。」

被用一句辛苦了趕出房門後，等在眼前的是方才的帶路人。要是他沉默寡言，只說了一句請跟我來的話，就是不容拒絕的意思了。

只不過，這也很讓人感激就是了。

「……海市蜃樓？那個嗎？」

德瑞克中校走在走廊上，喃喃發著牢騷。簡直就像是聽到了難以置信的玩笑話。哈伯革蘭閣下吸了太多本國的溼氣吧？

「這就叫戰爭迷霧吧。」

被砍中的肩膀在痛。不對，是幻痛吧。

畢竟已靠著本國的魔導醫療技術徹底根治了。沒道理會痛，但儘管如此，感覺卻在咆嘯著。

「是那傢伙。」

擾亂戰場的最惡劣小惡魔。

承受到殺意，交換了術式，進行了鐵與血的對話。在近到不得不在零距離下動用相當於是自爆術式的距離下會誤認？即使是受到光學系的欺敵術式，在那種距離下效果也很有限。

最重要的，是那該死的聲音！

誰能忘得了啊。怎麼可能會搞錯？

「……看來無法信任上頭的情報來源。百聞不如一見。」

不知道是那裡的誰。也不可能會被告知吧。但是，有關於萊茵的惡魔，情報的強度完全是一派無言。

「沒有酒可幹不下去呢……要是不到酒吧喝得爛醉，似乎會發瘋喔。」

在有禮貌的帶路人特意保持的沉默當中，德瑞克中校的心情也變得愈來愈糟。

一名西裝筆挺的男子從走廊對面出現，一臉驚訝地喊道。

「哦，這不是德瑞克嘛！你人居然在本國，真把我嚇一跳。不過怎麼了啊，瞧你一臉不開心的樣子？」

「金？沒有，在東部發生了點事呢。還是別多問吧。」

「該說辛苦你了吧。我請客。本國的酒吧，你很久沒去了吧？」

他的親切邀約讓人喜不自勝。最主要的，是現實太殘酷了。讓人也不是沒有想抱著酒瓶發牢騷的心情。

但很遺憾的，工作還沒結束。在自由地享受酒精之前，必須與文件強制性地同衾共枕。

「抱歉，我還有工作要做。儘管不好意思，但我就先失陪了。」

「你要多保重喲?有事的話，可以來找我商量啊!」

也因為盡是些像金這樣個性豪爽的職員，所以讓人對本國平易近人的氣氛感到無限感激……

但要向情報部員發牢騷，再怎麼說還是會有所顧忌。

德瑞克一面道謝，一面在尋求麥酒之前，跟著引導員前往 Mr. 約翰遜的勤務室。

有種想乾脆真的直衝酒吧的心情。不對——他微微甩頭。

「等結束後，就去喝一攤吧。」

本人雖然無從得知。

但德瑞克這名航空魔導將校的資質受到極高的評價。情報部的內部評價，其實遠遠高出本人的自覺。

當然，聯合王國情報部並沒有老實單純到會坦白告訴他這件事。但作為無可改變的認知，他是受到肯定的。

家族代代都作為海陸魔導師為國王陛下的軍隊服務，是陛下忠實的軍官。背景也很良好。家庭環境是典型的職業軍人一族，思想與人格都沒有問題。對情報部來說，他是個很罕見地能讓人真正安心的稀有棋子。

可以說正因為如此，才會把他丟到聯邦那個毒蛇的巢穴裡。正因為認為他值得「信任」，聯合王國才會過度使喚著他。

只要他宣稱「有目擊到」，就十分值得去傾聽了。哈伯革蘭自己也很認真地認為有研究的必要性。

儘管在表面上打從一開始就否定他的證言……但光是不讓內心的衝擊表現在表情上，就讓他費了一番工夫。如果是其他人的話，還可以不當一回事。但是，這是高信用度的人所斷言的事。

正因為如此，他才會呻吟。

「萊茵的惡魔在東部？」

難以承認他會在那裡；但也難以承認他不在那裡。

根據可信任的情報來源表示，萊茵的惡魔應該在西部方面展開部署。海峽防衛部隊也有做出再三接敵的報告。

可是，剛從東部歸來的德瑞克中校的證詞也很新鮮。他的「在當地目擊到」的主張，是個讓人在意的要素。是配合傑圖亞的攻勢，暫時性地調往東部嗎？但他的航空魔導部隊，所在位置已完全被我方追蹤了。

根據這點，他們確實正在西方展開部署……但不是在西方，而是在東方目擊到指揮官？不對，就算是指揮官，也不是沒有採取個別行動的例子。也會因為休假、聯絡，還有其他的種種事情離開任職地吧。

但要是戰鬥部隊的指揮官參與戰鬥的話，就不可能是私人行程。需要丟下部隊前往東部的理由？不可能會有吧。

完全摸不著頭緒。哈伯革蘭的見解，要說的話就是矛盾。

「……究竟是怎麼回事？」

根據手邊的 Ultra 情報——被破解的帝國軍加密通訊。

「萊茵的惡魔」等人毫無疑問是作為加強部隊，算在從雷魯根戰鬥群分遣到西方方面軍的戰力之中。在序列上，也作為隆美爾中將的部下發出命令。考慮到敵方軍官的戰歷搭配，他們會是一對很相襯的情侶，是分析官帶著想吐的感受做出這種保證的組合。

是在戰爭這個糞坑裡連續打出漂亮戰術的惡鬼。

他們甚至還企圖對「聯合王國本土」發動突擊作戰。讓萊茵的惡魔擔任先鋒……認為這是非常合理的安排。投入一線級的航空魔導師也很符合軍事合理性。

儘管如此，可信度相當於 Ultra 情報的自軍軍官，卻說他在「東部目擊到」了。這雖是難以理解的情報，但也不能無視雜訊。

「德瑞克中校親自在東部目擊到那傢伙，真是棘手呢。既然如此，會是萊茵的惡魔調單位嗎？」

想要否定，卻難以否定。只不過，正確答案到底是什麼？

如要假定最壞的情況的話，會變得沒完沒了。然而，真正最壞的情況是什麼。難道不是敵方反過來利用我方的破解擬定策略嗎？

只不過，大半的機密情報都是「實際取得確認」的情報。就連帝國軍水面艦艇暗中集結一事，都有經由抵抗勢力與信號情報的組合取得確認。

當然，在假定遭到破解的加密通訊文中加入雜訊，在理論上也是有可能的事……但帝國有著過度相信自國暗號的傾向。

最重要的還是最近的海峽太不平靜了。考慮到有多數友軍魔導師被幹掉的情況，這附近肯定有怪物在徘徊，撼動了以警戒為主軸的戰術。

「最壞的情況，這……我不想認為這是欺敵行為。」

不過，哈伯革蘭少將就在這時敲了下頭。情報戰的支配者，就只有冷酷的邏輯與現實。但願如此的願望，是毫無意義的。

「不能以願望進行議論……必須考慮可能性。」

他們知道暗號被破解了嗎？要是知道，將會是 Ultra 情報的危機。然而，並沒有其他旁證指出 Ultra 情報的準確度下降了。

「相反地，會是帝國察覺到 Ultra 情報，設下陷阱的可能性嗎？」

懷疑一切，無法對任何事物抱持確信的感受嚴重折磨著神經。

這就是處理情報的罪業吧。抽起菸，緩緩按壓著眼角，甚至拿出藏在桌底下的白蘭地提神，哈伯革蘭少將都還是不停呻吟。

搞不懂。得不到確信。

「正確答案是什麼？」

這會是敵人的偽裝嗎？還是敵人尚未察覺到呢？

「……不對，就算是察覺到了，也想不透這是什麼意思。冷靜點。如果是察覺到 Ultra 情報而布下陷阱的話，應該會更具軍事合理性地利用在顯著的諜報價值上。」

就連加密通訊可能被破解的疑心，都會讓通訊方式產生明顯的變化。考慮到帝國軍發出的信號情報全都一如往常，他們甚至沒有理由懷疑「Ultra 情報」吧。

「……會有可能是假裝成這樣的偽裝嗎？」

只不過，要是把所有的可能性都考慮進去，就算再怎麼擔心也擔心不完。

即使想讓不停操勞的神經休息，要是不得不變得如此杞人憂天的話，就算不在戰場上，也很有可能會罹患精神官能症。

他嘆了好幾次氣後，為了轉換心情灌了口紅茶，然後詛咒起因為海上貿易路線中斷而急劇下滑的品質。

不過就連這種品質，都是在獲得成果之後所提昇的品質。畢竟Ultra情報連敵潛艦的位置都指出來了。就連一籌莫展的海上交通，也在護送船團迂迴避開潛艦的危險地帶，或是靠著強化警戒之下，保住了確實的物流路線。

既然如此，Ultra情報就應該是正確的。不過，「應該是」這樣的判斷很可怕。是正確？

還是錯誤？

無法明確知道對錯，還真是讓人不舒服。是在房間裡苦惱，一直盯著天花板看的害處吧。最近就連天花板的紋路都記住大半了。

「雖然很蠢，但每一條紋路都讓我感到怨恨。早知道會這樣，就在上頭畫幅畫了。」

每看到一道汙漬，就會想起過去的煩惱……讓人討厭不已。今天也一樣是在盯著天花板發牢騷嗎？

近期內或許該乾脆找個時間在上頭掛幅畫。

哈伯革蘭一面在心中的應辦事項名單上，若無其事地追加上這件事，一面為了斬斷煩惱，拿起辦公桌上的轉盤電話聽筒，撥起該撥的號碼。

「是的，這裡是B組。」

接聽的答話聲虛弱到彷彿是遭到地獄邏卒折磨的可憐受難者。

「是我，哈伯革蘭。」

「……閣下？怎麼了嗎？」

「是有關暗號強度的事。立刻過來。」

在叫對方派聯絡軍官過來的數小時後。勤務室的大門被敲響，出現了一名因為連日的繁重工作而一臉疲憊的主管軍官。

明顯看得出來睡眠不足的眼睛；沒有整理的邋遢鬍子。在只問才能不問其他的解密部門待太久，似乎就連正常的軍官都會充分受到影響。

或許是感到對服裝規定有某種義務吧，他勉強沒忘了要在頭上戴著軍帽。不過……這對要求部下當個紳士的哈伯革蘭來說，也是個充分讓他感到不悅的逾矩表現。

「辛苦你了，上校。你這副德性還挺帥的呢。」

「還請見諒，閣下。畢竟我們這邊什麼都缺。」

會表現出恐懼，是因為他勉強還保有人性吧。然而，只要看那雙昏昏欲睡的眼睛，就能看出他因為繁重的業務憔悴不已了。

讓人傷腦筋的是必須追究他過度勞動的成果。

「我對是否有成功破解這點存有疑義。想請你重新確認，有沒有被敵人安插欺敵情報的可能性。十萬火急。」

破解帝國軍的暗號了嗎？還是沒有破解？

關於這個足以左右戰爭發展的問題，被詢問到的男人面不改色，充滿自信地從容回答。

「要是這樣的話，下官可以斷言。」

「什麼？」

「我們毫無疑問地破解了帝國軍的暗號。作為魔術情報向閣下報告的情報，並沒有矛盾之處。」

堅定的確信。作為與帝國軍展開暗號戰至今的部門主管將校，這名上校帶著無可動搖的信念，對部門的成果作出保證。

「帝國軍的暗號製作模式、通訊人員的習慣，還有複數暗號的比較研究都進展得十分順利。就連破解的時間都有顯著的減少。」

「……到目前為止，是這樣沒錯。」

只是——哈伯革蘭也指出該擔心的可能性。

「問題在於，帝國軍有沒有發現到暗號被破解了。」

這樣一來，內容的真實性就跟破解得到的不同了。

對方也有可能會不時發出欺敵情報。因為說謊的最好方法，就是用真實去包覆謊言。

「敵人有沒有可能起疑？或者，你能斷言這絕對不是為了暗號防禦的偽裝嗎？」

「下官不認為有出現徵兆……」

「想請你去確認一下。」

說來容易，做來會達到極限。儘管如此，只要長官要求起情報的準確度，就會讓暗號戰部門操勞過度。

也難怪上校會僵住表情，讓宛如死人的臉色變得更加難看了吧。不過，哈伯革蘭儘管看到，也還是繼續下令。

「有必要重新研究。十萬火急。」

結果，情報部門盡全力重新調查的報告書上，就只有一個單純平凡的答案。

那就是「沒有異常」。

聯合王國情報部依然破解了帝國軍的暗號。

[chapter]

IV

第肆章

價值證明

Value Certification

紅茶難喝，意味著一國衰退。

—— 德瑞克中校／酒席上的玩笑話 ——

統一曆一九二七年八月十四日　帝都

在譚雅的自我意識中，自己是個理解極為正當的社會倫理與規範的善良現代市民。換言之，就是充分理解人際關係有多麼麻煩的社會性動物吧。

不是穿著西裝而是軍服，代替企畫案在公事包裡塞進作戰方案，不是前往總公司而是前往參謀本部。雖然沒繫領帶，但取而代之的是大量的各種徽章。

然而，要做的事在本質上是一樣的。

總公司參訪終究是請求，或是說尋求許可。以權力結構來講，很明顯是要低頭的一方。光是構圖就讓人討厭了。更何況……要向板著臉的長官推銷自己不想做的企畫，總讓人提不起勁。

為什麼要去做這種討厭的事？理由很簡單。很不幸的，市場並沒有發揮機能。所以才會讓勞動力以不合理價格被販售到無意義的業務上。

但不管怎麼說，這也是工作。工作必須要確實完成。

忍住嘆息，戴緊軍帽，就像是工作的第一步似的，為了尋求名義上的戰鬥群長——雷魯根上校在「簽呈」上簽名，譚雅敲起了他的勤務室大門。

「我是提古雷查夫中校，有約好……」

要與上校會面——話還沒說完，門就開了。豈止如此，事務官還全員出動拿走申請文件，關鍵的雷魯根上校還催促要她跟上。

在快步跟上後，所前往的是參謀本部附屬的軍用車。她搞不清楚狀況地跳上車，在一陣搖晃後抵達的地方……是陌生的政府機關。

說是建築師的精心傑作是很好聽，但總之就是只有考慮到現代特有的建築效率性的水泥建築物。

在帝都，人們把這裡叫作外交部。

是掌管帝國一切外交事務的政府機關。也就是自開戰以來完全不知道在幹麼的吃閒飯巢穴。

譚雅很想抱怨。像自己這樣的軍人，都有確實做到薪水以上的工作，而他們做了什麼嗎？

甚至想朝著他們大叫——

「去給我工作」！

畢竟，他們是外交部。要是這裡有好好處理外交的話……就不會只依賴軍事力，迎來今日的破局了。

責任重大。不對，是戰犯級了。自己要是握有人事權的話，肯定會大幅裁員吧。讓不適當的傢伙坐在不適當的職位上，還真是不幸啊！

所謂的外交，就是人。

只要有一個俾斯麥在，自己現在肯定能當一個優雅的薪水小偷，甚至還能夢想被帝國軍終生僱用啊！

就算沒有，也能避免打不贏的戰爭吧。

在心中抱怨到這裡，譚雅猛然驚覺。

我知道了。啊，我的天啊。這是個沒有俾斯麥（外交白痴）的帝國。打從一開始就沒理由打贏戰爭。

只要陪雷魯根上校走在空蕩蕩的建築物走廊上，那些就像炫耀似的掛在走廊上的繪畫，就算不想也會映入眼簾。

「述說帝國榮耀的無數名畫」。建國宣言，戰勝外敵，勇敢的騎兵衝鋒，還有國民團結一心擊退敵人的城市。將述說著民族主義時代的無數油畫，毫不避諱地掛在會有眾多訪客經過的走廊上，還真是讓人欽佩的感性。「這竟是外交部嗎？」。

……譚雅實在是悲從中來。

如果是軍方的話，這樣是不錯。以自己為榮，相信自己的力量，就鼓舞士氣來講，這算是一種便利的方法吧。只不過，帝國軍參謀本部是徹底的實用主義就是了。

「上校。」

「怎麼了，中校？」

譚雅忽然忍不住走上前去，向雷魯根脫口說道。

「外交部似乎很喜歡誇耀武威，看樣子比我們還喜歡依我方的意思強迫對方聽命呢。」

眼前是一幅仿照建國時代的逸聞，由象徵帝國的女性將「各列強」徹底擊敗的一幅畫。

擊敗敵人，持劍迫使對方答應自身要求的構圖十分明顯。假如是作為威脅材料使用的話也就算了。

還能不以為意地笑稱這是砲艦外交的一部分。

但要是毫無自覺地偏好這種畫的話，那就無藥可救了。要是這樣，只能認為他們不懂裝飾空間的意思。雖然不知道作為藝術品的價值，但看在像譚雅這種無法體會帝國浪漫主義的人眼中，這幅畫太過礙眼。

「……中校，妳這句話……」

「當然，下官不會在外交官面前提的。」

譚雅表示「我很懂得分寸」的苦笑，卻被雷魯根上校的話語打斷。長官就像在說「恰恰相反」似的苦笑起來。

「接下來要會面的，是叫作康拉德的參事官。對他反倒該坦率地說出意見吧。」

「有必要以軍方的立場，做出嚴厲的批評？」

「反了。是跟我們的感性很接近。跟前任不同……若是聽到貴官的發言，那位先生想必會很高興吧。」

「這還真是……」

還真是美好的知性與健全的批判精神吧。對方肯定有著正常的頭腦。啊，居然在這個帝都裡保持著理性！在這瞬間，雖然十分羨慕他的職場是在後方，但也同時感到一抹同情。在這不可思議的空間裡，肯定會感到喘不過氣來。

在不知道戰爭能不能贏的一國外交部裡保有著理性，會是怎樣的感受啊？譚雅很難得地一面可憐著他人，一面在雷魯根上校的帶領下，前往康拉德參事官的勤務室。

眼前所見的，是文化。

參事官十分恭敬有禮地親自泡茶歡迎著他們。或許是想藉此減輕茶葉的粗糙感吧……儘管也不是沒有這種疑心，但直到坐在接待用椅上之前，譚雅都保持著平靜的心情。

然而，康拉德參事官在對面坐下後隨即拋出的一句話，別說是譚雅，是就連雷魯根上校都感到心頭一震的尖銳詢問。

「戰爭能贏嗎？畢竟是在跟兩位說話，我就直問了。希望兩位能直截了當地回答我。」

用單純的一句話進行正面衝鋒。一切入話題，譚雅與雷魯根上校就在臉上擺出一個軍團規模的苦澀表情。

名為「勝利」的詞彙。這是個冰冷的名詞。理解箇中含意，思考其定義的人究竟有多少啊？

名為「勝利」的幻想。在受到夢想支配的帝國裡，這是必須受到保證的事物。名為「勝利」的詛咒。無法實現的夢，究竟有多麼殘酷啊？

在帝國軍中，只要是能理解現狀的人，不論是誰都只能痛苦呻吟。不幸的是，即使如此，也還是不可能說出「敗北」兩字。

帝國軍這個軍組織，是帝國這個國家的一部分。是作為集團，將記憶與規範作為共同經驗根深蒂固的存在。

總歸來講，就是帝國軍這個組織，是在勝利與榮耀的鍛鍊之下成長茁壯的。軍方就算曾在戰場上嘗過局部性敗北的痛苦滋味，帝國的集團記憶也仍受到「最終的勝利」這個光榮的神話所圍繞、祝福，甚至是詛咒著。

「勝利」對包含帝國軍在內的帝國這個國家來說是「結果」；是所謂軍事目的將能被達成的結果。

無法確信勝利，要怎樣戰鬥下去？更何況是未曾經歷過「戰敗」這個「結果」的軍隊！就連眾多的將校，都對「勝利」進行了感情投資。相信勝利並為了勝利所付出的犧牲太大了。康拉德參事官就只是單純詢問，但正因為如此，這對雷魯根上校來說實在是太難回答了。

「一切的投資都是白費的」這種話，有哪個愛國者能說得出口？

對敗北沒有免疫。有誰能否定帝國所建立的基礎，不會在一夜之間毀於一旦嗎？擔憂極為深刻，威脅也很嚴重。

這是為了避免破局的溫柔謊言；或者單純只是自我欺騙。不論怎樣都無所謂。只是當被問到「能贏嗎？」時，就算明知是謊言也不得不說——「我們會贏」。

「怎麼了嗎？雷魯根上校。我想聽您坦率的見解。」

但筆直注視過來的人，卻是個有正視現實的人，這個事實讓雷魯根毫不避諱地緘默不語。他身為軍人，不想做出粉飾太平的舉動。然而也無法說謊。但是，也十分忌諱說出被禁止的敗北兩字。所以，坐在譚雅身旁的雷魯根上校，帶著苦衷沉默下來。

他實在是說不出口；就連開口也不願意。只不過，他的這種苦惱……唯獨譚雅渾然不知。這硬要說的話，就是「既然有人問，那就詳細回答吧」的客服應對。要說的話，就是服務精神。

基於自身的善意，譚雅無意識地恭敬說道：

「康拉德參事官，您一定要問嗎？」

「提古雷查夫中校？」

儘管對方擺出不可思議似的表情回應，對譚雅來說也是顧客應對的一環。確認對方是否想聽對於嚴峻現況的評價，可是很重要的。

「下官就再問一次好了。您真的想聽嗎？」

「那麼，我就再問一次。戰爭能贏嗎？作為外交官，我想借用貴官們身為軍事專家的見識。

請務必回答。」

從康拉德參事官口中說出的話語很明確。無從誤解，同時也是譚雅想聽到的詢問。

畢竟他都這樣請求，那就不得不回應了。

帶著微笑，譚雅微微扭曲著嘴角狠狠說道。

「沒辦法。甚至可以斷言不可能贏。」

「什……什麼……」

「坦白說，向我們要求勝利是找錯對象了。這不在軍人所能處理的範圍內。」

沒有經手的商品，要在最初的時候說明。這是基本。

雖然也漸漸理解到，在進行客服時拒答會遭到顧客怨恨……但「沒有的東西就是沒有」，這種本性也沒辦法輕易改變。

話雖如此，她還是擺出柔軟的態度。面對顧客，要隨時保持笑容，伶俐對應。

也不能忘了打圓場。作為親切的專家提出建言以維持信用也是基本的工作。

因此，譚雅就作為坦率的專家，繼續解說著。

「可以去依賴詐欺師或宗教家吧。作為一名具有知性的軍人，如要下官說的話，完全勝利？這是不可能實現的幻想。」

如果是能贏的戰爭，譚雅也不會認真考慮轉職了。很可悲的，國營企業帝國號這艘大船，船腹已大量浸水，瀕臨翻覆了。

作為一名具有分析力的人，不得不對將來的破局提出警告。

「……妳在胡扯吧？」

「不，參事官。」

譚雅一面控制住情緒，一面說出壞消息。

「下官就只是誠實的警告者。」

「誠實？那麼，妳該不會想當誠實的仲介人吧？」

「如有必要的話。」

無聊──康拉德參事官搖了搖頭。

「不過是一介中校，就想冒稱全軍嗎？這種小孩子？再怎麼樣也說過頭了吧。」

聽到康拉德參事官的說法，率先反應的是坐在譚雅身旁的雷魯根上校。

是基於軍人同伴的同行意識吧，他開口插話。

「參事官，您以為人的外表就是一切嗎？姑且不論外表，提古雷查夫中校可是具有著確切實績的優秀軍人。同時也是直到數天前，都還待在最前線的猛將。雖說她的發言確實是有些偏激且危險……」

「沒有不切實際？」

面對這相當失禮的評價，譚雅認為有必要提出修正。看來在發話者是誰的層面上存有問題。

該在這裡證明自己的價值吧。雖然很不幸地大概無法在國外通用……但在帝國這個國家內部還算能通用的資格與實績，就以略章的形式掛在胸前。

「銀翼槲葉突擊章、野戰突擊章、戰傷勳章、壕溝一級功勞獎章、近戰特級突擊章、一級鐵十字勳章……」

叩叩叩地指著，宣揚著自己的實績。

就算是跟董事長獎差不多的東西，在公司裡也具有權威。何況一旦是軍隊的勳章，就更好理解了。在具有共同價值觀的國家內部，能作為讓人付出相對以上敬意的資本。

「下官領過的勳章不勝枚舉。同時也是名 Named。雖然微不足道，但下官也跟常人一樣有談論戰場的資格吧。」

對自身能力抱持著一定自信的譚雅，欠缺自我宣傳的材料是她怎樣都無法甘願忍受的事。

不是組織選擇自己，而是自己選擇組織。假如不累積足以實現這點的實績，就只能甘願忍受著不愉快。為什麼能接受這種愚蠢的發展。總之，就是價值的問題。

怎樣都難以接受自己被市場評為是只能待在組織之中的無能。

「初戰是在諾登；在萊茵戰線昇上小隊長；且在軍大學畢業後被交付了航空魔導大隊，前往達基亞方面展開部署；之後在萊茵方面參與『旋轉門作戰』；在轉戰南方大陸之後，伴隨著聯邦軍參戰在東部毅然地緊急展開部署……」

勤勉、勤勞、出色的資歷。

達成的工作成果雄辯地證明了譚雅．馮．提古雷查夫的人力資本所累積至今的基本價值吧。

這是足以讓人相信，就連在市場上都會受到高評價的實績。因此，譚雅能對自己抱持著自信與自豪。

「如對下官的軍歷存疑，請詢問參謀本部。就算是在不觸犯軍機的範圍內公開的部分，也希望能消除下官是個不懂戰場的小女孩的誤解。」

看到康拉德參事官就像是被稍微震懾到，不再堅持己見的模樣，雷魯根上校就像是要打圓場似的開口說道：

「……人不可貌相。畢竟，就如您所見的。提古雷查夫中校雖然看似小孩，但牙齒也相當銳利。」

首先──雷魯根上校就在這裡，以有點過意不去的態度補上一句。

「要說年輕的話，儘管非常冒犯，但參事官，您就職位來講也相當年輕呢。」

對於他的出言不遜，對方卻苦笑起來。

「畢竟是戰時，凡事都有可能。還以為自己明白這個道理，但還是相當難以習慣呢。」

他聳了聳肩，一面按壓著頭，一面單手拿起香菸，不發一語的抽了一口。也就是在表明他老實承認了自己的失敗。

「話說回來，中校。想請教妳有勇氣做出大膽發言的訣竅。我很擔心妳會有膽小鬼、卑鄙小人或是之類的惡評。」

對於康拉德參事官合情合理的疑問，譚雅微微嗤笑的表示「並沒有」。參事官一臉意外，是無法理解嗎？

「我還以為人類是會扯他人後腿的生物。」

「參事官，這其實很簡單。我不需要用言語表示我是個勇者。對義務的奉獻，已在戰場上證明完畢了。」

戰功是很方便的。不論是誰都無法否定，讓爭議結束。也就是只要有實績，就能容許說這種話吧。

就跟銷售部的數字一樣。不論是要準時下班還是早退，銷售實績就是一切。

「所以下官從未遇過有人辱罵我是膽小鬼、不知義務之人。」

「也就是說……正因為是勇者，所以也有發言的自由嗎？真有趣，中校。我想請妳老實說。貴官真的認為贏不了？」

「贏不了，下官可以斷言。」

對於這明確的失敗主義宣言，雷魯根上校就像坐立不安似的扭動身體。

然而，坐在對面的康拉德參事官，卻露出滿面的笑容。不對，還在愈來愈愉快地笑出來後，向前探出身體。炯炯有光的眼睛，赤裸裸地帶著不禮貌的觀察視線。

「理由是？」

「帝國能以一國之力與世界為敵嗎？聯邦、聯合王國，甚至連隔著大海的合州國都會是明確的敵人吧。義魯朵雅也無法無視。對了，遠方的秋津洲也會視情況介入也說不定呢。」

列強，或是除此之外的各國也一樣。

總而言之，帝國雖有帝國軍這把名刀……但其他國家也不缺刀子。不需要嘗試交鋒，勝敗就自然而知了。

「連看地圖都不用。這是算術的問題。敵人太多了。」

朝著愉快點頭的康拉德參事官，譚雅繼續說下去。

「也不需要用到軍事學……數量差太多了。我們在減少敵國數量上太過怠慢了。」

理論是很重要的。用強硬的話語，單方面地只說出結論的，只要有宗教家或詐欺師就夠了。適用於現實世界的普遍原則，才是必須要說的事。像譚雅這種理性且合理的現代性誠實市民，要是不好好伴隨著可作為佐證的理論說明，就甚至不像萊希人了。

「也不需要用數字研究敵我的國力差距呢。看就知道這非常魯莽。是靠著一國之力，在與四方對峙。」

壓根就辦不到。

「以內線戰略各個擊破，先賢的這種解答確實是一種答案。」

只不過——譚雅露骨地長嘆一聲，同時搖起頭來。

「這是將大陸軍能迅速且有效地集中戰力並贏得決戰作為大前提的野戰機制。絕對難以說是全面戰爭的計畫。」

儘管先人發現能強渡關山的纖細道路，但這是「戰略性失敗之際的保險」吧。為何帝國的先人就只將這種保險作為國防的關鍵？答案很簡單。他們有假定帝國會遭受攻擊，卻作夢也沒想過要對外遠征。

「這終究是帝國遭受攻擊時的保險。而所謂的保險，是用來以防萬一的。該高興沒有派上用場，白白浪費保費的東西。」

就算說是保了死亡保險，但會有人因此想去死嗎？會有笨蛋覺得難得保了癌症險，所以不得癌症會很浪費嗎？

就譚雅所知，除非是想詐領保險金，否則是不可能的。

「這是帝國的失誤吧。打從觀念就出錯了。就像是認為有了死亡保險就很安全，結果大意喪命一樣。而且，就連理賠的保險金都沒辦法有效運用。」

「等等，中校。」

康拉德參事官就像不可思議似的提出一個疑問。

「再怎麼說，也都有有效運用吧。實際上也相當活躍。」

「打從開戰初期，我們就不斷重複著在一次大型會戰中與敵野戰軍一決雌雄的殲滅戰，不過在終結戰爭這點上，這些全都只是戰術性的勝利。就連萊茵的『旋轉門』這個戰略性的勝利，都因為不曉得勝利的使用方式而……」

產生了名為自由共和國的餘黨，放任莫名其妙的戰爭繼續下去。這絕對稱不上是有效運用。就跟不是將死亡保險費拿去投資，而是浪費花光一樣。照這樣下去，就連生活費都遲早會用盡。

「更糟糕的是，就連要確保戰力集中與優越性，都漸漸地變得非常困難了。因為就連極限狀態下的有限優勢，如今都沒辦法確實擔保了。」

譚雅把手啪地放在桌上，指出這可悲的現實。

「在這種狀況下，就算依靠義魯朵雅的可疑中立，敵人也太多了。」

是一連串的腳踏車作業。時間耗盡也只是時間上的問題吧。

譚雅如果是融資負責人，會立刻決定要積極回收貸款。難以看到帝國光明的展望。可說是會從能逃走的人開始不斷轉職離開的末期環境吧。

就算是國家的命運，說到底也跟企業的命運很類似。時間與金錢。

浪費到最後，讓雙方都枯竭了。

「到頭來，一旦開始滾落山坡……之後就只會不斷下滑。到最後還會培育出產生不必要敵人的風險。」

只要不起風，風向雞就不會決定方向吧。

就這層意思上來講，義魯朵雅甚至算是善良的。可以期待他們在帝國只是陷入「劣勢」時，誠實面對義魯朵雅與帝國的兩國關係吧。戰略物資的原油、稀少資源，就連葡萄酒、咖啡等嗜好品都會以民間貿易為由轉賣過來。

然而，當帝國「必定敗北」時，義魯朵雅的中立就只會是一張紙片。

相信他們會對打破約定感到遲疑的人，就跟相信被惡意收購的職場「會跟以前一樣」的人差不多。

陳舊的世界會被新的現實驅逐。到頭來，讓帝國必須要準備好一切。

準備好一切，聽起來像是萬無一失，但實際上，就只是跟沒有餘裕從根本解決任何一件事是相同的意思。誇口說自己無所不能，就跟宣稱自己一無所能一樣。

「到最後，我們就在沒有根本對策的狀況下，不斷汲汲營營地維持著穩定狀態。在現場早就將勝利的層級收斂到『戰術』等級已久。這樣子，是不可能贏的。」

「可以讓我提問嗎？中校。為什麼不可能贏？只要有正確的戰略，戰術性勝利也能促成戰略性勝利不是嗎？」

他所提出的問題，是關於勝利的活用方法。同時也是富有見識的疑問。康拉德參事官儘管聰明……但他似乎不知道。要是資訊不對稱到這種程度，也會是齣喜劇吧。

「恕下官失禮，時間到了吧。」

坐在對面的他就像聽不懂似的歪頭納悶，看來似乎沒傳達到。不過，坐在譚雅身旁的雷魯根上校卻悔恨地沉默不語。帝國所剩的時間不多，應該是很顯然的事吧……

「該說得更直接一點吧？我們正瀕臨破產。那怕是再優秀的戰略，也沒有時間能達成。」

「所以？」

「我們就只是藉由戰術性勝利，延後戰略性劣勢所導致的破綻。」

「所以，有什麼問題嗎？中校。」

理解力差到讓人覺得奇妙呢。這是譚雅心中感到的困惑。就與參事官的對話來看，譚雅理解到對方很聰明。

既然如此，為什麼會這麼地……兜圈子啊？

「參事官，儘管不認為您會不知道，但請您聽好。我們早已在戰略層面上敗北了。」

「我想問的是，為什麼不去討論挽回的方法？」

戰略就只可能靠戰略挽回。所以……該以戰略論去討論挽回的方法，這就形式上來講也不是不懂。

然而，作為實際上的問題，這就像是要把打翻的水收回杯子裡一樣。

「哪裡還有這種餘裕？」

「中校，有不去摸索的理由嗎？」

「這話還真蠻橫。是摸索過了。然後找不著。這您也很清楚吧？」

不對，這是基於感情的否定吧？半逃避現實地尋求著「挽回的手段」。也就是儘管不斷重複著相同的事情，但就連這種等級的知性都不願意正視現實！

譚雅感到隱隱發寒，但還是更進一步地說道：

「為了挽回局面，必須要取得戰略性的勝利，但很遺憾的是，軍方就連要獨力維持戰術性的勝利，都需要達到極限的努力了。參事官，我們該談論的是最壞的局面。」

「……最壞？」

「現在要是有軍官能斷言『贏得了戰爭』的話，可是相當了不起的。軍方不是該把教育負責人抓去槍斃，就是該稱讚他投入了出色的奮戰精神吧。」

順道一提──譚雅補上自己的意見。身為專家，不能忘了提供見解。所謂的支援就是這麼一回事。

「就個人的見解，軍官是需要知性的吧。下官強烈建議抓去槍斃。」

以虛無眼神盯著自己的視線有兩對。不可思議的，似乎就連雷魯根上校都在盯著譚雅看。

參事官似乎無言以對，但過了一會兒就重新振作了。

「我認為憧憬強硬發言的年紀不太好呢，中校。」

「不是這樣的，參事官。下官只是在善盡防疫的義務。」

「防疫？」

「在戰場上，無法正視現實的是無能。對軍方來說，這會是比能不稱位的軍官更大的威脅吧。無能的我方很恐怖，比有能的敵人還要恐怖好幾億倍。」

這句話成為扳機。

「說要正視現實嗎？……哈哈哈哈哈哈！這樣啊，是這樣啊！我們差不多得從溫柔的睡夢中清醒過來了呢！」

一副嘲笑就該像這樣似的感覺，參事官發瘋似的大笑起來。在大吃一驚的譚雅等人面前，他就像是要表達無法抑制的感情似的，用雙手搔抓著頭髮，一味地，一味地嗤笑著。

真是異樣的光景。

只不過，這在戰場上也是偶爾會經常發生的光景。譚雅根據現場的經驗研判，原因是壓力過重吧。雖然這在嚴酷的前線是特別顯著，但精神壓力累積過度，甚至導致精神異常的例子也不罕見。

看到他人扭曲臉孔，抱著頭露骨表現出焦躁的模樣……還真是讓人為難。

譚雅個人打從心底地同情他。是戰爭的不合理也侵蝕了康拉德參事官的理智吧。

只不過，跟精神異常的人共處一室還真是尷尬。由於並不是在戰壕或前線，所以還有餘裕，對方也未持有武器，所以也沒有即時射殺的必要吧……但在最壞的情況下，會需要鎮壓吧。

但考慮到對方的立場，情況就很微妙了。在外交部裡，雖說是帝國軍人，但部外人士把外交官僚痛扁一頓？這不論怎樣發展，都會是個大問題。不管怎樣，這事傳出去會很難聽。她討厭責任問題。還是抓著雷魯根上校逃走，會比較能圓滿收場吧？

她看向大門。這種門的話，可以用身體撞破。之後就以搬運傷患的訣竅扛起雷魯根上校……不對，先散布光學系誘餌迷惑他吧。譚雅一面打著盤算，一面微微擺出隨時能起身的姿勢，注視著對方的一舉一動。

不過，全是杞人憂天。

康拉德參事官在罵了一聲「混帳」後，就仰躺在椅背上，一臉疲憊的仰望起天花板。

他就這樣按著眼角說道：

「雷魯根上校、提古雷查夫中校，失禮了。如此醜態還請貴官們見諒。」

參事官邊向他們低頭致歉，邊在這時朝著雷魯根上校緩緩問道。

「然後，我想請教貴官一件事……你們是怎麼教出這個來的？」

這對被指稱是這個的譚雅本人來說，還真是個讓人困擾的問題。只不過雷魯根上校似乎跟她不同。就像深有同感似的朝著康拉德參事官深深點頭。

「是她擅自長成這樣的。要是能量產提古雷查夫中校的話，如今光靠航空魔導大隊，帝國就能把莫斯科與倫迪尼姆燒燬了吧。」

我是被稱讚了嗎？大概沒錯吧。心想著這是份光榮且誇大的評價吧，在心中微微低頭感謝。

「腦袋勉強理解邏輯，但感情上還是無法接受。軍方的合理性思考，對像我這樣的非軍人來說太難理解了。」

彷彿累了似的，男人仰望起天花板。不過，雷魯根上校卻像意外似的說道：

「恕我失禮，康拉德參事官。根據您的經歷，至少有後備少尉的軍歷吧？」

作為一年志願兵，從軍服務的社會學習。在帝國就只有家境富裕，有地位，受過教育的特權階級才能服的軍役。譚雅要不是孤兒加上幼女，也會選擇走這條路吧。

正因為如此，雷魯根上校才會提出疑問，但所得到的回答卻是苦笑。

「我沒經歷過萊茵戰線，也沒經歷過東方戰線，是形式上的少尉。只是在兵舍學了一年禮儀罷了。」

徒具形式的階級。作為出社會固定儀式的將校經驗。這在戰前該說是典型的貴族經歷吧。

總歸來講，就能退役到平時，讓人好生羨慕的前輩。

「就算這麼期待我，也很讓人困擾。我可是具有知性且知恥的人，不會犯下班門弄斧的愚昧呢。」

真想說給最高統帥府的眾人聽呢——險些脫口的這句話，軍方勉強吞了回去。

既然如此，事情就簡單多了。

對專家來說，會用一知半解的知識搗亂的外行人才是最麻煩的。

譚雅為了尋求共同語言，在思考了一會兒後，丟出外交官最能理解的「外交」用語。

「就只能議和了。而且要盡快。」

她凝視起康拉德參事官的臉。

儘管碧眼窺看過來，但能容許他眼中浮現的觀察視線。就在懷著意志地回瞪起對方的視線時，他大概是滿意了吧。

外交官僚伴隨著嘆息，仰望起天花板。

是不自覺的吧，他就這樣抖起腳來。

「……議和，議和，議和，議和。」

反覆唸了三次後，他拿起雪茄與火柴。露出茫然的表情，就這樣暫時抽著菸，搔抓著頭。

呼地吐出煙霧。

就在譚雅漸漸感到嗆鼻時，康拉德參事官緩緩說道。

「野戰將校都說到這種地步了。這樣就夠了吧。」

「那麼？」

「我理解軍方想議和的想法了。要是這個想法搭配這麼明確的現狀理解……那就太好了。是該這麼做。」

外交官這種生物的語言，讓人難以理解。

曖昧，模糊，而且迂迴。慎重地在談論著什麼，卻不提是在談論什麼。這不是軍人，特別是重視簡明扼要的軍人風格。

就像傻眼似的，坐在譚雅身旁的雷魯根上校搖了搖頭。

「參事官，問題在於對方的意思。敵國會答應嗎？」

「為什麼不會？」

雷魯根上校朝著愣住的參事官，也像不知所措似的接著說道：

「如今不是能強迫對方接受我方意圖的狀況喲？」

「上校，這麼說就奇怪了。正因為如此，才需要議和的吧？」

「這我不否認。可是，這終究還是要看對方的態度……」

康拉德參事官拍了一下手，打斷了雷魯根上校的話語。再次叼起雪茄，緩緩抽了一口後，他從喉嚨中擠出話語。

「雷魯根上校，貴官還是再稍微貫徹一下部內溝通會比較好。只不過，就我看來……算了。」

「意思是？」

不理會蹙起眉頭，彷彿困惑不解的雷魯根上校，康拉德參事官就像感到有趣似的，看向直到方才都還保持沉默的譚雅。

咧嘴一笑。

他嘴角所揚起的笑意，譚雅看得一清二楚。啊，哎，外交官是作為專家察覺到了吧。雷魯根上校所說的「有條件議和」，不同於譚雅所想的「舉白旗」。

「那個小惡魔說的，是『我們該去乞求議和』。我說得沒錯吧？」

有著被他緊盯觀察的自覺，譚雅在心中微微嗤笑。假如不用顧及立場，真想大喊就是這樣。有能的職業人士；能理解言外之意的外交官。而且頭腦冷靜。

光是這樣，就讓人對康拉德這名外交官打從心底地抱持著敬意。甚至會想問，明明有著這麼能幹的人才在，為什麼帝國外交至今還會亂成那樣啊？

譚雅帶著敬意說道：

「有關表達的方式，下官並無立場干涉外交當局。」

沒有權限；總而言之，就是也沒有責任。這是當然的事。對身為軍人的譚雅來說，就只能期待官僚能有官僚的樣子，發揮出經由功績主義所選拔出來的「能力」。

反之亦然。

譚雅能確信，捉弄般的凝視著譚雅的外交官也有得到相同的結論。

「真了不起。她太優秀了，雷魯根上校。」

總而言之，就是共同語言。

能共享基本價值觀的喜悅。

令人高興的是，還附帶著邀請。康拉德參事官如今正以連熱心的人事負責人都會相形見絀的熱情追求起譚雅。

「怎麼樣，退役後就來外交部工作吧。最近雖然不太受歡迎，但我很樂意以參事官名義幫妳準備推薦手續喔。」

適當的評價，適當的待遇，適當的社會共識。還真是誘人的邀約啊！眼見譚雅綻開笑容，認為有希望的康拉德參事官，語調也變得愈來愈熱情。

「如有必要的話，我會幫妳安插位置。不知妳意下如何，提古雷查夫中校。只要貴官願意，一切就由這邊……」

「感謝您榮幸的邀約。」

譚雅發自內心，真實、真心地低頭致謝。然後，坐在身旁的雷魯根上校就一臉不悅地介入了話題。

「參事官，還請您不要挖角參謀將校。」

「能幹的人才是供不應求。更何況，是在這種戰時情況下。彼此想要的人才會重複，是當然的吧？」

輕微的脣槍舌戰，或是說社交辭令吧。捉弄著雷魯根上校的康拉德參事官，態度親切地微笑起來。

「玩笑就到此為止吧。我們言歸正傳。軍方對議和的條件是什麼？妥協點是設在哪裡？」

「不知道。」

雷魯根上校的冷淡回應，令連心情很好的康拉德參事官都不免生氣。他微微蹙眉，帶著就像在說非常遺憾且不愉快的表情，叼起雪茄，吐了一口煙。

「希望貴官別再打馬虎眼了。」

「參事官，打馬虎眼是指？」

「雷魯根上校，這雖不是我的風格，但我還是要坦白說一句。我在身為參事官的同時，也肩負著最高統帥會議審議員的職責。就算是軍事機密，應該也有知道的正當權利與權限吧？」

對在一旁恭聽的譚雅來說，他說的完全是事實。有關接觸機密的資格一點也沒有說錯。外交官雖然不是軍人，但也有其立場在。在職務上有必要知道軍方的既定方針。就算軍事機密有著嚴格的僅知原則，這也很明顯是能被接受的存取權吧。

就在這時，譚雅忽然想到。啊，什麼嘛。這不是康拉德參事官的問題，而是我有問題吧。雖說有上過參謀課程，但是國家戰略有著太多航空魔導中校所不該知情的案件。身為參謀將校，並深受長官照顧，說不定讓自己恃寵而驕了。

發現到自身的傲慢，譚雅伴隨著無地自容的心情，戰戰兢兢地從旁插話。

「上校，方便打擾嗎？由於下官的權限好像有問題，所以想盡快離席。」

要是沒認為我是個不夠機靈的將校就好了。待在前線勤務的時間真的太長了。就連這種基本的察言觀色能力都退化了！若無其事地離席，明明也是組織中人所該具備的基本技能。

……久未使用，似乎是生鏽了。譚雅甚至感到焦慮，緩緩地站起身來。

「不，妳繼續坐著也無妨。」

但意外的是，打算起身離開房間的譚雅，卻被雷魯根上校開口留下來了。

譚雅愣愣地注視著身旁。

是我搞錯了什麼嗎？可是，完全沒有頭緒。也不認為雷魯根上校會有可能輕視機密權限。

那麼，這究竟是？

「中校。對貴官來說……或許不知道會比較幸福呢。」

無視著完全摸不著頭緒的譚雅，雷魯根上校沉重地開口。

「好啦，好啦，好啦。該從哪裡說起呢。參事官，我接下來要說的不是什麼機密。然而，就某種意思上，會是比國家機密還要惡質的告白，還請您理解。」

討厭的話語。

討厭到不行的預感。儘管想逃，卻也有種不知道會更不妙的預感，是最糟糕的那種告白。

「我就用心聽吧。」

仿效著微縮下顎的康拉德參事官，譚雅也特別端正姿勢，洗耳恭聽。

朝著這樣的兩人，雷魯根上校若無其事地說出了跟譚雅方才說出的驚人發言不分軒輊的爆炸性發言。

「就算斷言參謀本部、最高統帥會議還有政府，就某種意思上來講，有著相同的見解也不為過。」

「什麼，要是這麼有共識的話，反倒讓我更加疑惑了。為什麼我沒有被告知？」

「參事官，反了。是完全相反。」

雖是奇怪的說法，但譚雅就在這時懂了。這是雷魯根上校難以啟齒的表現。儘管佯裝平靜，卻摻雜著躊躇與苦惱。只是康拉德參事官大概沒有察覺到吧。這也無可厚非。畢竟連在一旁看著的譚雅自己，都覺得雷魯根上校看起來很自然。

了不起的偽裝。本國就是這種環境吧。假如把他是喜歡「單刀直入」說話的參謀將校這個前提條件給忘了的話……肯定會看不出他的撲克臉底下藏著怎樣的想法吧。

「雷魯根上校，我想強烈要求貴官說明。」

單手拿著雪茄，暗示他無法理解的康拉德參事官咄咄逼問，讓雷魯根上校緊閉的嘴巴終究還是舉白旗投降。

「您硬是要問？」

「當然，上校。還請貴官務必說明了。」

那麼——雷魯根上校莫名從容地拿出紙香菸叼著。就這樣抽了一根後，他狠狠說出彷彿溶入煙霧之中的怨言。

「沒有統一見解。唯獨在這點上，參謀本部、最高統帥會議還有政府，全都意見一致。」

在見解不一致上意見一致。

這未免也太諷刺了！

在驚訝的譚雅等人面前，雷魯根上校繼續語帶諷刺的狠狠說道：

「有關議和的統一見解？沒有一個人有這種東西。要是有想過，就該謝天謝地了吧。」

這怎麼可能——譚雅終於叫了出來。

「就連軍方的底線都沒有嗎？也完全沒有作為組織的考量！」

雷魯根上校默默搖頭的表情很沉痛。不過，對首次得知這件事的譚雅來說，就連他那冷靜沉著的態度，都超乎理解範圍了。

「大參謀本部是在幹什麼啊！」

「中校，有對貴官說明過了吧。我們是軍人，既然是軍人……」

譚雅隨即開口否定。

「請恕下官直言，軍人確實就只是軍人！可是，法律有規定軍人就連展望都不行有嗎！」

這已經重複談過好幾遍了。她一直在指摘這件事。

甚至還曾提倡過，參謀將校要有追求各種門路的貪欲。

然而卻——她不得不狠狠說道。

「為什麼我說的話，完全沒有人要聽啊？為什麼現狀毫無改變啊？」

相對於說出心中憂慮的譚雅，坐在旁邊的雷魯根上校似乎有不同的意見。他賣弄似的深吸了一口滿是尼古丁與焦油的煙霧，在一臉茫然地吐出後，開口說道。

「中校，作為內部的人……我就指出中校的問題吧。」

「請務必說明。」

「苦澀的建言要裹上糖衣錠。很甜的那種。」

「這是缺乏戰時狀況下的時局精神呢。甜菜田都徹底轉種成馬鈴薯田了，還在說這種話。」

「像貴官這樣能理解良藥苦口的人是例外。但就連在常識崩壞的戰時狀況下，這都只是少數派……很遺憾的，這就是現實。」

就像累了似的雷魯根上校說的話，讓譚雅忍不住仰望起天花板。

終究是忍無可忍。幸好能窺見到國家的樞要。這樣意圖轉職的決意也更強烈了。

「太棒了！」

還真是讓我的資歷白白浪費掉了啊。讓人忍不住發出怨言。

畢竟帝國比腳踏車作業還不如。很快就會遭到銀行拒付了吧。說手頭上的現金太少，所以就開始定額分期付款的精神性只會讓人傻眼。

把定額分期付款用在嗜好品上，或許只是愚蠢的行為。就算是犯錯的權利，也毫無疑問是一種權利。不過，要是把定額分期付款用在繼續戰爭上，就另當別論了。

不得不令人作嘔。如此的無能，如此的愚昧，如此的無作為。簡直是難以言喻。個人的愚昧是個人的自由。可說是能被容許的多樣性。

但是，國家是不能愚昧的。國家必須是，不，組織必須是合理的堡壘。要是頭腦與神經都徹底爛掉了，也就太遲了。

「外交當局不去外交，軍事當局不取得勝利！究竟要怎樣才能議和啊！」

是對現場懷有什麼希望啊？

要求太過曖昧了。這樣就算取得了九十九次的戰術性勝利，也會在最後的一敗上前功盡棄。自己不想當項羽。儘管也不想當劉邦的部下，但更不想搭上沉船。

「在前線，今天也在消耗人力資源。對帝國來說，蘊藏著無限可能性的社會基礎被盛大地浪費，毫無填補的指望！將未來化做今日的柴火，帝國的未來也想必是盛大的黃昏呢。」

老實說，不能幹的員工就算消失也無所謂。這是有辦法填補的損失。然而，就根據人事的經驗斷言吧。一直以來，組織所面臨到的問題，大多是從「希望留下來」的人開始「逐漸消失」的現實。

要是S級人才消失、A級人才磨耗、B級人才開始占據重要職位的話，組織就已經淪為靠慣性運作的「曾經活躍的組織」殘渣了。

對譚雅來說，要是允許的話，這就只能立刻轉職了。不幸的是，譚雅在帝國軍的軍歷主要是面向內部的資歷。

在「其他公司」那邊，是不會作為工作經歷受到評價的。戰時狀況下的轉職，太難實現人員的自由移動了，是最糟糕的市場失靈。就因為這樣，獨占才會是有害而無益的，讓人能實際感受到這件事。

難以壓抑的作嘔；難以容忍的蠻橫；是宛如存在X般的邪惡。不同於有著神的無形之手的現實，這個世界有的頂多是存在X的髒手。我的天啊。

無法平復的憤怒，讓譚雅自然地脫口而出。

「這叫做國家理性嗎？真是難笑的笑話呢！」

對於大發牢騷的譚雅，康拉德參事官以摻雜著同意與反對兩種相反神色的表情，納悶地插話。

「冷靜點，中校……妳忘了禮儀嗎？」

宛如冷血動物的話語，讓譚雅感到可靠的微笑起來。

不是很好嗎，外交官！

一恢復過來，就將自己的醜態擱到一旁教訓他人嗎？是能將感情與職務分開思考的類型。最重要的是「能有條理地進行討論」的知性。這是在共事時最重要的一點吧。能毫無壓力地工作。

對譚雅來說，會是相當於傑圖亞中將般令人感激的上司。譚雅細細玩味著讓人滿足的展望，一坐下來，就窺看起對方的眼睛。

冷靜透徹的觀察眼神。

在彬彬有禮的背後，有著冷靜透徹的理性。太棒了，能談生意。

「參事官，有必要讓您理解我們、我和我的部下究竟在前線付出了怎樣的犧牲。」

「這種場面話我聽過了。如何，提古雷查夫中校。也有必要加深雙方之間的理解吧。」

語調緩慢，卻帶著不由分說的強硬，康拉德參事官微笑起來。

「貴官要是能坦露真心話，會讓我非常高興。」

臉上貼著怎樣的表情都無所謂。隱藏在背後的，是半吊子的敷衍會遭到正面踩躪的明確意志。

正因為如此，譚雅特意反問。

「我們做了一切能做的事；付出了所能容許的一切犧牲；也追求了應當希求的最大成果吧。正因為如此，想請教您一件事。希望是？」

對方沒有不識趣地反問「什麼希望？」。對現場懷有什麼希望。要是不說出口，就連這種事都無法理解的傢伙，連要擁有共同語言都沒辦法吧！

「所謂的交涉，就連叫喚也是需要時機的。外交只要時機不好，再好的良策也終究只是空中樓閣。」

這話簡直是讓人深感佩服。談生意也是如此。在適當的時機，做適當的處置。凡事都該簡單明瞭。

「……希望你們能抓住時機呢。」

「傑圖亞閣下在東部的機動戰如何？將聯邦軍的重壓漂亮地推回去了。」

這正是讓晉昇上將的內部通知也變得確實的偉業。作為作戰專家的傑圖亞閣下，作為殘酷的詐欺師，將聯邦人不斷地踢入陷阱之中。

「就承認吧。聯邦人是優秀的學生。有著值得恐懼的學習能力。然而，傑圖亞這名教師的性格太惡劣了。短期間內會讓他們哭著補習吧。」

雖然只是中校的誇大其辭，但對參謀將校來說，「性格惡劣」可是稱讚。理想的參謀將校，還有帝國軍理想的將官形象，就是性格惡劣之人。

「只要經驗與傑圖亞閣下這對搭檔前來徵收學費的話，肯定會是非常高的金額吧。就算不可能無限度地救濟帝國吃緊的錢包，也有辦法作為本金吧，這是下官的愚見。」

「不足兩位數喲，中校。」

康拉德參事官揮揮手，悲傷地抽動著眉毛，發起牢騷。

「東部的小規模勝利是沒用的。我不是在低估現場的努力。但是，光靠這種戰術性勝利是不可能的。非常難以……說是交涉材料。」

譚雅一面說著「感謝您的見解」表達謝意，同時開始說出「真心話」。

「那麼，就該再踏出一步吧。」

對這句話產生反應，兩組視線不發一語的凝視過來。

雷魯根上校雖然面不改色，但康拉德參事官卻露出不愉快的臉色嗎？譚雅搖了搖頭。是他說「貴官要是能坦露真心話，會讓我非常高興」的。該確認的也都確認過了。就跟部隊已就位了一樣。只要下定決心，就唯有行動了。

現在該是毫不猶豫地立刻點燃所有砲口的時候。

「如果只能抱持著不愉快的現狀，就乾脆擁抱到底吧。屈膝求和的意見如何？」

「……不可能的，中校。作為外交官，我可以斷言。唯獨這麼做是不行的。」

「這是為什麼？」

譚雅的詢問，讓康拉德參事官精疲力盡地嘆了口氣。

「國家會撐不下去喲。」

「戰敗處理要是弄得不好，會讓國家解體吧。下官認為比起無作為地迎來破局……就算會破產，也還是採取議和策略會比較安全吧。」

「這不是理論，中校。畢竟這是萊希的問題。我們萊希不知何謂敗北。」

參事官就彷彿自豪，也彷彿痛苦唾罵的一句話。作為對致死疾病的診斷，譚雅也不得不同意這點。就連外交部的走廊都出現明顯症狀了。陳列在上頭的是勝利的故事。

「萊希……這個國家的社會契約是『勝利』。」

帝國是偉大、精實……作為勝者高舉旗幟的自我印象，太過強大了。

帶著彷彿是硬擠出來的嘆息，康拉德參事官發自肺腑地吐露他的苦衷。

「敗北會讓國家失去作為依據的前提。」

硬擠出來的話語，所說的卻不是安穩且能讓人肯定的理論。更何況是對像譚雅這樣的軍人來說，就只能徹底傻眼了。

「是陶醉在全能感之中的小孩子呢。甚至會想跟我同年紀嗎？」

「聽貴官這麼說，還真是刺耳。不過，就連我都對『毫無勝利的可能性』這個事實感到作嘔、恐懼，還本能性地否定了。」

「……很正直的意見。參事官，這是值得尊敬的勇氣喲。」

對於譚雅的反駁，康拉德就像困擾似的仰望著天花板。

「雷魯根上校，太傻眼了。不，是該對軍方脫帽致敬吧。真是驚訝，這個中校竟把事實當作是事實在談論。」

譚雅並不清楚自己為什麼會被稱讚。

即使扭曲現實，現實也不會因此改變。

即使像魔導工程學那樣，顯現出干涉世界的術式……這也是在干涉現實，並沒有辦法扭曲。世界就是世界。將現實作為現實接受下來，是要活下去所不可或缺的吧。

「指出事實是無須忌憚的。還是說，關於沒有裹上糖衣錠這件事，兩位需要下官賠罪嗎？」

「不用。」

「不用。」

康拉德參事官與雷魯根上校說出明確的否定。

此外，作為觀察者的譚雅還注意到一件事。兩人就連發聲的時機都跟照鏡子一樣精準。這就是所謂的意氣相投吧。

最重要的是，康拉德參事官顯著地放緩表情，滿意地點了點頭。就算是不明顯的好心情，他也散發著真正的安心與喜色。

「那麼，事情很單純。為了拯救帝國，最終也是為了讓我們全員獲得幸福，想基於國家理性的要求，請軍方開始『為了議和的戰爭』。」

譚雅嗯了一聲，思考起外交官的話語。

「是究極的矛盾呢。」

為了結束戰爭而戰爭？這雖然真的很愚蠢，不過真正愚蠢的是，這件事會落到自己身上來吧。

「總比一味地追求勝利來得好吧，中校。」

「戰爭終究是政治的延伸……嗎？」

譚雅帶著嘆息搖頭。

對話本身正談得愈來愈愉快，但同時浮上檯面的卻是不愉快的醜陋現實！完全就是無藥可救的末期吧！帝國的知性菁英，居然不得不將究極的矛盾與結構作為所給予的前提！

都快因為舉債破產了，卻還借起卡債，夢想著能一舉致富的蠢蛋。這就跟借錢買彩券的還款計畫一樣。

將來似乎會是一片黯淡。

在與雷魯根上校、康拉德參事官的對話中忽然冒出的想法逐漸成形——這裡已是艘沉船了。

心頭甚至湧上悲哀。要忍住哽咽竟會這麼困難……至今為止的從軍經歷全都白費了。自己的資歷、勤勞、無薪加班、超時工作，全都變得「毫無價值」的可怕結局。

雖是情非所願的環境，但譚雅還是為了將來著想，始終有做好自身的職責。

然而，卻受到這種不講理的對待！該甘願承受的理由，該甘願承受的必然，常人怎麼可能會有啊。

是不可能會有的。

對於沉船已盡到充分的道義了。如今的譚雅有著跳進救生艇，尋求安全船隻的權利。

她想要對外的門路。

為了轉職的情報人員在哪裡。

想現在就立刻逃到理性的世界去。不得已流亡，希望有門路。

在回程車上，譚雅將西方託付給她的累贅塞給別人。具體來說，就是隆美爾將軍的方案。她甚至做好了會遭到駁斥的覺悟。真是出人意料。是對現場的裁量權，特別是現場負責人的判斷有著全面的信賴吧。就譚雅個人來說，乾脆私下搓掉也比較好就是了。

……就結論來講，作戰方案被欣然允諾，甚至受到理解。表明支持的不只有長官。畢竟是參謀本部主流派的雷魯根上校。就連在取得本國承諾上，也沒有比他還要強大到無意義的援軍了。

如果是威脅軍政機構基層或中間管理職的手法，譚雅也略知一二。實際上也有搶奪補給，在列車的安排座位上插隊，或是在與後勤的交流中獲得關照。這對現場指揮官來說，是理所當然的工作。

只是，要怎麼讓高層動起來……就實在是外行了。這方面的事，人脈與經驗無論如何都壓倒性的重要。而雷魯根上校是這方面的專家。畢竟他在回程車上看完文件後，就像易如反掌似的將手續處理完畢了。

光靠譚雅一個人，恐怕很難事先打點好一切吧……令人驚訝的是，只要雷魯根上校出手，一天就能拿到審批章。

讓那個魯莽的隆美爾將軍方案，接受海陸雙方審批、承認的力量。幾乎是難以置信的介入力。作為實務家的上校懂得權力與要領。因此，文件很快就獲得審批。雖然就僅是如此，但對方要是政府機關的話，就會知道這是多麼讓人無法相信的奇蹟了吧。

結果，讓譚雅想假借隆美爾將軍的案件，在本國打探「預備計畫情勢」的意圖，受到意想不到的挫敗。

就算想調查，工作也太多了。

在雷魯根上校的質問下不斷報告著西方方面的天候、情勢、部隊，還有種種其他事項，不僅要由雷魯根上校與譚雅兩人編寫文件格式，還要立刻取得盧提魯德夫中將審批章的死亡行軍。

沒有回報。硬要說的話，就是代替加班津貼的幾杯假咖啡。完全就是無薪加班。結束後在耳邊低語的內容，就只有以「預備計畫暫時不會發動，要關注狀況」為主旨的曖昧暗示。

詢問之下，說什麼是要配合外交部尋求改善對策。

雖是很好的發展，卻在心中嘆了一口氣。

真希望他們也考慮一下現場的負擔。就作為現場人員抱怨幾句吧。於是，譚雅就決定一面在心中辱罵著樂觀思考，一面徘徊在參謀本部的走廊上。

同時感嘆著，這還真是沒天理啊。

「也不能咒罵他們遭遇不幸吧。」

譚雅甩甩頭，心想著要冷靜，在參謀本部的走廊上深呼吸。

對發燙的腦袋最好的總是新鮮的空氣。一面抱怨，一面詛咒，但在感到焦躁不安之前，深呼吸。假設就算焦躁起來，也要想起這件事深呼吸。

現狀充滿危機。

不過，好在離破局還有一點餘裕。

用鐵達尼號比喻的話，就是剛撞上冰山浸水而已。早晚會沉沒。說不定船身就快傾斜了。但是，傾斜的角度還很小。是該趁其他人還在猶豫時，毫不遲疑地跳上救生艇的局面。

現在的話，擠到小艇旁的人還不會很多。

只不過，在行動之前必須要先做好決定……要跳上哪一艘小艇。一旦是戰時狀況下，對外尋求門路就必須要步步為營，否則將會打草驚蛇。為了生存下來，也需要帶一份伴手禮吧。

只需要看成功的流亡者就會立刻明白。

「有留下名字」，換句話說，就是能在光天化日之下行走的人，都有做出「相當的貢獻」。不論是伴手禮、價值，還是什麼都好……總之，如果不想落得難看的下場，就必須理解流亡也有規則與形式美，並在理解之餘贏得這場比賽。

就跟轉職一樣。要是弄得不好，就會愈轉愈糟糕。

而最重要的一點，就是要配合「流亡目標的價值觀」。如果可以的話，也想重視評價。拋棄部隊……這種會有損名聲的事，應該要避免去做吧。

最重要的，既然是轉職、中途錄用組，假如不是即戰力的話，就會遭到輕視。符合職位的經歷與能力是最低底線。不論是要投身何處，都必須掌握要求水準，盡可能以不會有損名聲的方式跳槽。

……而且，轉職活動就像是在身兼二職，也必須保持在帝國內部的地位。

理由非常單純，被人看出沒有餘裕的求職者，會遭到殺價購入。要讓自己獲得適當金額的評價，並早期確保安全，真是矛盾。

最糟糕的，就是成為「背叛者」吧。

只要看產業間諜就好。下場大都是遭到捨棄。會背叛組織的人，也不會被對方信任。

圓滿退職，圓滿轉職，善始善終。

這是為了在流動性社會中生存下去的轉職術。

哎，還真是困難啊。

理想的情況，就是以目前的職位對「危機克服」做出最大限度的貢獻。儘管沒什麼把握，但姑且是該買個保險吧。就算是不會拿回保費的保險，也依舊是保險。

統一曆一九二七年八月十六日　西方方面軍司令部

譚雅一走進房間，房間主人就投來迫不及待的眼神。在他那「趕快說吧」的無聲叫喊催促之下，社交辭令也草草結束地直接進入主題。

「隆美爾閣下，下官回來了。」

「辛苦了，中校。關於預備計畫，參謀本部怎麼說？」

對方也開口就提要事。就連慰勞的話都省了，隆美爾將軍向譚雅問起本國情勢。

「沒怎麼說明。是打算暫時撤回吧。」

「回歸預備？是有什麼可期待的進展嗎？」

是的——譚雅點頭。

「經由康拉德參事官的管道，外交部開始行動了。好像是外交官告別了令人羨慕的薪水小偷生活，總動員起勤勞精神了。」

「動員得也太遲了。早在三年前就該開始了。失去的時間太多了。」

將軍閣下狠狠說出的話語中帶著憤怒。

「……毫無作為，究竟害死了多少人啊。」

這基本上是非常正確的意見吧。因為毫無作為的外交所喪失的時間與人命，光是想到就讓人不得不頭暈目眩。

不過，譚雅想稍微補充一點。

「坦白說，豈止是三年。早在諾登時就該叫醒他們了。這樣一來，死者的位數就完全不同了吧。」

「……開始戰爭本身就是錯的嗎？」

「……下官不想說先人的壞話，但帝國太過依賴軍方了。」

只要翻開帝國史，就會知道「帝國的建國」是由政治巧妙地讓軍事與外交互相配合。而如今卻是雙頭馬車的狀態。先人的過失在於疏於將協調方式制度化留下吧。

不對——譚雅甩甩頭。

優秀之人會犯下的少數失敗，即是無法理解「他人的愚蠢」這個壞毛病。

「帝國的先人作夢也沒想過，後世子孫會蠢到這種地步吧。畢竟戰場與後方不團結這種事，只要是正常人聽到都會覺得很蠢地一笑置之吧。」

妳說得沒錯──長官悔恨地拿出軍菸叼著，抽了起來。儘管想要他別抽，卻沒辦法要他別抽的地位差距還真痛苦。

默默承受著二手菸一會兒後。

隆美爾將軍從口中吐出充滿嘆息的煙霧，繼續說下去。

「那麼，正因為如此，我們才不得不展示『帝國就在這裡』吧。」

「為了不讓偉大的先人們感到可恥嗎？身為不肖子孫，但願肩膀上的負荷不會太重了。」

「別擔心，中校。妳的肩膀扛得起吧。」

就像要她拿去看般遞來的本子上，寫著一個簡樸的作戰名稱。

「門環作戰？」

翻開蓋有機密章的本子一看，裡頭寫滿了「作戰」。儘管不會說是第一次看到，但居然讓她閱讀如此重要的機密……還真是光榮。可以的話，希望能在決定之前先讓她看過。

「戰鬥巡洋艦二艘、輕巡洋艦三艘。此外，還有載滿海軍步兵的登陸用驅逐艦三艘嗎？」

大略看完後，譚雅帶著微妙的表情提出疑問。重視奇襲性，徹底以速度優先的主旨是很好。

正因為如此——譚雅才會感到疑惑。明明就沒必要用水面艦吧。

「閣下，既然主旨是奇襲性的話……下官認為採用潛艦進行突擊作戰會比較妥當吧。」

暗中接近聯合王國，讓諜報人員從潛艦登陸。單純來講，就是從後門偷偷潛入拜訪。儘管如此，也還是有辦法大鬧一場吧。

至少將風險最小化的提案，讓隆美爾將軍揚起耐人尋味的笑容。

「中校，這是政治性的作戰。」

啊，原來如此。

「也就是說，這是高於軍事合理性的要求？既然如此……堅持從海上襲擊是有意義的？」

長官點頭表示沒錯。

「要打破木牆。即使同樣是海，水面下的威脅也無法影響他們的輿論呢（註：意指波希戰爭時希臘人求得的預言：雅典境內的一切都將倒下，只有木牆能夠倖存）。無法充分地……讓他們害怕。」

這很有道理。

如果是迫於這種必要性，快速戰隊的一擊確實是最有可能成功的方式。不過風險也非常大。

就算航速再怎麼快，戰鬥巡洋艦與輕巡洋艦的最大航速，跟航空戰力相比也是慢到不行。

況且，一旦是登陸作戰，就也有必要停下。就算極力削減停泊時間，也還是有個限度吧。

……不過，似乎有顧慮到這方面。

譚雅眼前的文件上，記載了「登陸用驅逐艦」這個莫名其妙東西的詳細內容。以航速三十節朝著岸壁一如字面意思的衝過去，在撞擊後讓乘員跳船離開的登陸用艦艇？想必是在模仿聯合王國軍吧。

「最壞的情況，就算讓驅逐艦自爆也無所謂。雖不知道海軍會怎麼鬧，但得讓他們做到這種程度。」

「陸軍提出以讓海軍船艦沉沒為前提的作戰案？」

令人驚訝的大膽發言。儘管如此，他卻說得這麼若無其事……也不知海軍會反抗得多激烈耶。

儘管一時之間難以置信，但同時也理解到他投入了非比尋常的決心。

也就是要以絕不退讓的覺悟去做嗎？

「必要性要求我這麼做。我想要帝國兵組織性地經海路登上聯合王國本土的實績。」

「至少搭配航空魔導部隊的空降作戰如何？只要能分散敵方的意識與注意力的話，也能提高成功的把握吧。」

「就軍事上來講，妳說得沒錯。但就唯獨這次不行。終究只能靠我們的海軍打破他們自傲的海上壁壘，不然就毫無意義了。一旦使用了空中迴廊，衝擊力就會不夠。」

「限定使用海路？只將作戰的重點放在海上也不行嗎？」

隆美爾將軍無言地沉重點頭，脫口說了一句。

「不擊碎聯合王國人的自信，也就無法抓住外交的頭緒。他們對大海有著無窮的信仰，我們必須讓他們喪失那無限的信仰。」

「要玷汙信仰？這話讓人不可思議地充滿幹勁呢。」

儘管不是對付存在X這類存在的延伸……但就算是無意義的勞動，也會想從中找出意義，這是當然的吧。

就算工作就是工作，做喜歡的工作也比較有工作價值。但得附加一個絕對的條件——即使如此也還是領得到薪水。總不能做白工吧。不過，能湧起幹勁的工作，也務必想拚命去做。積極的心情正是創新力之母。

譚雅拍了一下手。

「如今正是攻城武器出場的時候吧。別說要規規矩矩的敲著木牆，而是氣勢十足地高喊摧毀、粉碎不就好了。」

「沒有力量破門啊。不覺得頂多敲敲門的我們比較適合不誇張的方式嗎？」

「真是非常遺憾。下官認為最好能分配到長距離列車砲。」

在大口徑砲彈擊中聯合王國本土的同時，進行由海軍掩護的突擊登陸。不論敵人再怎麼進行戰時審查，這也會讓謠言確實傳開。

「一旦是海上進攻，就必須將一切資源投注在一次機會之中。閣下，還請您別再吝嗇了。」

「我的錢包可是空空如也。就算要榨，也只能榨出請款單喔。」

「即使是這樣，也有必要讓航空機全面出動……只要是會動用到艦艇的作戰，就算有限，也必須要確保空中優勢，不然就只會淪為靶子吧。」

支配空中的一方能贏得戰爭。至少，這在總體戰中已成為無法動搖的行動綱領。就算是海軍自豪的艦艇，一旦被空中壓制，就會淪為靶子。只要回想起太平洋戰爭的歷史，就會知道沒有戰鬥機掩護的話，諸如戰鬥巡洋艦這種船艦只會筆直航向海底。

正因為如此，譚雅才會在下一瞬間，因為長官喃喃說出的話語而懷疑起自己的耳朵。

「抱歉，沒有。」

「咦？」

「訓練水準頂多是在陸上進行防空戰。能進行外線作戰的戰鬥機部隊，早在很久以前就被調走了。就連壓箱寶都正在重新編制。」

軍事大國，列強中的列強。這種帝國、西方方面軍，籌不出戰鬥機部隊？

譚雅伴隨著明顯增加的嘆息，不得不提出忠告。

「閣下，前提崩潰了。」

要從海路出征的話，就必須確保天空有著最低限度的安全。戰鬥巡洋艦二艘、輕巡洋艦三艘的話，是絕對需要戰鬥機直接掩護的。就算是夜間入侵也得進行航空殲滅戰，將敵方的夜間警戒部隊一掃而空才行。

「可能的話，需要有限的空中優勢，就算不行，也至少要保持局部性的抗衡狀態。除此之外，就只是在白白浪費寶貴的水面艦艇吧。」

「沒問題的。中校，我很期待妳喔。」

「……咦？」

「提古雷查夫中校，如果是貴官的部隊……就能在海峽強行取得有限的空中優勢吧？只要在限定的時間內就好。我很期待妳喔。」

指名了。長官似乎是認真的。

傑圖亞閣下也好，隆美爾將軍也好，為什麼我能幹的長官個個用人都這麼粗暴啊？

「閣下，我的大隊是大隊，並不是連隊或旅團。」

「即使是敵方的夜戰部隊，規模也有限。雖難以說是數量優勢，但能確保夜間海峽上空的有限安全吧。」

「要我們大隊單獨達成？」

怎麼說都有困難——本來是打算這樣暗示的。然而……

「……中校。要是貴官與貴官的部隊辦不到，就肯定無人能辦到了。我對第二〇三在西方的戰歷抱持著敬意與信賴。」

啊，該死。

在心中唾罵，在臉上微笑，譚雅對隆美爾將軍的甜言蜜語，回以形式上最隆重的敬禮。

「只要您吩咐。」

統一曆一九二七年八月十七日凌晨一點 第二〇三航空魔導大隊基地

召集部隊，通知戰鬥計畫。簡單來講，就是往常的工作。也就是要跟往常一樣，將麻煩的事情解決掉。

在部隊員整齊列隊好之前，譚雅就喊出口令。

「大隊，注意！」

只要一聲宣告開始的口號，全員就會切換意識。彷彿按下開關的模樣，正是作為戰爭裝置的優秀表現。是可期待的部下，親手培育的精銳。

想必能度過不可能的任務吧。甚至能確信，在戰爭中沒有比他們還要可靠的戰士。是她自豪的猛將。

「這裡是讓人懷念的西方空域。過去在『旋轉門』之際，我們高唱凱歌的天空。眺望著在空戰時經常拜訪的聯合王國本土，如今，我再度與各位戰友回到這裡。」

朝著也曾降落過的大地進行的登陸作戰。聯合王國喲，如今我將再次前往——的感覺吧。只不過，譚雅的軍靴是魔導師的軍靴。只要沒有用步兵的軍靴踏上，就無法占領那塊土地。因為魔導部隊就是魔導部隊，並不是步兵部隊。

……正因為如此，這次才必須帶著步兵前往。

正因為十分清楚這是多麼不可能的任務，譚雅才會為了鼓舞部下，灌輸他們該怎麼做。

「這是為什麼？」

一面詢問，一面凝視部下。窺看著他們一個個的表情，就像在訴諸義務感與愛國心一般，譚雅接著說下去。

「為什麼我們會在這裡？」

資深的第二〇三航空魔導大隊，以游擊為主幹的帝國軍參謀本部的壓箱寶。說一騎當千是太過傲慢吧，但也是能將愚蠢的新兵，一騎宰殺掉一個中隊的精實勝利者。

譚雅將任務，將職責，還有將目的灌輸到他們的腦中。

「答案很簡單。只會是『為了勝利』。我們就算獨力也要達成航空殲滅戰。」

敗北很苦，勝利才是甘露。

不幸的是，帝國這個雇主已陷入慢性的營運資金不足。甚至毫無餘力為了勝利集中投入資本。

該死的是，譚雅正逐漸適應這個黑心工作環境。戰時狀況還真是可怕啊。

我們不得不擁抱恐懼，正因為如此，所以也要求部下冷靜。

「各位，敵人看到我們恐怕會笑吧，笑我們才這麼少人究竟能做什麼。一點也沒錯，我們不過只是一個加強魔導大隊。就算要拍手稱讚敵人很會算數也無所謂。」

承認敵方優勢。譚雅想保持誠實。向部下說明自己有多麼客觀地理解狀況也是很重要的。

此外，還要假裝有理解劣勢的對策。就算有偷換論點的自覺，也有必要煽動部下，注入奮戰精神，這種大義名分能將一切正當化。

也就是說，必要還真是了不起的葵紋（註：德川家家紋）吧。

「然而，我們大隊可是我們大隊。我相信我們是經驗豐富的紳士淑女大隊，是度過鐵與血考驗的精銳。跟那些包著尿布的傢伙當然是不同水準吧。因此才會要求我們工作。」

專注地煽動熱情，注入目的意識。

精神論還真是方便。能假裝沒看到別無選擇的事實，將自己的無能擱到一旁，這真是太棒了。該死。不能忘記自我厭惡。要是喪失這是錯誤的感覺，就會淪為真正的無能。

正因為如此，才要在適當地激發動機後，刻不容緩地灌輸「實務」的概略。

「開始說明往後兩週內的作戰概要吧。」

機密很多，而且還是針對部隊的簡報，所以才希望要「簡單明瞭」。一旦是長年以來的工作的話，也很清楚什麼是重點。

「第一階段是武裝偵察。分派各魔導中隊，毅然進行夜間滲透戰。對敵夜間防空線進行測試。」

就像壓力測試一樣，是為了找出脆弱部分的探索攻擊。一旦是幹練的航空魔導師，就是萬無一失吧。

邊對部下的理解表情感到安心，同時補充一點。

「此外，還預定要同時進行欺敵工作『臭雞蛋』。萬一在敵地遭到俘虜時，就述說『臭雞蛋』的劇本。」

不需要暗使眼色，自己的副隊長就明白了。以代表全員提出疑問的形式，他舉手發問。

「關於『臭雞蛋』，下官有疑問。請問是怎樣的劇本？」

「就回答拜斯少校的提問吧。直截了當地說，就是要偽裝成以夜間騷擾為主軸的航空殲滅戰。藉此，將會讓敵方產生從西方空戰主戰場調回戰力，為了提高本國附近的防衛能力而投入軍事資源的必要性吧。」

逼迫他們處理在夜間進行滲透攻擊的航空魔導師。

就跟字面上的意思一樣。

「就結果來說，『臭雞蛋』將有可能降低他們的對帝國攻擊能力。必須要讓敵人認定『這個』

就是我們的目的。」

要欺騙敵人，帝國的「對帝國攻擊能力削減作戰」開幕了。

「此外，這個劇本在兩週內全面適用，要持續夜間襲擊。兩週以內在海峽確保暫時性的夜間空中優勢後，就要開始第二階段作戰。」

在咧嘴微笑的部下面前，譚雅輕輕擺手，表示不允許再多問了。

「細節會在之後發表吧。各位，就給我盡微薄之力吧。」

讓部隊員解散後，譚雅注意到軍官走了過來。是以拜斯少校為首，包含中尉在內的全員。要是連謝列布里亞科夫中尉也一塊的話，談起來就快多了吧，很好。也就是說，作為代表站在前面的拜斯少校，早在開口之前就大略猜到重點是什麼了。

「少校，加班嗎？還真勤勞呢。」

「我有點在意一件事……方便嗎？」

跟輕鬆的語氣相反，副隊長一臉認真的問道。

「熱心是件好事。是關於第二階段作戰吧？」

「是的……上頭怎麼說？」

就像在說問得好似的，譚雅輕輕點頭。

「就只跟你們說吧。」

聽好——說到這，譚雅就像是怕隔牆有耳似的壓低音量，直接進入主題。

「……海軍、陸軍的聯合部隊，企圖在深夜到拂曉之間進行登陸戰。」

「針對聯合王國本土的奇襲兩棲作戰？」

太大聲嘍——口頭上雖是輕微斥責，臉上卻綻開笑容。畢竟，譚雅正在心裡竊笑著。

只需看部下一致的困惑表情，就能確信這事萬無一失了。

別說是拜斯少校，就連維夏都很驚訝。就連戰爭狂都作夢也沒想到的事……毫無疑問能出乎敵人的意料。

具體來講，就只是要讓聯合王國受到帝國軍的軍靴震撼，除此之外沒有其他目的的政治性軍事活動。乍看之下，確實是魯莽且無意義的行為。

只不過，隆美爾將軍的觀點是對的吧。

能期待在「聯合王國本土」的戰爭，會對關鍵的敵國輿論帶來重大影響。

「各位，怎麼啦。一副目瞪口呆的樣子。」

譚雅的捉弄，讓副隊長一臉難以置信地回道。

「……因為是大膽至極的一步。」

「戰爭就是這麼一回事吧。」

不過聽到譚雅這麼說，就連副官也跟著讚嘆起來。

「那個……從未想過戰爭能這麼打。」

不只是拜斯少校，連自己的副官都在驚訝這點，還真是讓人驚訝。這可是總體戰喔？

「要是有人誤會只有自己等人能待在安全地帶的話……幫忙修正也是人類愛吧？」

「那……那個。」

「怎麼啦，謝列布里亞科夫中尉。還有意見嗎？」

將視線望過去，但副官卻欲言又止的沉默下來。他們是怎麼啦？——在歪頭不解的譚雅面前，部下一齊僵住表情。

還真是傷腦筋。溝通可是很重要的。

「各位，這可是總體戰。不能有差別待遇喔。」

「……那個，是這個問題嗎？」

副官戰戰兢兢，卻也明確提出的反駁，讓譚雅在心中用力地蹙起眉頭。

必須進行人權教育！真沒想到，反歧視教育居然會欠缺到這種程度！

哎，這部分是身為異世界人的自己與他們的常識不合嗎？該微微聳肩切換話題吧。得顧及到文化與習俗的差異呢。

「言歸正傳吧……是宛如突擊作戰的登陸戰。會是非常微妙且高風險的作戰。我們雖是負責掩護，但也想請各位進行調查研究。」

在用眼神詢問「懂了嗎？」後，立刻點頭。讓人傻眼的是，方才還不太能接受的反抗氣氛，這不是瞬間就消失了嗎？

豈止如此，副隊長還迅速提出有建設性的方案。

「要去詢問梅貝特、托斯潘兩位的意見嗎？」

一談到軍事話題，就立刻變成這樣嗎？部下的擅長領域依舊非常偏頗。譚雅儘管感到疲憊，但也認同這是合理的提案。畢竟，他們兩人可是港灣戰的「有經驗者」。雖是防衛方，但也能提供某些見解吧。

「好吧。不過要慎重。」

「咦？慎重……？」

「禁止通訊。絕對不准。不論要經由何種途徑，都嚴禁通訊。要徹底保密。如果一定要的話，就設定成將校集會召集戰鬥群將校吧。這種時候要全員到場。」

譚雅一面贊成尋求意見，一面囑咐。隱匿的重要性，不論強調再多次都不為過。

因此，她嚴命吩咐要偽裝成戰鬥群將校的集會。

「阿倫斯上尉也要嗎？」

「當然，副隊長。沒有例外。」

「可是，他現在……」

我知道——譚雅揮手打斷拜斯少校的發言。他正在愉快的本國，快樂地重建戰車部隊吧。要把上尉從演習場生活中拖走，就必須做好會遭到埋怨的覺悟。不過，這是必要的處置。

「要假設通訊、動員、物資動員全都在敵抵抗勢力的監視之下。做到偏執的程度正好。謝列布里亞科夫中尉，乾脆就用大隊公庫撥發葡萄酒費與營養費。實際開一場小型派對。」

「可……可以嗎？」

當然——譚雅向進行確認的副官用力點頭。

「我可不想因為消息走漏而把事情搞砸。這種時候，要徹底做好一切能做的事。」

「遵命。」

很好——譚雅滿意地盤起雙手，將視線移到副隊長身上。

「聽到了吧？要做得萬無一失。這可是慶祝會喔？」

拜斯少校儘管曖昧地點頭，但他有理解到何種程度啊？他雖是名認真且有常識的將校，但同時也是個貨真價實的戰爭狂。

「拜斯少校。因為西方的平穩大意了嗎？就本質上，這裡可是占領地喔？」

「恕下官直言，那個……沒什麼實感。」

「那就乾脆當這裡是東部行動吧。這樣懂了嗎？」

在啊了一聲，瞬間露出理解表情的部下面前，譚雅再度在心中苦笑起來。千言萬語都比不過這一句！太過於將戰爭作為萬事的基準了。

在與敬禮後全員離去的將校告別後，一返回自己的房間，譚雅就低聲嘟囔起來。

「我在做什麼啊。」

就像個滿懷愛國心的軍人，挑戰著不可能的任務，進行著軍事性的挑戰。坦白說，這是毫無意義的行動。

帝國的未來是一片漆黑。

想要轉職。就只是這樣。儘管如此，基於立場糾纏不放的關係與義務，卻毫不客氣地束縛著譚雅的自由不放。

就是因為這樣，國家權力才讓人不爽。

要是市場有正常發揮機能的話，就能立刻將自己這個稀有人力資本的勞動力，以合理價格提供給其他雇主了！該死——譚雅帶著怨言的低聲詛咒著存在X。

要不是因為祂，自己就能保障基本人權了！

「想變得幸福。想過著有著最低限度文化的人類生活。」

更進一步來說，就是唯獨不想搭上泥船。沉船的命運很悲慘。因為會翻覆，所以也不太可能逃離。可能的話，現在就想下船。儘管如此，別說是致力於轉職活動，結果還公然跑去挑釁。

當然，是因為行政命令才這麼做的。

即便是這樣，卻也無法否認是非常「自主性」的參與其中。就算是必要性命令我這麼做的，但我為何會如此地受到必要性束縛啊？

「……戰爭，瘋了。」

這種浪費太奇怪了。

更何況自己的生涯規劃，是絕對不能失常的。

譚雅・馮・提古雷查夫確信——

作為一個人追求幸福，是自己的，對自己來說的當然權利。就從天賦人權論來看，也只會是昭然若揭的道理。

「該死的存在X，就連這種道理都不懂還妄稱是神嗎？」

因此邏輯矛盾。

阻礙我變得幸福的傢伙，無法原諒。

也不該原諒，因為這甚至太不道德了。

「要是有錯，就必須訂正。」

為了微薄的和平、微薄的未來，還有自己微薄的資歷。

都必須贏得勝利。

作為一個人。

chapter IV

當天——海峽上空

當天夜裡負責海峽巡邏任務的部隊大概是被運氣拋棄了吧。

他們很優秀。

反過來說，就是經驗的奴隸。

正因為西方空戰的天秤傾向聯合王國，所以讓針對帝國的零星偵察機，騷擾攻擊的夜間轟炸部隊對策，逐漸淪為「帶有緊張感的例行工作」這種矛盾的存在。

適度的警戒，適度的放鬆，還有一成不變的生活。

對負責防空的部署來說不幸的是，變化帶著凶暴的淫威一同出現。

當天，僥倖活過夜晚的一人，在事後狠狠說道——

「亡靈降臨海峽了」。

「Fairy01 呼叫全員。上。」

簡潔的帝國語溶入夜空，而後怪物現身。

成為最初目擊者的，是管制室的男人。負責管制海峽巡邏部隊的聯合王國軍空中管制官因為顯著的魔導反應而瞠大睡眼。

是久違的反應。不過，是太過強烈到難以忘懷的敵人徵兆。

提神用的紅茶就在此時遭到遺忘。因為戰爭的腎上腺素成為了他們的友人。南方攔截管制區的主管軍官就在那一天成為超乎常理景象的目擊者。

「魔導反應正在急速增強！這怎麼可能！居然這麼光明正大？」

雖是在深夜，卻像是把自己部隊的位置耀眼照亮般的公然襲擊。完全無視航空魔導戰的常識「隱匿—襲擊」的工程。

雖想嗤笑是外行人嗎？但他們也毫無疑問是敵人。既然如此，作為聯合王國軍就得費力招待他們了。

「發出警報！就戰鬥位置！」

值班軍官的判斷非常迅速。

「準備攔截！讓快速反應待命中的部隊緊急升空！後續部隊也依序出發！把預備部隊全部叫醒！要全力出擊！。」

既然敵人來了，就得毫不吝嗇。

伴隨著號令，開始向升空警戒的航空魔導部隊發出警報。基於小心起見的精神，就連緊急起飛待命中的傢伙也快速反應出擊。還同時把第三陣人馬從床上叫醒，讓他們全副武裝在跑道上列隊。

帶著簡直是做過頭了吧的安心感，在眾人散發出等待戰果的氣氛之中，響起一道慘叫。

「怎麼可能，是那傢伙！」

對照魔導反應的主管軍官所發出的慘叫，在司令部內響起。

心想「終於識別完了嗎？」的管制室統裁官在看過去後，眼前卻是判定員臉色大變的驚慌表情。

「函式庫對照結果……是……是萊茵的惡魔！」

「萊茵的惡魔？」

幸運或是不幸的是，就算沒有「直接」聽過這個名字的人對判定員的語調感到疑惑，知道這個名字的統裁官與值班軍官也一齊撞開椅子衝向無線電。

「警報！警報！向全區發出緊急警報！」

背部直打寒顫。彷彿是收到死神鄭重發出的拜訪預告般的惡寒。不用搞不好，這毫無疑問會出現大量死者。

「識別出接近中的敵航空魔導部隊！萊茵的惡魔！是萊茵的惡魔！是Named，Named中的Named

來了！」

拚命的叫喚。為了發出警告而乘著無線電波發出的叫喚卻沒能趕上。這是因為空中部隊尋求救援的慘叫聲也跟著迴盪開來。

「攔截管制，攔截管制，請求增援！請立刻增援！不行了！編隊長他……」

「一個中隊規模的敵航空魔導部隊試圖強行突破！接觸的值班中隊被幹掉了！是Named級！我們無法應付！」

「大隊長LOST！大隊長LOS……」

亂成一團。

就算保守來說，今晚的海峽也會是大騷動。就連平常時能保持專業冷靜態度的管制室，負責人員也都驚慌失措的大叫著指示，陷入混亂的漩渦之中。有別以往的氣氛。有什麼，不太對勁。任誰都醒悟到了，在這種時候，事態將會變得一發不可收拾。

「將快速反應出擊的兩個魔導中隊作為增援……接觸中……接敵了！這也太快了！」

「Argyle、Carbene兩中隊，意外遭遇戰！進入交戰狀態！」

「地上待命的第二波快速反應部隊已做好出擊準備。」

被用詢問般的眼神瞥看一眼的值班軍官毫無遲疑。

「該死，今晚會很漫長喔！全派去增援！這種時候，不用管預備部隊了！」

全力出擊命令。

就在他那要阻止敵前鋒的毅然姿態，讓部內的氣氛取回了冷靜時，那則消息也在這時襲來。

「警報！第十二空域有新的帝國軍！多達十六！全……全是 Named！」

怎麼可能——幾個人脫口叫道。豈止是萊茵的惡魔所親自率領的一個中隊，還有在萊茵方面留下紀錄的多名 Named。

彷彿是多年前的萊茵空戰。不對，是萊茵的地獄在此復甦了。

「緊急通報聯合管制中心！有多數強力的帝國軍航空魔導部隊！該死的帝國人，是打算開萊茵的同學會嗎！」

他們儘管狼狽不堪，也還是為了掌握狀況不斷全力以赴。一面向上級司令部更新狀況，在南方攔截管制區的值班軍官的指揮下，他們也用盡各種方法持續地試圖掌握狀況。

「冷靜下來！準備電戰反反制！是導引電波，去接收帝國萊茵控制塔的導航支援波長。這樣就能大略看出他們的目的了。」

「……？不行，接收不到。」

「別被誘餌迷惑了。就算只有為了縮小範圍的候補也好。」

「不……不是的。是萊茵控制塔的波長……」

「偵測不到？怎麼會，是新型的波長嗎！」

討厭的消息——就算將校一齊按著眼角……惡耗也還是呼朋引伴而來。

「與……與敵部隊接觸的 Argyle，指揮官 LOST！Carbene 指揮官請求緊急增員！」

「什麼？該死，叫其餘部隊立刻快速反應出擊！最壞的情況下，不論是誰只要能飛就好！」

「A……Argyle，全滅！是全滅判定。Carbene 回報 Argyle 全滅了！」

擔任夜間快速反應的精銳，在這幾分鐘之內全滅？被塞了滿嘴酸蘋果的值班軍官不由得大叫起來。

「太快了！才剛接觸耶！」

他還以為自己知道。不對，是知道沒錯，也不想忘記。「萊茵的惡魔」，那個共和國人們所看到的「白日夢」確實存在。

正因為知道確實存在，所以才沒有大意。沒有犯下分批投入兵力對付那傢伙的愚昧，盡全力發起挑戰。

儘管如此，這是怎麼回事？

我方可是投入了精銳耶。為什麼阻止不了。為什麼會被他們如此恣意玩弄？

「第十二空域被敵航空魔導部隊突破了！正在展開第二迎擊線的 Whiskey 大隊前往攔截。」

「正在闖入第十六空域的敵航空魔導部隊回轉了。」

「不對！他……他們！十二與十六的部隊在試圖會合！該死，目標是……Whiskey！」

應對是人類所能做到的最快速度。

「向 Whiskey 大隊發出警報！敵航空魔導部隊會合，正直接朝著貴隊前進！」

心想著快點避開，帶著彷彿祈禱般的心情發出警報。同時，聯合王國軍部隊也帶著他們受過軍紀教練的義務感，向應對發起挑戰。

「Scotch 大隊正作為 Whiskey 大隊的後援部隊升空！抵達的所需時間約四百！不對，加速了！說是要三百六十秒！」

「是在勉強自己吧。不過，這下得救了。雖是千鈞一髮……但趕得上增援。」

險象環生的局面，讓神經吃不太消。

最近也由於自軍優勢，所以與這種耗心費神的緊張感無緣。戰爭這頭魔物，似乎總是讓人無法大意。

讓人受不了的討厭。

就連將校都是如此了，對於不斷聽著現場慘叫聲的通訊人員，不提供一瓶睡前酒不行吧。

「該死，今晚久違的難熬啊……」

手臂斷了，戰友死了，友人燒起來了——這種末期的慘叫。

就只是默默坐著不斷聽著詛咒聲，對精神狀態很不好。儘管如此，也不得不聽下去。一面詛咒著今晚的值班，他們就只能不斷聽著不想聽的聲音。

在管制室內，不論是誰都強忍著反胃感，硬是不去想恐怕不會歸來的友人，死守在無線電前。

雖不知道是否有與犧牲相抵。不過，他們也因此沒有漏聽。

「警報！警報！怎麼會！急行軍中的 Scotch 大隊傳來緊急通報！有……有低空滲透的敵航空魔導部隊！」

南方攔截管制室內響起了警告聲，但是卻來不及了。

「怎麼會！敵人，敵人！」

「敵人怎麼了！」

聽到這驚慌失措的叫喊，儘管要求他詳細回答，但等到動搖的通訊人員大喊出來時，卻已經來不及了。

「他們在這裡！他們在這裡啊！」

司令部人員大喊怎麼了的叫喊，乘著電波發出。這就是他們最後發出的聲音。那一晚，南方攔截管制室所發出的電波，這就是「最後」了。

混著雜訊，伴隨著爆炸聲響在不久後中斷的通訊波。

對升空的聯合王國軍將兵來說，這所代表的意思十分明顯。

「被擺了一道」。

立刻豎起耳朵，尋求對策的他們「接收」到了。

「Veni、vidi、vici。」

就像在誇耀勝利般的通訊。

不對，實際上是在誇耀勝利吧。疑似帝國軍航空魔導部隊的傢伙在全頻道上反覆高喊著不愉快的玩笑話。

「我來，我見，我征服……？開什麼玩笑啊！」

他們一面氣憤，一面也領悟到這並非「夜晚的閉幕」。

「Scotch leader 呼叫聯合管制中心。緊急狀況！是最優先事項！南方攔截管制室被『收割』了！重複一次，南方攔截管制室被『收割』了！」

體驗過萊茵戰線混亂的男人狠狠說道。

混亂，擴大的渾沌，還有破綻。

帝國的手法，就算旁觀也能學得非常清楚。應該已學到教訓，不會讓他們得逞了。

然而，明明有學到教訓，但這是怎麼回事，是什麼啊？

「是來砍頭的。糟透了……帝國那些傢伙，把最近這陣子的安分丟到哪裡去啦！」

「大隊長，在那裡！」

「不能再讓他們為所欲為了！」

上吧——舉起武器，儘管是在暗夜之中，也依舊保持著陣形，確立起應戰體制。這是讓 Scotch

leader 自豪的部下本領。

同時在這瞬間，他也萌生了確實的疑問——這樣就能對付他們嗎？

自萊茵以來，就不斷叱吒風雲的帝國的惡鬼羅剎。以自萊茵以來，想必不斷累積著擊墜數的怪物為對手戰爭？他將所能想到的一切髒話送給上帝當禮物。

不過，他的疑問與擔憂，免除了火與鐵的考驗。

「什麼！撤退了！」

讓人目瞪口呆的是，在他們面前將南方攔截管制室燒燬的敵航空魔導部隊一下子就回轉了。他們以該說是機動模範的輕盈動作掉頭離去。

「敵……敵人脫離了？」

丟下做好衝鋒覺悟的他們，帝國軍魔導部隊轉眼間就脫離戰區了。

腦海中隨即浮現的，是追擊這個誘人的字眼。但只要有過戰歷，就會知道這個誘惑就算再有魅力，也都是顆禁果。

「……統整部隊！嚴禁追擊！」

惡魔的誘惑。

在這前方，肯定準備了通往地獄的鮮紅色道路。

對謹慎的戰士來說，這是沒必要的風險。然而，與今晚唯一受到好運眷顧的 Scotch leader 相反，地上的管制人員發出非常輕率的詢問。

「聯合管制中心呼叫全部隊。聯合管制中心呼叫全部隊。已確認敵航空魔導部隊回轉。Scotch leader，有辦法追擊嗎？」

「你在開我玩笑吧！要我追擊嗎！」

男人立刻斷言不可能。

「這是不可能的事！這邊可是被耍得團團轉。不先降落，集中力撐不下去！是要我們全滅嗎！」

痛罵、反駁，好不容易才降落到指定的其他基地後，Scotch leader 甩著恍惚的腦袋，單手拿起地面人員準備好的酒，發起牢騷。

「還真慘……該死，暫時會一直是這樣嗎！」

[chapter]

V

第伍章

帝國式門環

Door Knocker

注意漏水。

——無名

chapter V

統一曆一九二七年八月二十五日　聯合王國首都某處——飯店茶室

這世上要是有支配世界的祕訣，那就是紅茶。

德瑞克中校毫不懷疑地堅信這是真理。對聯合王國的軍人來說，這是太過顯而易見的前提。

一杯紅茶正是世界帝國的根本。

會嘲笑這點的人，恐怕絲毫無法理解所謂的道理。因為這意味著支配了物流。

作為經濟作物，在市場上流通。

為此，必須要有能確保安全的貿易航路，足以作為世界警察的軍事力，也不可缺少能確保這股軍事力的產業基礎建設。

將在原產地製造的茶葉，送到遠方消費地的必經旅程。

以前是用運茶帆船，如今則是由輪船擔任。正是日不落偉大王國的航道，相對於不得不依賴陸路的大陸國家，擔保了海洋國家的優勢。伴隨著茶香。

海軍力所代表的意思，即是能確保自由開放的大海。總而言之，就是唯有海洋國家才足以擔任世界的霸權。

正因為如此，當德瑞克中校久違地來到某飯店茶室時的經驗，才會一如字面意思地是衝擊性的幻滅。

本國的下午茶時間，必須要是聯合王國最美好的時刻。

他本打算作為一名紳士鄭重地端正威儀，在有著悠久歷史的飯店裡，坐著高貴的骨董家具，用最高級的瓷器享受一杯。

但是，不需要喝進嘴裡。

花朵綻放的芳香。

紅茶的味道。

文化的香氣。

該經由鼻腔帶來喜悅與感動的味道，並沒有從紅茶杯裡飄出。溫熱液體就只有顏色還勉強像是紅茶這點，反倒更顯悽慘了。

跟在聯邦戰線喝到的，殖民地人所提供的紅茶同級，不對，就公平起見，要說是遠遠不如才對。

在戰地喝到的，是遵守中立的合州國作為物資提供的混裝茶葉。是混裝在大量生產的罐頭裡的茶葉。這種茶葉的品質，居然比本國最高級的茶室提供的紅茶還要好，是讓人不得不感到暈眩的驚天動地事態。

難以置信——德瑞克忍不住搖頭，一名細心的女服務生，一手端著假司康餅走了過來。
「中校，有問題嗎？」
對於帶著滿面笑容詢問感想的女服務生，德瑞克中校不得不提出忠告。
「儘管不想說，但這味道只有問題啊。要是沒有在戰前來過的經驗，可是會大喊『叫你們經理出來』喲。」
要是不知道以前的工作表現，說不定會以為是某種惡作劇而大發雷霆。
「端出這麼過分的茶……妳也是新面孔。以前的男服務生呢？」
「不是在戰壕、海底，就是成了中校的同伴喲。至於紅茶的品質，就麻煩向可恨的帝國海軍潛艦說一聲了。」
「辛苦你們了。哎呀，那我就收下吧。」
一面隨意聊著，德瑞克中校一面拿起女服務生遞來的假司康餅。
乾巴巴的，或是說完全沒有小麥粉的味道。
在忍住嘆息，伸手拿起奶油後，發現這也很明顯是替代品。就算想至少用果醬掩飾味道，也吃不出味道來。不僅砂糖加得不夠，水果的品質也讓人難以恭維吧。光看外型，說不定還比較像糖煮水果……
「……哎呀，果醬與奶油都讓人難以入口。像的就只有形狀嗎？」

難得回到本國耶——德瑞克中校忍住牢騷，灌著半溫不熱的假紅茶，硬是把假司康餅給嚥了下去。

下午茶也徒具形式嗎？

難怪明明是絕佳的下午茶時間卻這麼少人。哎，完全否定也不太好就是了。戰時狀況下的飯店，能靠著配給品設法提供餐點，就算是「道德性」的了。

只不過，光是把替代品嚥下肚子裡也很難受。

邊想著這些，邊為了轉換心情要了報紙，與剩下的假司康餅艱苦搏鬥的德瑞克中校身旁，走來了一名老人。

「Mr.約翰遜？」

「嗨，德瑞克中校。傷勢如何？」

「就如您所見，已經痊癒了。拜這所賜，讓我能像這樣來享用本國的美食。是相當愉快的味道呢。」

很好——老人點了點頭後，隨即凝視過來。在東部時也是如此，德瑞克完全看不出這名老人在想什麼。

像是在打著什麼如意算盤的來訪者，帶著滿面笑容說出無理的要求。

「看樣子……中校，你似乎很閒呢。既然這麼閒，就稍微陪我玩一下吧。」

「咦？」

「貴官喜歡驅靈嗎？」

「如果是驅邪的話，小的時候經常在做喲。不過，大都是在鬧著玩就是了。」

真是懷念。讓人回想起揮舞著紫杉樹枝，到處追趕著妖精或小矮人的往日。

帶著童心，渾然忘我地追逐著不存在事物的日子。

任誰都會記得的。儘管讓人害羞，卻是溫馨的甜美過往。就像是住進寄宿學校後，在宿舍被級長嚴格管教的生活中漸漸遺忘的回憶一樣吧。

「這話還真可靠。那麼，想請你回歸童心做一件事。沒問題吧？」

「反正都是命令吧。儘管沒得選，哎，所以呢？是要我去驅除哪一隻幽靈啊？」

「萊茵的惡魔。」

「咦？」

伴隨著若無其事的語調，老人所回覆的話語，讓德瑞克中校被含在嘴裡的假紅茶給嗆到了。

對於驚愕地邊咳邊發出疑問的中校，老人毫不在意地繼續說出爆炸性發言。

「關於貴官在東部看到的海市蜃樓，聽住在帝國的朋友說……有聊到最近要來家裡玩呢。」

「Mr. 約翰遜，不好意思，這話是認真的嗎？」

當然——老人立刻點頭。帶著眼睛沒有笑意的笑臉，情報部部員以親切的語調開始說道：

「情報源的可信度非比尋常。雖然還在調查確切證據……但據說，最近連夜襲擊我方海峽巡邏部隊的什麼『亡靈』，也是萊茵的惡魔。」

所謂，這一切全是為了讓酸菜佬跨越神聖不可侵犯的木牆。說是什麼千里迢迢的渡海「奇襲作戰」。

「這不是在開玩笑吧？」

雖是若無其事的語調，但話語中帶有的炙熱憤怒是貨真價實的。老人的心情似乎非常差。只不過，德瑞克中校身為軍事將校，也對在這種地方滔滔不絕說著機密的老人有意見就是了。

「混帳酸菜佬要從海上擅闖我們聯合王國的庭院？在飯店的茶室裡聽到這種消息，讓我有點震驚呢。」

「沒什麼，這裡是『我們的庭院』喲。」

老人哂笑起來，語帶雙關地強調著庭院兩字。

「在聯邦學習過了呢。很好，看來你有記住警戒心的意思。很高興共匪在作為教師上有稍微派上一點用場。為了讓你更上一層樓，我就給你一句建言吧。」

是非常適合哂笑兩字的微笑。也可以說塗滿了約翰牛風格的挖苦與迂迴。

「一旦來到戰時，就什麼東西都會缺。儘管如此，卻還能勉強營運的飯店，你可得多加小心。背後絕對有情報部的影子在，要好好記住這一點喔。」

要是他還使了眼色的話，德瑞克中校也就懂了，原來如此，也就是說這裡是被「清掃」過的地區。

「……讓人擔心起情報部的未來呢。Mr. 以偏遠地區加給送來的蘇格蘭威士忌是很不錯，但本國這邊是不是沒有投入預算啊？」

「就算國王陛下允許，就算上帝本人允許，國王陛下的財政官員也不會允許喲。他們對我們可是相當嚴厲呢。」

是所謂的「矛盾」。忠於國王陛下的財政部菁英官僚會蹙眉質問——

在戰時狀況下，儘管關閉了駐外機構，出國簽證的發給數驟減，表面上只是「外交部簽證發給部門」的部門，為什麼會增加經費？

當然，他們有察覺到這在本質上是「情報部」的預算。也看穿外交部的「簽證發給部門」是「表面上」的身分吧。儘管如此，他們也是財政部的財政官員。很可悲的必須說出「場面話」。

具體來說，就是能向國王陛下忠實的在野黨議員說明的理由。

「畢竟，愛國心旺盛的諸位議員……最喜歡將『官僚組織的浪費』視為違反戰時努力的行為，加以彈劾了呢。」

他們是基於愛國心在彈劾浪費。民主主義的眾議員彈劾暗盤交易與官僚組織的怠慢，該說是代議民主制的驕傲吧。對聯合王國來說這確實是件好事……但對遭到誤射的情報部門來說可是個大問題。

儘管說來愚蠢，但聯合王國的情報部與財政部，就這樣陷入了不斷爭執的鬧劇之中。即使是表面上視為不存在的部門，唯獨預算怎樣都得經過表面上的管道獲得……所以相當艱苦。

因此——約翰遜先生深深嘆了口氣。

「這是窮人家的我們好不容易才掌握到的敵人情報。也為了讓人們不需要被帝國人的軍靴驚醒，想在這裡拜託你去擊潰他們。」

「恕我失禮，有拿到萊茵的惡魔出現的預定表嗎？」

「哈伯革蘭閣下是這樣想的。儘管很抱歉得取消你在返回東部之前的休假，但請認為戰爭就是這麼一回事。不管怎麼說，我也是休假不斷被取消的人呢。」

老人就像要引人同情般的牢騷，是身為情報部員的演技吧。不過，因為得不到回報所散發出來的哀傷，也可說是半真心的。

「高層的所有人都有點情緒暴躁呢。如果可以的話，希望能有個好結果。」

「只要下令，我就照辦。」

「那麼，你就去掩護前往迎擊的旅團吧。」

聽他說得這麼簡單，讓德瑞克中校微微蹙眉。雖說只要下令就會去做，但這麼做有意義嗎？

「恕我失禮，只有我一個？」

「不不不，這怎麼可能呢。畢竟是為了達成此目的，從你的老巢——海陸魔導部隊準備了一批精實的傢伙。」

準備了一個精實的中隊負責掩護——當得知這件事時，他很快就明白這是個「不能失敗的工作」。

「既然有像諸位這樣的精銳跟隨，相信會非常可靠。」

「我願盡微薄之力。要是沒來，就還請寬待了。」

「這是當然！我向你保證，這不會是你的責任。」

統一曆一九二七年八月二十六日　聯合王國本國

迅速的安排是用心的象徵。官僚組織是靠慣性在運作的。當他們敏捷地動起來時，就表示有相當大的壓力與上頭的意志存在。

「……居然會這麼勤勉呢。」

進展快到讓德瑞克中校忍不住傻眼地喃喃自語。

戰爭機器的齒輪在注油後立刻轉動，他一下子就收到命令文件，並調到新的臨時配屬單位。

還以為針對東部多國籍義勇軍將校的命令權會非常複雜，可是戰時內閣與情報部的硬幹卻足以排山倒海。

茶會隔天就搭乘情報部員的車輛移動，與負責這次迎擊作戰的旅長會面。

據他說，這是甚至動員了本國艦隊的徹底的伏擊作戰。雖然大膽到也讓人覺得是不是沒考慮到間諜的隱匿性，但在戰場上不用煩惱數量是件好事。

畢竟，友軍的魔導部隊可是一個航空海陸魔導旅團。不過關於這點，旅長巴爾默准將則是邊向德瑞克推薦紅茶，邊帶著苦笑吐露內情。

他表示「大半是新兵。是一群對海潮味毫無辦法的小雞」。

「彼此都是被政治拖累的人。中校，就跟多國籍義勇軍的新兵沒兩樣喲。在稍微聽到你的風聲時還很同情，不過一旦變成自己的事，就只會讓人想哭呢。」

「當官難為呢，閣下。」

「能被人稱為閣下，就是要相對地負責下下籤。你在軍隊待久了，也會有類似的辛苦喔。」

說笑一番後，確認到彼此都是有常識與良知的約翰牛精神持有人。既然要一塊戰鬥，就希望會是知心的關係。

作為外派單位，算是相當不錯的形式。

如果是有著共同語言的專家同伴，事情也會談得非常順利。詢問旅長有關戰力的推論後，德瑞克自己也抱持著危機感。

畢竟我方盡是些新兵。姑且不論人數，但在能力上有著深刻的不安。

話雖如此，旅團也是非比尋常的規模吧。既然敵方的海上戰力會被我方的本國艦隊阻止，要將恐怕會與艦隊隨行擔任直接掩護的敵魔導部隊驅離是綽綽有餘。

問題在於敵人。德瑞克之所以會跟巴爾默准將一同抱持著危機感，就是因為「敵 Named」。

「我想請教中校的經驗。萊茵的惡魔怎麼樣？有高於傳聞嗎？」

「豈止是高於傳聞，簡直是不愧於她鏽銀的別名。跟那個進行過近身戰還活得下來這件事，我會終生感謝上帝，並且用盡一切的話語向祂抱怨這世上有那個存在的事。」

「……真是過分。這倘若是事實的話，我就是接到不可能的任務了。沒想到得要命令孩子們去跟帝國軍人廝殺呢。」

「我在東部看過她。對於她是否真的會出現，還是半信半疑的。」

聽到德瑞克這麼說，旅長微微嗤笑起來。精疲力盡的臉孔上，寫著「要是這樣該有多好啊」這種說不出口的願望。

交換敬禮，收下代替香菸的酒瓶後，德瑞克中校就在巴爾默准將的副官帶領下，前往自己所要指揮的一個中隊。

要說初次見面，或許會很怪。

畢竟他們全是舊識。是為了重新編制德瑞克自身在過去所屬的海陸魔導大隊，而將老兵重新召集起來的中隊，所以全是知心的隊友。

「是你們啊！」

「是中校嗎！」

邊聊著蠢話，邊詢問情況後，得知全員都與其說是正式配屬，還不如說是臨時的緊急動員。

總而言之，就是自己很快就會被再度踢回「多國籍義勇軍」吧。到時候就不能設法把這批資深的海陸魔導中隊帶去聯邦方面嗎？儘管知道這是在打如意算盤。可是，要是有這批精銳在，工作就會變得相當輕鬆吧！

但也許……是「萊茵的惡魔」會來的這個間諜所提供的情報，準確度高到足以讓上頭判斷需要他們嗎？

「話雖如此，但真的會出現嗎？」

如今，萊茵的惡魔正在東部追逐著我那不幸的同僚米克爾上校吧。

要相信帝國內部的親愛友人，總之就是什麼間諜的情報，準備萬全的迎擊態勢？總覺得也太幸運了。豈止是半信半疑，感覺大半是被捉弄的心情是怎樣也抹不去。

防備什麼襲擊預定日，讓一個魔導旅團與本國艦隊一本正經地待命，甚至是太不現實了。

而且，要是還為了迎擊，連日命令他們進行二十四小時體制的事前升空警戒，就只能用「真的假的」來形容了。甚至還預期自己會在事後不斷抱怨這是一齣鬧劇，在酒吧灌了冰涼的麥酒後，將上頭的失誤一笑置之，拖著徒勞的身體投奔床鋪懷抱的情況。

一連三天下來，也膩了。

然而，現實比小說還要離奇。八月最後的升空警戒時間……就因為不請自來的客人，突然地宣告結束了。

最初的徵兆，是突然嘈雜起來的無線電狀況。通訊激增，讓人確信有什麼事正在進行。

當德瑞克中校猛然切換意識時，戰爭也熱鬧起來了。又是月底嗎？在伴隨著這種牢騷握起槍後，司令部傳來一句狀況說明。

「Daniel01 呼叫全員。潛艦目視到敵影！是帝國軍！他們的艦隊來了！」

巴爾默准將的通知，讓德瑞克中校稍微納悶起來……間諜什麼的情報竟是真的嗎？甚至是讓人驚訝。

所謂的情報戰，是愈去研究，就愈會不相信人的東西。完全搞不懂是真的有間諜嗎？還是「想對內發出有間諜的情報」？

包含是否真的有間諜在內，還是不要太認真去想，對心理衛生會比較好吧。

自己就照自己的步調，去完成自己的工作吧。不過，就算是哈伯革蘭閣下，終究還是會判斷錯誤吧。

畢竟，自己是相信的——

「萊茵的惡魔在東部」。就算說敵人已來到眼前，也還是如此確信。那傢伙正在東部，以可憐的聯邦兵為對手肆虐著。

接下來等返回東部後，自己也得要對付那傢伙……這種假設卻在下一瞬間破滅了。

「嗯？」

微弱的魔導反應；刺燙的某種感觸。

是在東部記住的反應。

……想忘也忘不掉的鏽銀的反應。

「喂喂喂，我的守護天使上哪去啦？」

是怠工嗎？在戰時狀況下，這可是難以原諒的怠慢，真想以敵前逃亡的罪名把我的守護天使拘禁起來。一面撫著後頸，德瑞克中校一面甩著頭向部下喊道：

「糟透了，小子們。給我做好廝殺的準備。」

這個波長。這個可怕不已的波長，他是不可能誤判的。那傢伙的魔導反應，就算睡著了也能感受得到。

儘管難以置信，但凡事都沒有絕對。

「向巴爾默旅長發出急報。說要和大隊規模的惡魔戰爭了。」

「戰爭的準備，不是早就在做了嗎？」

就連老兵都是這樣，原來如此，這就是百聞不如一見嗎？

環顧中隊，全員都保持著適度地緊張，適度地放鬆肩膀的力道在待命。儘管並不壞……但也就是說，假如沒體驗過那個有多糟糕的話，就只有這種程度嗎？

這可是賭命的生存競爭，給我再稍微用全身表現出來啊。

「不對，完全不對。不是殺，就是被殺。要當作對手是貨真價實的惡魔。別被外表給迷惑了啊。」

「是那個小女孩什麼的傢伙嗎？」

「是小女孩的就只有外表。裡頭根本是有智慧的怪物。」

但德瑞克的警句，卻被當作是貼心的玩笑被部下一笑置之。

「認真的嗎？中校，你在東部待太久了吧？」

紓解了緊張感。就像在這麼說似的放鬆肩膀的力道是很好，但對上那傢伙，就連老兵也很危險。

「海陸魔導師的諸位戰友，給你們一個忠告。」

聽好——就算明知這是野蠻至極的不紳士行為，也還是不得不說。

「別對女魔導師遲疑。倒不如說，不想死的話就積極開槍。敵人看起來像幼女？對上那傢伙要是不遲疑就能沒事的話，倒不如要當作是運氣好啊。」

「雖不知道是腦袋還是身體，但中校在東部得了什麼怪病嗎？」

「不，我很健康、理性並且冷靜。畢竟我很不幸地是個正常人呢。」

這是在戰爭。

我們是在戰爭啊，諸位海陸同袍。

「諸位紳士。越過本國海峽的我們就算是野獸也無所謂……不想死的話，就給我認真戰爭。

今天一定要讓那些傢伙葬身海底！」

確保了數量優勢。具有戰術性優勢，還有與艦隊配合。情況非常好。高層與政治家偶爾也會設定優秀的戰場。

「上吧！去贏得勝利！」

統一曆一九二七年八月三十一日　海峽上空

原本打算奇襲。

至少，在作戰計畫上是這樣預定的！

有嚴加保密，現場也竭盡所能付出了一切的努力。

儘管如此，那是什麼？不對，不用問就知道答案了。是黑鐵的戰船；鋼鐵的產物即成群的主力艦。

是支配大海的這片海域的主人，聯合王國海軍的本國艦隊。

正確來說，是其中一部分吧。因為完全沒看到他們自傲的本國超無畏級戰艦戰隊。是以舊式的高速戰艦與戰鬥巡洋艦為主軸的戰鬥巡洋艦隊吧。

可恨的是，就連這種戰力都不得不說是壓倒性的。明明只有一部分戰力，卻似乎還是有辦法將帝國海軍的北洋艦隊輕易擊敗。就算是大洋艦隊，對上他們也頂多在數量上勉強平分秋色吧？

不管怎麼說，我方的戰隊就跟在大象面前被踩扁的螻蟻一樣。即使打起來，也稱不上戰爭。單純是虐殺。

只不過，就連這種數量劣勢都還不足以說是「最糟」的情況。

真正的問題，是敵人的動向。

在我方的奇襲作戰中，與做好萬全準備等待的優勢敵人「偶發遭遇」？

「哈，不可能。」

與其相信這種事，還不如去信奉共產主義與存在X。總之，這不可能是偶然。

與其說是懷疑……基於異世界的知識，譚雅當場就識破這是有著祕密與機關的歡迎會。

儘管懷疑那有十之八九是存在的吧，但如今可以確信了。是魔術情報。

他們正確地破解了帝國軍的暗號。帝國軍所有的軍組織都是透過無線電波在發收機密……所以這可不是有哪裡漏水的問題。總歸來講，就是軍方的對話全都洩露出去了。

哎呀，這樣的話，即使譚雅個人與第二〇三再怎麼吝嗇地用心保密也無濟於事。

這樣難怪贏不了。

在轉職願望越發強烈之中，握緊拳頭，也不掩咬牙切齒的面對這痛苦的現實。自己是加入敗北的陣營了。

情報可是攸關死活的重要。話雖如此，但這是有辦法避免的。

作戰計畫只由將校運送，也完全不使用電報，只要採用這種譚雅流的保密方式，就有可能避免洩密。雖不知是西方方面軍司令部，還是艦隊的蠢蛋……但就連這種對保密的顧慮都做不到的話，就讓人想吐了。

「等回去後，我是不會善罷甘休的。也得盡可能地向隆美爾將軍抗議。」

只是，在這件事上抱持著相當大的難題也是事實。畢竟譚雅雖能敲響警鐘，宣稱我們不如敵人，但要是被問到「真的被破解了嗎？」，可就傷腦筋了。

會被要求進行惡魔的證明吧。因為「大半的軍人」都確信，帝國軍的加密強度是萬無一失的……如果不是這樣，即使是愚蠢的各部門，也不會做出隨便使用電報，進而導致作戰洩露的行為。

還真是殘酷、無情、不講理啊。

「竟會有這種事，這麼愚蠢的事嗎？」

「中校？」

對於副官擔心的詢問，譚雅滿腹牢騷的回應。

「謝列布里亞科夫中尉，記住眼前的景象。這就是上頭搞砸的結果。這樣還打什麼戰爭啊！」

要是可以的話，真想大叫一聲混帳東西；假如沒有社會立場的話，真想大叫我要離職。經營管理層要是犯錯，現場怎樣也無法挽回。

譚雅雖然喜歡努力，但最討厭無意義的努力了。

努力假如沒有適當的手段與目的，還有最重要的是依照環境與戰略有建設性地投入的話，一點意義也沒有。努力是手段，而非目的。

只不過，對此時的譚雅來說，這種長期觀點也沒有任何意義。

就算被說人類只顧前不顧後，也不關她的事。眼前的敵人才是緊要的問題。得想辦法對付他們。

對了——在空中轉移視線後，就看到下方的快速戰隊正連忙著變更路徑。

雖說有包含戰鬥巡洋艦，但友軍戰力終究只是戰隊。假如跟聯合王國本國艦隊的戰艦群正面交鋒的話，毫無疑問會葬身海底。

也沒必要白白浪費稅金與人命吧。

海軍的指揮官，哎，該怎麼說好呢。似乎有著一顆正常的腦袋，在強敵面前迅速落荒而逃。

沒有遲疑，能當機立斷這點非常好！

雖然也覺得他們應該要向在上空擔任直接掩護的我們說一句忠告或是聯絡……但或許是陷入恐慌，無暇顧及我們吧。是經驗不足呢。

「艦隊真好，能過得這麼悠哉呢。是在港口裡龜太久，導致經驗不足嗎？」

就連水面打擊部隊的指揮官，看起來都沒怎麼參加過實戰的洗禮儀式。看來海軍似乎沒有在好好戰爭的水面部隊呢。

……哎呀，現在要是有能幫忙掩護撤退的優秀潛艦部隊在的話，就輕鬆多了。

「該用一般通訊呼叫在這片海域展開部署的友軍潛艦嗎？……聯絡不到吧。」

獨自嘀咕，獨自否定。像在演短劇似的……不對，譚雅搖搖頭。

聯合王國本國附近的帝國軍潛艦大半都處於無法通訊的狀況下。反正肯定是在電波抵達不了的海底潛航。既然手邊沒有長得很誇張的天線，這就是在痴心妄想吧。

那麼，問題來了。

我方是一個大隊。

敵方是一個旅團。而且，還有壓倒性的艦隊隨行。

儘管並沒有預定要衝進水面艦艇的防空砲火裡，但敵方能在後勤與據點面上依靠艦艇這點非常狡猾。

總而言之，就是長期戰對我方不利。那要配合友軍戰隊逃走嗎？不，這可不行……要是與該護衛的艦艇一道同行，就必須配合他們的速度。

這樣一來，怎樣也無法擺脫敵航空魔導師。

與其跟著累贅一起逃，還是分開逃跑會比較安全吧。再說，也不想讓大野狼護送回家。

「……攻擊是最大的防禦嗎？」

「中校？決定了嗎？」

面對副官的詢問，譚雅就像當然似的點頭。

「向艦隊拍電。『無須顧慮我等速速脫離，我等將引誘敵魔導師』。以上。」

「說什麼無須顧慮，海軍早就逃走了喲？」

雖然副官毫不留情地指摘，但譚雅姑且還是作為長輩，展現出訓斥部下的度量。

「維夏，要寬待新人的失敗。」

只要不重複相同的失敗，就還在容許範圍內。不容許失敗的組織，會變成隱瞞失敗的組織。

要去除失敗，明明就必須要適當地找出失敗之人與原因啊！

「海軍可是戰爭的外行人喔。只是慌張逃跑，算是了不起了吧。下次還有機會的話，會想期待他們的表現呢。」

「要是還有下次的話呢。倒不如去跟他們說，請不要欺負弱小吧。」

「跟誰？」

副官一副理所當然的模樣，帶著滿面笑容說出很過分的話語。

「跟聯合王國的本國艦隊啊。乾脆懇求看看如何？我覺得把我們拋下的海軍，要是也能像這樣忍辱求全就好了。」

她那孩子氣的說法讓譚雅蹙起眉頭。要是部下自行衝進盛大的陷阱之中，自己也得背負上監督責任。

「謝列布里亞科夫中尉，別這樣說。」

「……那個，我太不謹慎了嗎？」

不對——譚雅明確搖頭。

「喂喂喂，副官，給我振作一點。欺負弱小可是戰爭的基本喔。」

「也是呢！」

沒錯——譚雅強調起結論。

「要是譴責他人，自己等人卻做了相同的事，可是個大問題喔。我們必須貫徹始終。」

「那麼？」

「就去做相同的事吧！各位，要上了。」

輕輕揮手，向部隊打信號。

這種時候的做法，所有人再怎麼說都在東部明白了。

「要向聯合王國軍衝鋒吧？好懷念呢，當時被警察追著到處跑的情形，如今也歷歷在目。」

拜斯少校用無線電說笑著，向譚雅拋出話題。是要消除眾人緊張的慣例手法。

當然，譚雅也輕鬆風趣地把話題拋了回去。

「這次是比警察叔叔還要可怕的海陸魔導師當鬼喔？」

「正合我意。」

砰地用力敲響胸膛的副隊長真是可靠呢。他要是也能有戰爭以外的興趣的話，就會是完美的人力資本了。過於干涉他人的內心，是種讓人厭惡的行為。儘管如此，這種時候也還是會不可思議地感到十分惋惜。

不過，現在是戰爭，這裡是戰場。對譚雅來說，就唯有誠實用心地做好自己的工作。

「很好，各位戰友！就用我們在東部磨練的機動戰，好好招待慢吞吞的各位聯合王國人吧！」

此時，她忽然想起謝列布里亞科夫中尉的點子。向聯合王國喊喊話也不錯吧。

能夠宣傳自己的機會，不論是什麼都想好好運用。

「副官，準備以全頻率進行公開廣播。」

「我立刻準備。要廣播什麼？」

「『發：帝國軍。致：不像樣的外行人。讓我們來指點你們幾招。就好好享受歷經東西戰線磨練的機動吧』，以上。」

謝列布里亞科夫中尉的嘴角毫無疑問是綻開微笑了……單純的挑釁往往都很有效。畢竟不論是怎樣的笨蛋都能理解。

而他們的精神性會是貴重的戰術材料。因為所謂的笨蛋，都有著絕不容許被他人當成笨蛋的精神性。

所以才會是笨蛋呢。

在親切地用聯合王國官方語言發出電文後，敵航空魔導部隊的動向就明顯活絡起來，所以效果似乎是非常好。

看來敵方的指揮官並不懂得忍耐呢。不對？敵方的動向並不一致。那就不是指揮官……而是部隊失控嗎？要是這樣的話，聯合王國軍看來還真是粗糙。

連航空魔導戰這種高度統合的戰爭技術的基本都不知道嗎？

「大豐收呢，各位。」

譚雅咧嘴竊笑。

要組織性地對付一個旅團很費工夫，但如果是一個旅團規模的暴徒，那就沒什麼好怕的了。組織與統率是暴力的基本。

用手指戳人會導致手指挫傷，但用拳頭揍下去，就能把人打倒。這是非常單純的道理吧。

「零零落落的衝鋒，還真是叫人欽佩呢。居然沒有意識到射線與互相支援。」

「維夏，他們也很拚命。就認同他們的努力吧。」

受到副官意外似的眼神，譚雅竊笑起來。

「認同他們，然後再加以擊潰。」

「要欺負可憐的新兵？」

「擊潰死命掙扎的敵人，打擊弱小的敵人有什麼錯？妳該不會是討厭欺負弱小吧？」

「我最喜歡了，中校。」

這就是方才還在提議向「敵人」呼籲不要欺負弱小的副官言行嗎？雖不吝於承認部下有內心的自由……但譚雅也不得不以正義之心進行告發。

「副官，我就在考核表上寫妳有欺負弱小的惡習吧。要重視仁愛之心。去體貼地對待他人吧。世人皆兄弟喔。」

這當然是玩笑話，他們也十分清楚。

「「「哈哈哈哈哈哈。」」」

充滿笑容，氣氛良好的職場環境。維斯特曼中尉的中隊雖然慢了一點，但就整體來講動作並沒有問題。

「那麼，很遺憾的，要戰爭了。去陪各位外行人跳舞吧！」

一聲號令，做好準備的大隊就開始行動。

對付旅團，大隊就算聚集起來，也只會落得「最終遭到包圍」的下場。

那麼，該怎麼做？

不用說。

就只有「衝鋒」了。

只要身經百戰，這就是任誰都知道的事。拜斯與格蘭茲他們十分清楚這點。

就連像維斯特曼這樣的補充軍官，也都會在戰場上學到的大原則。

高度差兩千英尺是個不小的優勢。只不過，譚雅等第二〇三航空魔導大隊也還是捨棄了這項優勢。

四個中隊分別形成儘管分散卻能互相支援的四個圓錐。為了貫穿聯合王國軍那雜亂地聚在一起的戰法，展開猛烈地衝鋒。

所謂的戰爭，就是要經常先發制人。

就算受到驚慌失措的反擊，零星的射擊也難以說是威脅。

零零落落的隊伍所發射的連目標都很曖昧的緊急射擊，怎麼可能打得穿身經百戰的魔導師的防禦殼啊。相對地，就算是單純的衝鋒，只要成為受到明確管制的一次衝鋒，衝擊力就會非常大。交錯的瞬間，第二〇三發自內心享受著勝利的果實。

另一方面，外行人還真是可憐！

缺乏經驗法則的對手，往往會做出「停下來瞄準」這種奢侈的選擇。意圖射擊而「稍微停下來的魔導師」，就只會是垂直落下時的「靶子」啊！

「就像是在學飛的企鵝嗎？」

敵人驚慌的反應還真是惹人失笑。

聯合王國製的演算寶珠，是注重「機動戰」所開發的。輕盈，輕快……只要不動，就無法發揮本領。即使他們強化防禦殼，第二〇三也有著豐富的開罐頭經驗。畢竟，他們至今一直都在撬著聯邦製寶珠那硬得誇張的堅硬防禦殼。

這是單方面的步驟。

顯現而出的魔導刀在切開敵人的防禦膜後，就這樣帶著重力加速度的加護砍向防禦殼。愕然的敵魔導師還來不及發出死前慘叫，他們就「喪失戰力」，被迅速地打落海面。

席捲而來的暴力。

閃耀的魔導刀與爆裂術式的火焰，是在瞬間讓深紅鮮血灑滿天空的力之暴風。

「之前就在想了，聯合王國的魔導師『軟』得很輕鬆呢，中校。」

小組搭檔的副官這句話，讓她深感同意地點頭。宛如雞蛋，一敲就破，噴出裡頭的東西。當然，少數擔任新兵保母的敵方老兵很棘手……但人數有限。

「半吊子呢。雖說是要輔助外行人，但要是廣泛分散開來，就會被混亂吞沒而無法動彈。」

接下來只要鎖定保母衝鋒的話，說不定就能讓敵旅團瓦解了。能做到專家水準的工作吧。真是甜美的想像。

「總覺得以前的傢伙還比較強一點呢。」

「妳說得一點也沒錯。聯合王國的傢伙，乾脆採用聯邦軍式那種只顧堅固性的寶珠還比較好吧……我們也一樣就是了。」

新兵的訓練水準低下，說不定已是交戰各國的共同問題。因為是只有魯莽戰意的外行人，所以只加強防禦殼，很有可能會比隨便給他們專家規格的寶珠來得有意義。

可悲的現實。比起教育人員，竟然更必須配合未受教育的水準思考架構。自己的部隊沒有來到這種末期，完全是幸運嗎？想認為是每日明智的訓練與適當指揮的成果。

「拜斯少校與格蘭茲中尉也表現得很好。」

「維斯特曼中尉怎麼樣？」

「現在還差一點呢。雖然接近不及格……哎，就基於戰時特例給他加分吧。跟敵人相比，還算是遞補合格吧。」

譚雅一面講評部下的動作，一面開始激勵部下。

「副隊長！再稍微打得盛大一點！」

「可以嗎？還以為是要先進行突破，讓旅團瓦解。」

「不錯的觀點，但這次也必須教導維斯特曼中尉他們戰爭的方式。就為了他們，幫忙驅趕獵物吧！」

「遵命！」

要是除了在職訓練外別無他法，就要徹底掌握機會鍛鍊部下。實戰的經驗雖然偏頗，但也是名有益的教師……說實話，徹底折磨部下的訓練方式，效果會比較好。

現在就先盡目前所能的去做吧。

「維斯特曼中尉，聽到了吧？接下來會幫你驅趕獵物。你就當作是中隊聯合戰術的實戰訓練吧。」

「遵……遵命。」

「安心吧。你和你的部隊都做得很好。最主要的，還是去看看敵人那不像樣的模樣吧。在空中溺水嘍。」

聽到譚雅這麼說，年輕中尉就像現在才發現似的吁了一口氣。

「就像看到了以前的自己等人。」

「說得沒錯。得在像如今的各位一樣提高本領之前，將他們剷除掉。」

只要累積經驗，外行人也會成為專家。更何況是戰爭。不論是誰都會賭上性命，十分認真地成長，所以千萬不能大意。

「必須要確實摘除敵人的嫩芽。」

「……因為是戰爭呢。」

沒錯──譚雅點頭同意。

只不過，沒有多少時間讓她沉思。畢竟，負責驅趕獵物的拜斯少校動作很快。為了配合驅獵，譚雅自己也率領中隊開始機動。只讓維斯特曼中尉的補充魔導中隊衝向徹底混亂的敵人集團。

這是簡單有效的實戰經驗。

要說到敵人有多軟，就只能嗤笑了。

不過──譚雅搖了搖頭。

「戰爭打得太過頭了呢。」

「中校？」

「敵人就這種程度，卻連對付這種外行人都得耗費工夫？西方的友軍是怎麼了？現狀究竟有多麼粗糙啊。」

光想頭就痛了。

她與聯合王國軍的航空魔導部隊交手過許多次，也經常被叫什麼海陸魔導師的傢伙阻礙。就只有徹底遇過外線部隊，所以沒能察覺到也說不定。

……聯合王國航空魔導師的戰力基礎，很有可能也意外地徹底喪失了。而就連如此弱化的敵人都無法應付，現狀下的帝國軍也衰弱了。

戰爭是人力資源的巨大浪費。

「……這種事，有哪裡是錯的。」

不對——譚雅一想到這裡，就將雜念驅離腦海。考慮人力資源，並不是野戰指揮官的自己的職務。

這是上司的工作。而且還是地位遠遠高於自己的上司。

在薪給等級上，該專注的是自己的損耗最小化與戰果的最大化。總而言之，就是要作為軍人累積戰果。除此之外的事都跟自己無關。

「為了所愛的祖國殺敵；為了所愛的祖國讓敵人死去。戰爭就該這麼單純。」

譚雅一面激勵部下，一面注意到自己變得莫名感傷而苦笑起來。自己心中的現代性良心，無法接受如此宏大的人員犧牲。不過，自己終究只是組織的齒輪。這還真是讓人氣憤不已。

正因為如此，才想至少要趕快結束這場不愉快的戰鬥。

「數量是偉大的呢。一旦是旅團單位，光是要瓦解就是件難事嗎？」

很可悲的，希望沒能實現。

就算實力差距再怎麼顯著，大隊要擾亂旅團就已經是極限了。儘管自己也偶爾會顯現術式，煽動敵方的混亂……但怎樣就是無法全線崩潰。

只不過，敵兵就單純只是留在原地，沒有逃跑嗎？至少，與其說是有機性的戰鬥單位，「就只是待在那裡」的敵兵也太多了。雖然就只是這麼的不像樣，但勉強維持住了一個指揮系統。敵方的腦袋相當努力吧。

還需要再努力一兩下嗎？

「格蘭茲中尉，去掩護維斯特曼中尉，同時陪友人好好玩一玩。」

「是要把人引開吧？立刻就去！」

「麻煩了，格蘭茲中尉。」

是在傑圖亞閣下那裡累積了經驗吧，格蘭茲中尉也變得愈來愈好用了。果然是高級將官的薰陶嗎？讓人想跟閣下請教一下培育手法。之後要是有機會與他暢談教育手法就好了。

總之，現在就以自己的方式做到最好吧。火的考驗是最好的在職訓練。

「維斯特曼，你不用怕。交給格蘭茲，要掌握住呼吸。」

「遵……遵命！」

譚雅一面適當地發射術彈，將敵兵變成肉醬，一面特意開朗地斷言。

「放輕鬆，中尉。有聽到嗎？要放鬆肩膀的力道。」

「咦？不……不是集中嗎？」

新人特有的認真回答，實在是不太好。

有時也確實是要集中在工作上，但人類也跟橡膠一樣。一旦拉伸到極限，就會喪失伸縮的餘裕。可以說，在沒必要時放鬆多餘力道的餘裕，正是要細水長流地貫徹戰爭所不可或缺的。

「戰爭可不是能保持理性享受的喔。乾脆放輕鬆，適當地應付會比較健全。做得好的話，甚至還能長命。」

譚雅向無線電發出話語。要說意外吧，似乎還有餘裕說笑的副隊長，邊朝著敵兵發射術式邊插入話題。

「那麼，中校。妳覺得常在戰場的幹勁怎麼樣？」

「沒怎麼樣。那也是一種心態。就隨你高興吧。」

實際上，只要看到如今的大隊，就沒辦法否定了。

除了補充魔導部隊，大半都是戰爭販子。但是有辦法指揮。因為很重要所以再說一次，眼前作為暴力裝置完成的各位士兵，是作為部隊在行動。

也就是說……對於擔任指揮官的譚雅來說，只要不會在交戰中陷入恐慌，就不會去管部下的主義、主張和心情。

就算部下想信仰義大利麵神，不論是蘑菇派，還是竹筍派，都與她無關。

「要孜孜不倦、認真地、踏實地。最後勝利的，是誠實累積的實力喲。」

譚雅一面避開砍過來的敵海陸魔導師，在他背上猛力捅進刺刀，一面帶著輕聲嘆息的喃喃說道。

敵人就像狗屎般的怒氣沖沖。是想說發怒起來，就能增強實力嗎？要真是這樣的話，也不吝於幫自己的部隊安排仇恨週與仇恨時間就是了。

「維斯特曼中尉，就跟你聽到的一樣……放鬆肩膀的力道吧。」

是聽懂了自己的意思吧。僵硬的維斯特曼中尉也看似不再緊張，動作也稍微輕快起來了。

「很好，很好，就是這樣。」

格蘭茲、拜斯的伴動很順利。他們巧妙玩弄著上鉤的敵人，用術式與機動陪著敵人玩，讓敵人不去注意維斯特曼中尉的中隊。天空看似狹小，卻很寬敞。敵人被眼前的威脅引開了注意。

而這正是他們的敗因。

在三次元的戰爭中，要是無法警戒四面八方，就只會是頭野鴨。被遺忘的維斯特曼中尉中隊，就從敵人脆弱的「意識之外」咬上去。

儘管在技術上，如今還有拙劣的部分，不過該看的是氣勢與戰意吧。術式炸開的閃光，還有敵人充滿苦悶的反應。確實述說著奇襲的成功。

「我的建議，哎，似乎有效呢。」

這甚至讓譚雅愈來愈發自內心地湧現出身為教育者的自覺。似乎覺醒了培育人才這個意外的興趣與喜悅。

不對，可以說是已經覺醒了。

在將有限的人力資本最佳化的意思上，「教育」果然很偉大。在戰爭之中，只要不持續讓效率最大化，就會遭到驅逐。

就某種意思上，是究極的競爭狀態。

也就是說，假如不重視人力資本，戰爭也好，競爭也好，凡事都會贏不了吧。

對譚雅來說，眼前的景象正是最為雄辯的實例。

以旗下部隊的機敏機動牽制敵大隊，再由儘管還不太習慣，但勉強能配合的補充人員向他們發動襲擊……是讓她確信只要肯做就能辦到的景象。

只不過，這並不是能開懷高興的成果。

「用兩個中隊牽制一個大隊嗎？雖然表現得不錯，但還有很大的改善空間吧。」

維斯特曼中尉部隊的壓迫力太差，衝擊力也經常不足。都已經是奇襲了，格蘭茲、拜斯兩人都已經巧妙包圍起來了，卻還是沒辦法徹底擊潰！

敵人已被擠進球形的客滿電車裡，所以只要包覆住動彈不得的敵人，將他們捏碎就好了吧。就因為想要確實依照教科書的指示，以衝鋒隊形衝進敵陣，所以才會讓「攻擊面」不足。真是太可惜了。

譚雅嘆了口氣，把希望部隊能更好的牢騷吞了回去。

現狀下，這是能取得的最好。就算手牌很爛，也不能因此走下牌桌。

維斯特曼中尉的部隊，在「努力」之後拿出了「成果」。

雖說訓練還有待加強，但也得考慮到他們想以中隊向敵大隊衝鋒的幹勁。假如不積極肯定他們的優點，是不公平的吧。管理職有管理職的立場……但將這些強加在現場上，是俗稱的無能。

既然沒辦法提供必要的教育與訓練，那就算是部下的不當表現，也會是管理職該甘願承受的範圍吧。

「……只要有時間，就會有不同的表現了吧。」

他們的能力不足，就根本來講是因為不適當的教育與投資。讓人火大的是，這就只能在現場彌補。

不論是敵方我方，都太過輕視關鍵的教育了！

那怕是在子彈飛舞，術彈爆炸，顯現著眾多術式的交戰當中，身為一個有常識之人，譚雅都依舊感到火冒三丈。

這是工業製品的何等浪費。儘管敵人的準度明顯爛得徹底這點是很感激……但這是鐵量與火藥的白白浪費。以血汗稅金的用途來講，是最糟糕的吧。而且最重要的是，還嚴重輕視了在構成要素中應該很貴重的人員要素。

他們以為人力資源是什麼啊！

當我方的一個中隊在機動時，敵方的一個大隊卻在空中溺水，讓人看不下去。也無法任意地變更隊列，配合距離的術式選擇與戰術對應也很粗糙。居然連行動模式都沒有教好，是讓人驚訝的低水準。

極度藐視著教育。要是有將受過妥善教育的人力資本進行有效運用的話，世界就能創造出更美好的市場環境吧！戰爭就只會是宏大的浪費。真是太奢侈了。

雖說人是城池，人是石垣，人是護城河，但這樣就只是比肉盾還不如！

在空中昂首挺立，發自內心感慨的譚雅，卻身為官職。想做的事與該做的事，是不可能會一致的。

在慎重避開瞄準自己的攻擊，緊盯著事態發展的譚雅眼前，開始上演起衝鋒戲碼。沒理由再繼續牽制敵人了吧。

「拜斯少校，之後就交給新人吧。」

「遵命。那我們呢？」

這是偽裝成詢問意見的邀約。

要替敵旅團舉辦一場盛大的空中歡迎會。就算稍微有點餘裕了，但第二〇三還是處於慢性的人手不足……所以手腳都不能停下來。

「這還用說嗎？當然是工作了。」

譚雅邊以輕鬆語調回應副隊長的詢問，邊將自己的中隊重新編制成衝鋒隊列。能當場重新組成隊列，對三次元戰鬥毫無遲疑與混亂的訓練水準。

這正是唯有像第二〇三這樣的老兵才有的優勢。

由「經驗」擔保的三次元戰鬥能力。這是在敵我雙方往往會嚴重混雜的航空魔導戰中，能維持組織性的指揮，作為有機性的戰鬥體讓各中隊互相配合的唯一訣竅。

這在戰前是基本……如今卻宛如是早已失傳的技術。

「要上嗎？」

「當然。」

她大大揮手，得意洋洋地向部下指出目標。

「目標，敵中央。」

上吧——譚雅輕輕握拳，部下立刻理解她的意思。不用多說什麼。畢竟，就跟往常一樣。

鎖定敵人的腦袋，盛大地收割。

這是訓練水準勝出，但數量劣勢的帝國軍所能採取的唯一僅存的方法。一旦是在各戰區一直被任意使喚的第二〇三的話，就已經可以說是家常便飯了。

在指示的同時，巡航的副隊長與自己的部隊就一齊化作銳鋒，開始朝敵陣衝鋒。

爆裂術式的劫火燎過空間，將遍及天空的聯合王國語慘叫作為戰鬥音樂，譚雅等帝國軍魔導師以盡可能最快的速度，將聯合王國軍海陸魔導部隊的戰列撕裂開來。

途中，是海上敵艦隊無意義的掩護吧。

儘管發射了防空砲火……但是在敵我密集的狀況下，也不敢隨便發射砲彈吧。經常中斷的掩護射擊，蠢蛋才會被打中。

這對也曾度過鋼鐵洗禮的精銳來說，就連撐傘都不用。至於他們衝入敵陣的銳利度，如要比喻的話，就宛如是用加熱過的小刀切開奶油一樣。

衝向後方，衝向敵人的咽喉。

在強硬地闖入敵陣後，目標就飄浮在衝鋒路徑的前方。

在滿是年輕人的天空中非常顯眼的中年男子。

捕捉到看似在指手畫腳地設法恢復指揮，為了平息部隊的混亂，聲嘶力竭地拚命發號施令的聯合王國指揮官的身影，譚雅竊笑起來。

「看到了！各位戰友，上吧。」

只要是兩個中隊規模的老兵衝鋒，只要部隊的密度鬆散，就算是對上旅團，也有辦法突破；只要是心浮氣躁的敵人……就連要砍頭都很容易。

當然，敵人也會加強指揮系統。

儘管有試圖阻止……但隊列太不像樣了。就連最重要的反應都太慢了。而最關鍵的，還是指揮官個人的反應不行。

中年男子似乎也沒有拿部下當肉盾的念頭，強化防禦殼準備應戰。是就連拿人當石垣、當肉盾都不會的無能。

「幹掉他！」

當天——反對側

自己等人為什麼會在這旁觀友軍被擊墜啊？

德瑞克中校所感受到的，是無處宣洩的悲傷與焦躁。年輕人被怪物一一啃食。自己為什麼在這袖手旁觀？

想衝進去，踢飛那個帝國的惡鬼羅剎。

但是他們是預備兵力。這個中隊是戰略預備部隊。即使介入沒受過合作訓練的旅團，也無法期待能平息混亂。

「……可惡，急死人了。」

敵彈，還有被炸碎的友軍。

一目了然。

只能說是顯而易見的劣勢。

「該死！」

該出動嗎？還是該堅守崗位？這是古今中外，成為游離部隊的小部隊都會有的苦惱。為了追擊或襲擊敵方的艦艇，絕對需要有部隊保留體力，或是根據必要擔任以防萬一的救火隊。也就是在萬一時，指揮官巴爾默准將所能依靠的王牌。

總之，中隊很適合擔任預備兵力。

由旅團應對，根據長官判斷投入的部隊。

……本來應該是這樣。

不得不說，萬萬沒想到，我方旅團規模的部隊才一擊就被打成這樣。居然被敵人輕易瓦解了。

「救命啊！敵人，有敵人！」、「好痛，好痛……好痛……」、「媽媽，媽媽，媽媽！」、「冷靜下來！保持隊列！」、「放寬視野！不要只注意前方！」、「中隊長中彈！中隊長中彈！」、「不准哭！不准叫！拿起武器……」

爆炸聲，慘叫，然後是在無線電上抽噎哭泣的孩子們。

「……這是怎樣啊。」

不是用足足一個旅團規模的海陸魔導部隊去襲擊敵魔導大隊嗎？為什麼會變成是用一票童子軍去攻擊暴力裝置。

「這竟會是我們聯合王國的海陸魔導部隊。」

儘管有著明顯的數量優勢，卻因為恐慌讓部隊幾乎瓦解？眼前的景象太過讓人難以置信。如果是數量劣勢的話，還可以理解。

或是抗衡狀態也好。怪物般的帝國軍航空魔導大隊有過發揮蠻勇的事例。德瑞克中校自己也曾親眼留下印象。

然而，這是……這是怎麼一回事……？本國的海陸魔導旅團、聯合王國自豪的海上勇者為何會這麼悽慘？疑問與驚愕讓心口緊縮，但德瑞克連忙甩頭，為了調整呼吸而深吸了一口氣。

只能繼續正視現實。要是別開視線，自己就會淪為獵物。然而，還真是難受啊。

在視線前方，防禦殼被光學狙擊術式殘酷打穿的孩子們一一墜落。隨機迴避做得很差勁，就連光學系欺敵術式都不太會用的外行人。

不是在空中飛行，也不是游泳，就只是在溺水的可憐羔羊。像是軍人的就只有作為制服的軍服嗎？要接受眼前的景象是現實，對戰前的將校來說過於殘酷。想乾脆甩甩頭忘掉這一切。

想認為這只是一場惡夢。一旦是聯合王國的海陸魔導部隊，就當然會是充滿海潮味的猛將。然而卻衰弱到這種地步嗎？

然而，他唯獨不能逃避現實。為什麼？因為他是知道的，那個巴爾默准將的苦澀表情！感嘆孩子們訓練水準的話語！

「啊，該死。」

米克爾上校也好，巴爾默准將也好，每當跟年長者搭檔時，就算不想也會看到悲慘的現實。指揮官是老人、士兵是小孩，中間層早在很久以前就戰死殆盡。

而今日，孩子們也逐一死去。只能希望在下方巡航的友軍艦隊，能幫忙撿回幾名被擊墜的年輕人。

「小雞嗎？也就是說，那句話幾乎就是真相了。」

話雖如此，這也是來得太遲的理解。

就算心急如焚，能介入的手段也有限。也不是沒想過用超長距離光學狙擊術式從這裡進行掩護，但一想到敵我混雜的戰鬥狀況，就什麼也做不到了。

壓抑著焦急感，德瑞克中校為了轉換心情向部下確認。

「喂，那是特別低劣的那種嗎？」

「怎麼會！有好好在飛喲？」

熟識的士兵所說的話，讓他無法理解。這聽起來簡直就像是其他新兵連飛都不太會飛一樣。

「喂喂喂，有在飛？就那副德性？」

對於以三次元戰鬥為大前提的海陸魔導師來說，他們太過於活在二次元了。無法把握上下，遭到老奸巨猾的帝國軍魔導部隊料理的新人。

「沒有跟在空中溺水搞錯嗎？」

自己板著臉發出牢騷所得到的回答，是有如怨言的忠告。

「啊，原來如此。中校之前在東部享受旅遊呢。本國的流行，變化可是很快的喲。」

「你是說，這就是現在的標準嗎？」

讓人傻眼的是，部下一臉認真的點頭。

「巴爾默閣下算是做得很好了。是真的有想方設法勉強進行教練與輪班，還培育出能姑且進行組織性行動的本領不是嗎？」

喂喂喂——德瑞克中校雖在戰場上，卻感到不寒而慄起來。這種各自為政，被單方面幹掉的部隊，還算是好的？

別說是用防禦膜擋掉敵人的爆裂術式，就連防禦殼都一起被烤得全熟的不像樣的新兵；就算用聯邦式寶珠那種硬得誇張，除非是光學狙擊術式，否則就難以攻陷的防禦殼，恐怕都會被打穿的那副德性，算是很好的那一種？

受到德瑞克充滿疑問的視線，老兵的回答很單純。

「還有辦法模仿組織性戰鬥，就很有魔導師的樣子了吧？」

「這是嚇死人的評價呢。」

儘管傻眼，但看到眼前逐漸落於劣勢的部隊，必須「加入戰鬥」的義務感就急劇地充滿內心。

「這需要救火隊吧。」

這句話所得到的回覆是同意的點頭。再怎麼說，老兵都知道不能在狀況加速度地惡化之前繼續袖手旁觀了。

得找機會介入才行。

「就只能上了。該死，真希望手邊能有一個大隊的戰前海陸魔導師啊！」

「眼前就有旅團了，你還真是貪心呢，中校。」

「拿訓練部隊充數是種怠慢。誰想得到要率領著小孩子戰爭？如果一定要這麼做的話，真希望能在戰前就通知我一聲。」

發著牢騷，甩了甩頭。沒做好戰爭準備的是我們。

自開戰以來，一切都被帝國軍這個戰爭機器，為了戰爭機器，而以戰爭機器進行的戰爭所壓倒。

而這份代價，則是用年輕人與愛國者的血來償還。

於是，讓小孩子在我的眼前被帝國軍魔導師的術式打穿，在大海上灑落鮮血。

「該死。要是真有神，不賞祂一槍我是不會消氣的！」

難以原諒的不講理，難以容許的不正義，難以忽視的狀況。死神的不當得利，必須堅決地拒絕。

「Daniel01，Daniel01，這裡是Pirates指揮官。希望緊急加入戰鬥。提議即時全力投入預備兵力！提議即時投入！」

「Pirates指揮官，這裡是Daniel06，請稍等！」

「嗯？」

回應的是旅團的副官？

是串擾與混亂嚴重到連聽取意見都沒辦法嗎？

煩惱是否該不待巴爾默准將許可就獨斷行動。還是該作為預備兵力，注重自己所被期許的職責？

現狀下，完全是游離部隊。

糟糕的是，旅團已逐漸分崩離析。甚至讓巴爾默准將隔著無線電想平息部下恐慌的沙啞叫聲聽起來十分空虛。

膽怯與恐懼已蔓延開來。

該再次介入通訊嗎？但也不想讓繁忙的指揮官感到更多壓力……

這份苦惱，卻被由外部解決了。是宛如用斧頭劈開繩結般的粗暴一擊。

事情就發生在兩個單位的敵中隊改變行動之後。

「Daniel01 LOST！Daniel01 LOST！」

旅團軍官發出的悲痛慘叫，帶著甚至讓人感到恐慌的絕望。是在這個局面下所能感到的最糟糕事態。

「什麼！」

讓人想大喊，開玩笑的吧。

我方的旅團，在敵方的一個大隊面前半毀。而且，想要掌控局面，親自奮戰的指揮官還遭到擊墜。

……啊，是那個吧。

帝國擅長的斬首戰術。

因為對手是萊茵的惡魔，這樣的話，巴爾默准將會特別晉昇為中將閣下也是當然的吧。

好啦，事已至此，敵人的劇本就算不願意也能想像得到。

她接下來的目標是什麼？這還用說，當然是在海上追逐敵方的艦隊旗艦。儘管友軍的水面艦艇正安然無恙地在下方前進，但就是因為這樣才糟糕。

他是知道的。

那是萊茵的惡魔，那個萊茵的惡魔自由了。這是最惡劣的威脅。是不論要付出多大的犧牲都必須封住的天敵。

作好覺悟，德瑞克中校當機立斷地履行義務。

「Pirates 指揮官呼叫全海陸魔導部隊！Pirates 指揮官呼叫全海陸魔導部隊，由本官繼承爾後的指揮權！」

就算要蠻幹也好。倒不如說，氣勢有時比冷靜還要能壓制戰場。負負得正。朝著最高戰鬥速度加速。一面為了介入戰區提升高度，一面發揮「海陸魔導部隊流」的戰爭術。

「冷靜下來！計算人數！對手也是人！殺得掉！給我冷靜下來，舉起武器！」

不枉費有在東部率領著滿是新兵的部隊與「萊茵的惡魔」戰爭。拜這所賜，讓他知道怎樣才能讓新兵戰鬥。

感謝這該死的經驗。下地獄吧，混帳。

「這是戰爭！開槍，殺敵，成為勇者吧！給我舉起武器！不准成為獵物！是敵人，瞄準敵人！看著敵人！殺掉敵人！」

大聲喊道，指示出大致的方向性。鼓舞他們是做得到的——

「殺」。

儘管相當於是野獸的咆哮，但只要讓該做的事單純化，就能讓他們記住。之後就只要指揮官上前不斷吶喊了。

在戰場上冷靜雖是最好的資質，但對新兵來說太過稀少了。

與其追求無法擁有的青鳥，還不如活用手邊能取得的次好方法。就只能煽動氣勢與熱情了。

「海陸魔導中隊，跟我前進！讓他們瞧瞧殺人的方法！」

真是糟透了。

軍人別說是作為軍人，就只是作為殺人者迎敵。相當於軍事機構敗北的狀況。但除此之外，德瑞克中校想不到其他能平息狀況的方法。即使很勉強，但要改變局勢也只能激發我方的戰意了。

就算狂亂，氣勢就是氣勢。

而為了讓氣勢高漲，就只需要一絲的希望就好。因此，也必須減緩新兵所承受的敵方壓力。也就是說，就只能讓自己成為新兵的肉盾了。

只要混亂在這段期間內平息下來；只要新兵在這段期間內取回戰意；或者，只要其他方面的友軍趕來的話。

這全是願望。

但總之，就只能爭取時間了。

「現在是大人的時間了！別讓小孩子被幹掉！」

當天　第二〇三航空魔導大隊

戰爭總是無法如人所願。

玩弄敵旅團，可能的話，再送敵追擊艦隊一發轟炸吧——這個小型交流會的計畫，就因為副官告知有不識趣的敵人接近而告吹了。

「中校，有新的敵魔導部隊！」

她所指向的空域上，有著一批正在急速逼近的敵部隊。

加速也太快了。毫無看錯的餘地，看來敵方的增援，是與亂成一團的敵旅團做出區別化的精銳。

儘管數量不多，就只有一個中隊，卻是「妥當的預備兵力」。對於不得不打從最初就全力投入大隊的第二〇三來說，敵方的兵力狀況讓他們想大喊犯規。

就只是一個中隊。

然而，卻是完整的一個中隊。

用作為「肉盾」的一個旅團消耗我方戰力，最後再投入新的獵人？簡直就像是聯邦軍的手法。就承認吧。譚雅作夢也沒想過聯合王國軍會這麼做。

譚雅咂嘴自嘲。

「被擺了一道了。」

太過優先咬住眼前的獵物而大意了。就算不願意，也還是回想起在北洋外海失去大量部下的那一天。

損耗與損失就在眼前。不對，狀況還要更糟。

以前的話，好歹也能拿到補充……已經被不斷警告，就連補充都沒辦法如願了。光是沒有被抽出戰力，就說是「相當照顧」了。這竟是參謀本部的人，對參謀本部直屬的最精銳部隊說的話。真是太過分了。

正因為是喪失精銳的危機，所以背上感到一陣惡寒。

在戰爭與戀愛上，聯合王國人會徹底認真起來。該死。

「別打野鴨了！別打野鴨了！」

譚雅帶著藏不住的不愉快感，高聲發出警告。

「有敵人，麻煩的敵人來了！」

揮手指出威脅後，譚雅熱衷戰爭的部下就立刻理解了她的意思。依中隊散開玩弄敵旅團的各中隊，就為了在空中保持合作，讓各中隊拉近距離，調整隊列。

讓人感受不到疲勞，一絲不亂的合作很美麗。即使現在就去對艦強攻，也沒多少人會中彈吧。應該能燒掉一兩艘驅逐艦。然後，甚至還有餘力從容脫離。

不過他們目前正在對付一個旅團。即使是魔導師，也終究是科學的產物。進行戰鬥機動就會消耗體力，開槍子彈也會減少。想要引發有如鍊金術般的奇蹟，就只能準備一整打的艾連穆姆九十五式吧。

九十七式突擊演算寶珠是優秀的兵器，但依舊只是在道理的範圍內。殘彈呢？最壞的情況下，就只靠寶珠的術式戰鬥嗎？

對手是外行人的話，這也不是問題。但對手要是戰爭家，而且還是會將同伴當作肉盾的理性主義者的話，情況就可就不同了。

「真沒想到，竟然得和不忌諱將新兵當成肉盾的敵人……」

陷入交戰的局面。

譚雅咬著牙，勉強將「真狡猾」這句話給吞了回去。

還真是無法容許的不平等吧。即使是譚雅，也認為部下是自己的肉盾，貴重的盾牌。這是當然的事。人類最疼愛的就是自己。然而，不也是社會性的生物嗎？

「居然會做得如此露骨？」這份驚訝是不可能抹去的。

不，不，不。

聯合王國人會不顧一切到這種地步的理由才讓人害怕。

他們還正常嗎？這是能放心詢問轉職的對象嗎？但這些不是在戰場上拿著槍時該想的事情。

譚雅將腦海中瀰漫的不安，硬是用危機感擱到一旁，同時連忙為了應戰重新振作起來。

「副隊長，是敵人。該怎麼料理？」

「……討厭的機動呢。要是不省略小手段全力發揮，就只會讓人毛骨悚然。」

「你說得沒錯。聯合王國的混帳似乎讓懂得戰爭的傢伙躲起來了。哎呀，還真是惡毒。居然是肉盾作戰呢。」

應該是在欺負弱小，但看來是落入陷阱了。

光是讓艦隊埋伏就很狡猾了，卻還有著想以航空魔導戰堅決確保制空權的意志。

……真想立刻回轉脫離。

可悲的是，立場就是立場。只有自己等人要逃的話就算了，也必須爭取讓友軍戰隊逃走的時間吧。跑得慢的水面艦，就是這樣才讓人討厭！

「敵人當中似乎混著會拿小孩子當肉盾的真傢伙。這話要我說也很奇怪，但只覺得我們打太久戰爭了。」

對於發牢騷的譚雅，謝列布里亞科夫中尉就像戰戰兢兢似的插話問道：

「那麼，要手下留情嗎？」

「妳要幫我向戰友的遺族辯解嗎？比起自己人的遺族，我更想讓敵人的遺族哭泣。」

重視利益相關者，是誠實組織中人的義務。當然，譚雅也有著想賣對方人情，以方便轉職的心情。畢竟八面玲瓏可是很受歡迎的！不過，要是現在就看起敵方的臉色，暗示轉職意願的話，那可是天大的誤解。

就算想轉職，向人暗示轉職的意圖可是愚蠢透頂。轉職要在決定轉職之後，再毫無摩擦地透露給周遭人知道就好。

反過來是絕對不行。

當被察覺到「那傢伙有轉職願望」的瞬間，不論是「再有價值的人才」，「轉職願望」這個不安條件都會作為特別值得一提的要素，宛如烙印般的蓋在身上。

正因為是作為人事一路看來，所以才能斷言。

當被認為「背信忘義」時，就會喪失名為信用的空氣。不先確保新的工作地點這個氧氣鋼瓶，就讓空氣遭到汙染，只會愚蠢透頂。

正因為如此，譚雅才會伴隨著決心，沒有懈怠對同伴的照顧。要是能再輕鬆一點就好了。

「去幹掉他們吧。各小組緊密配合。就用全力射擊做一個了結。」

譚雅一面聽著全力射擊收到的複誦，一面專心眺望著敵人的動作。如有破綻……就打算賞他們一發長距離術式，但果然不能太貪心嗎？

儘管發射了牽制程度的光學狙擊術式，卻被輕而易舉地迴避。至於那彷彿找零般回擊的引導系術式，也讓五感深刻體會到對手的訓練水準。

不過，凝視整個三次元空間的譚雅，就在這時有種奇妙的不對勁感。

「敵人的行動很怪。」

「咦？」

看吧，中尉——就在向副官指著敵旅團時，譚雅注意到在空域中廣播的聯合王國官方語言。用一般線路，不斷連呼的某種內容。

至於是什麼內容，就連特意豎耳傾聽都不用。

『這是戰爭！開槍，殺敵，成為勇者吧！給我舉起武器！不准成為獵物！是敵人，瞄準敵人！看著敵人！殺掉敵人！』

一連串不堪入耳的過分話語；非常不適當的發言。

「……這還真過分。」

譚雅蹙起眉頭，打從心底對於對方的野蠻表示厭惡。居然在煽動極為危險的殺意，真是讓人驚訝。

「聯合王國人一旦出海就不是紳士的傳聞，似乎是真的。」

譚雅的牢騷，卻得到一句意外的答覆。飛在一旁的副官，感到有趣似的笑著說道：

「中校，還真是過分的對手呢。居然說要殺掉敵人。」

「說得沒錯。讓人傻眼呢。居然會這麼野蠻。」

「真的呢，要是被小看可就傷腦筋了。就讓他們體會真正的暴力吧。」

應該要訂正吧。譚雅以謙虛的心情，老實承認自己的錯誤——壞掉的不只有聯合王國人。然後再做出公平的裁定。在戰爭中的理性問題，就只有一個哲學性的解答。

在這裡，正常的人就只有自己一個。

煽動新兵，讓他們靠著衝動凌駕恐懼的人是自己。

但正因為如此，作為當事人的德瑞克中校，才會一面受到嚴重的不對勁感煎熬，一面朝著敵人飛去。

彷彿全軍都像蘇中尉那樣，受到情緒與衝動驅使的動物性戰鬥。

就連准將，不對，是昇為中將閣下的巴爾默閣下勉強統合起來的一點點秩序也消失無蹤，就只是不斷燃燒著「戰爭」的烈焰。

「接收到帝國軍的通訊了。很過分喲。」

聽到部下這麼說，德瑞克中校蹙起眉頭。

「又送來挑釁的明碼電報嗎？」

儘管被用危險話語煽動的記憶猶新，但在親耳監聽到最新的電報後，隨即忍不住嘆了口氣。

帝國那些傢伙也太糟糕了。似乎是在情緒激昂地高喊著「殺殺殺」。別說是後退，還毅然決然地要以全力正面開戰的感覺。

「……給我遲疑一下啊。」

「該怎麼做，德瑞克中校？就這樣衝過去嗎？」

瞬間，眨了眨眼。

還以為部下要問什麼呢。

「還能怎樣。如果要死，也要奮戰而死喔。」

「遵命！」

就這樣。

兩隻腦袋有問題的指揮官，在這瞬間，重新高喊交戰。

「「Engage！」」

同時，雙方即刻實行全力射擊。

精銳竭盡全力，比起續戰能力，更傾向於短期決戰的火力戰，就連對雙方指揮官來說都十分嚴苛。

別說是爆裂系，還包含空間爆破在內，許多賭上大魔力的干涉術式。

扭曲的空間讓世界發出慘叫，代替哭聲地噴出超常與科學的混合物，幹練魔導師盡全力強化防禦殼，勉強保護住自己。

至於大氣的振動，就連幹練魔導師都不得不感到恐懼。

「「保持配合！」」

正因為如此，雙方指揮官都知道該守住什麼。

組織性的戰鬥。

受到掌控的暴力。

有秩序的部隊戰鬥。

將高度的經驗、知性與能力全部投入，保持著喘到讓肺部渴望氧氣的高速機動，還要不斷爭奪著優勢位置。就像要找機會幹掉對方兼牽制的爆裂術式炸開，然後趁著煙霧瀰漫的空檔多重顯現引導術式與光學系欺敵術式。

還像是航空魔導戰的精華似的，手持魔導刀意圖近身交鋒……就算雙方試圖施展零距離爆裂術式，也在互相察覺到對方意圖後立刻回轉，重新保持距離。

一面進行極為高度的互相猜測，同時也是在互爭一口氣。

但是，無法退讓。

雙方都是。

畢竟——譚雅心中忐忑不安地瞪著敵人。

這是以區區的魔導大隊，在與恢復管制的旅團交戰。數量即是力量。況且獅子率領的羊群，一般都有辦法咬死狼。

對帝國軍來說，才剛砍掉敵方的腦袋就遇到這種情況。

簡直就是惡夢。

另一方面，這對對峙中的德瑞克中校來說，也只會是惡夢般的事態。完全在自己指揮之下的老兵只有區區一個中隊。巴爾默准將所勉強掌控住的旅團，如今已徹底失去控制。

我們是烏合之眾與一個中隊。

即使向很可能狂亂到衝向敵人的傢伙下達了總之先開槍的命令，但相對於規模卻難以期待能壓制敵人。

到頭來，手邊的兵力就是能依靠的一切。就這點來講，很該死的是，他的對手——帝國自傲的萊茵的惡魔他們卻是一個大隊。別說只是完整編制，還是加強大隊等級。

在這種時代，有著這種本領，這種數量！不會在空中溺水，能輕鬆做到三次元戰鬥的技術持有人！坦白講，太卑鄙了。

啊——不成聲的怨言，自雙方的喉嚨灑落天空。

帶著要把對方加工成人肉製品的決心，敵我雙方都能發自內心地確信，對方才有著數量優勢。不可能逃；也不可能在部下面前示弱；對於下方的友軍艦艇，雙方也都背負著道義。

然後，雙方都在心中痛罵起無比純粹的髒話。

雙方都詛咒起把自己丟進這種環境的上司。

「該死，又是數量劣勢嗎！」

譚雅對自東部以來，就持續不斷要以戰術挽回數量劣勢的發展感到噁心。只要偶爾就好，真想打一場輕鬆的戰爭。戰爭要是沒辦法打得輕鬆安全，就不該去打啊！

在機動戰中，就連抱怨都是在浪費氧氣耶！

另一方面，德瑞克中校也同樣詛咒起這場混帳的戰爭。

「該死，又在驅魔嗎！聖職者上哪去了！」

是主在管理世界的吧。肯定是相當於魔女婆婆的詛咒般隨便的維護管理。不論是誰都好，給我一批戰前的海陸魔導大隊吧！

一面抱怨，一面動手，將魔力灌入寶珠，忍著頭痛顯現術式。維持著指揮，為了將火力集中在敵方的一點上地引導部下。

啊，該死，頭好痛——他詛咒著上天。

很巧合的是，在這瞬間，雙方都得到了相同的結論。

「「總是這樣！」」

彼此都一面朝著天空發出幫某人擦屁股的抱怨，一面以術彈與術式進行扭曲天空的反擊。

人都會覺得自己得不到的東西很耀眼；認為鄰居家的草坪比較綠。一旦發生在攸關性命的戰場上，也不能就這樣一味地咬著手指羨慕了。

以自己的長處封殺對手的長處；彌補自己的缺點，徹底壓制對手的缺點。為了活下來，提古雷查夫、德瑞克這兩名連在同時代中都算是身經百戰的中校，聲嘶力竭地伴隨著怒吼不斷指揮著部隊。

在這場空戰中再度先發制人的，是有著四個中隊的帝國軍。

「依中隊衝鋒！別讓敵人集中射擊！用速度壓制他們！動起來！」

四個中隊，也就是四顆腦袋。

在選擇活用多頭優勢玩弄對方的譚雅下達指示的同時，帝國軍大隊就在自動地重新編制成帝國軍四個中隊後，為了咬住德瑞克中校的咽喉開始行動。

不過，也很少有像他這樣熟知帝國流斬首戰術的海陸魔導軍官。在預測敵方動向這點上，經驗能與知識配合的軍官，判斷會非常迅速。

也由於只有一顆腦袋，所以即刻放棄個別對應。就算硬來也要活用數量優勢——他選擇了實際上的面壓制。

「統一射擊！統一射擊！別慌，活用數量差距！壓制住前鋒！」

一面命令旅團的殘骸射擊，一面為了擊垮敵前鋒開始射擊。就算是只會筆直發射的新兵術式，只要經由軍官適當調整，就能成為一張「網」擋住帝國軍的前進路線。

當然，第二〇三的各軍官早就知道會有反擊。

所謂的衝鋒，就是會遭到敵人攻擊。畢竟是要衝進敵陣，會有怎樣的犧牲與戰果，終究要看他們如何防禦與迴避。

因此，當他們準備勉強做出受到經驗擔保的應對時，才會發出驚愕的叫聲。

「進行隨機迴……等等，是偏差射擊！」

假如沒有預測到自己的動作，是不可能進行這種修正的。儘管知道敵方是高手，但就連衝鋒時該說是習慣的迴避動作都有設想到的事實，讓第二〇三的將兵驚訝不已。

但要說到驚訝，德瑞克中校跟帝國方比起來是有過之而無不及。

畢竟，期待「必殺」所發出的彈幕，要是被輕易躲過的話，也不免會有怨言吧。咂了一聲，為了將火力密度調得更高，煞費苦心地開始動作。然而，譚雅等人的個性並沒有好到會放過這個動作。

很明顯的，敵人呈現了質的變化。我方也一面咂嘴，一面充滿殺意地注目起疑似根本原因的敵增援中隊。

「在那個中隊加入後，動作就突然變好了嗎？……是叫做指揮中隊吧。真是礙事。」

充其量就只是一個中隊的話，還能用數量差距壓制。但要是懂得戰爭，還能指導周遭的敵人的話，就是最糟糕的了。如今，眼前的景象就是證據。

譚雅一面迴避術式的暴風雨，一面按著眼角。那傢伙竟然讓應該派不上用場的一個旅團勉強成為戰力了！

真是讓人傻眼的傢伙。讓他活下來太危險了。

「副官，重新編制部隊。要上了。」

「要硬上嗎？」

是呀——譚雅點頭。

儘管風險非比尋常，但這也是包含在不得已的風險選擇當中的決斷吧。畢竟敵人很能幹。假如不以預防性處置進行外科手術的話，也有可能會演變成重大慘劇。

……就算擔心外科手術後的狀況，必要兩個字也能蓋過一切。

「只能上了。要立刻擊潰那個腦袋。」

要是置之不理，將會變得束手無策。

譚雅的判斷很快，同時她的搭檔謝列布里亞科夫中尉也立刻得到相同的結論。

「遵命。就趁燒起來之前吹熄火苗吧。」

上吧——就在帝國軍指揮官與副官意見一致的瞬間，兩人改變了行動。

放棄傾向機動戰，不斷爭奪優勢位置的機動。

為了取得高度，以最高戰鬥速度開始上升。

部隊隨即跟上，他們一個勁兒地取得高度，在輕鬆超越一萬英尺後，攀登到一萬四千英尺的高度。在超越型錄規格的升限二千英尺後仍在擔心高度有點不夠的他們，立刻形成了衝鋒隊列。

這是在德瑞克等人來自下方的牽制射擊還沒辦法追上他們之前所發生的事。

正因為如此，德瑞克中校才在這瞬間大叫起來。

「糟了！」

光看樣子，是敵人遠去的瞬間。這短暫的一瞬間，讓新兵鬆懈下來了。

不需要確認就知道了。

被製造出破綻了。

「該死，該死，該死！」

我的守護天使是上哪裡鬼混了？是在酒吧醉倒了嗎？命運這該死的賤人。

人生到底為什麼會這麼充滿苦難啊！

儘管想依靠老兵，形成注重反衝鋒的阻止火力……但基於高度差的垂直落下非常棘手。

正因為是以前也曾在聯邦吃過同一招的德瑞克，當時被砍中的舊傷才會發疼起來。

不顧一切地衝了過來。一看到敵人所呈現的行動，德瑞克瞬間就確信帝國軍的意圖。就算腦袋可以理解，心中卻是痛罵連連的發展。

「還來嗎！還是這個嗎！」

不過既然如此，這次就不會出錯了。只有一擊的機會吧。要是這樣的話，就用這一擊確實解決掉她就好。

帶著必殺的決意組成術式。

不放過任何一點動向的注視過去，德瑞克中校等候著時機。

然後，受到注視的當事人譚雅也認出對方的臉，在心中盛大地呻吟起來。

「嗯！」

眼熟的臉。心裡就只有一個頭緒。是他，那個在東部遇到的腦袋有問題的魔導軍官嗎！那傢伙為什麼會在這裡！

在疑問的同時卻也恍然大悟。

會不以為意地採用幾乎讓人誤以為是共匪「肉盾」戰術的，確實就只有在東部受過鬥爭洗禮的人。是環境製造出這種傢伙來的嗎？

儘管可怕，但也正因為如此才必須幹掉他。

伴隨著決心，譚雅叫道：

「變態！這次一定要幹掉你！」

同時，德瑞克也吼道。

「鏽銀！妳才是給我去死吧！」

順著對勝利與生存的渴望，兩隻戰爭之犬。

然而，他們卻是有智慧的野獸。

披著名為科學的鋼鐵與魔導代替尖牙的現代產物。

他們雖是鐵血之獸，但也正因為如此，德瑞克與譚雅兩人都在「對方的腦袋有問題」的前提之下，合理並徹底地摸索起「能一擊解決對方」的選擇。

不知是幸還是不幸，兩人在戰技上十分相似，戰術判斷也有著相同的水準。同樣都是優秀的魔導師，並且是知道空戰基本的專家。

總而言之，就是兩人同樣選擇了這時唯一確實的方法。

特意「零距離」顯現爆裂術式。

而且還不是單獨顯現，是用多重顯現打過去。

當然，一旦是在這種距離下顯現的話，就連顯現者也沒辦法全身而退。是一如字面意思，幾乎是自爆的究極選擇。

只不過，要是在完全理解顯現的時間點後加以調整的話呢？要是在那瞬間，將全魔力供給防禦膜與防禦殼的話呢？

就算是別說常人，就連大半的魔導師都會視為是自殺的選擇，但他們卻能準確地估算這「勉強」還在容許值的範圍內。

將敵人捕捉到有效範圍內，並且只有自己能承受下來的估算。就算用爆裂術式連同自己一起焚燒，也應該「還有」生存下來的方法。

雖說是通往勝利與生存的狹窄道路，卻毫不遲疑地選擇盡全力奔馳過去，就這點來講，兩人算是非常相似吧。

兩人皆判斷，連同自己一起將敵人焚燒這種出乎意料的攻擊有著很大的勝算。不幸的是，由於對方也想著同樣的事，讓情況完全不同了。

當雙方在同時零距離顯現術式之際，理解到為什麼威力會超乎預期時，已經太遲了。在被炸飛的瞬間，德瑞克中校也還是立刻將全魔力注入防禦殼之中。

也解除飛行術式。

他只維持著防止窒息的呼吸系術式，同時在空氣被爆裂術式焚燒的環境中蜷曲起身體，勉強保住自己的性命。

另一方面，譚雅做出的選擇……對本人來說是個痛苦的決定。

雖然並非本意，但懷著一不做二不休的想法，以九十五式的四核全力展開。譚雅一面微微哼著讚美歌，一面包含事先固定化的魔力在內的全力注入魔力。

維持著飛行術式，同時就只省略幾個警戒用的常駐術式。連在維持著氣氣提煉術式後，都還有魔力能注入防禦殼之中的魔力容量，是唯有以足以稱為聖遺物的性能規格自豪的九十五式才能辦到的。

寶珠核的差距，是決定性的差距。

結果，讓兩人迎來截然不同的下場。

一人是在死裡逃生後的急速墜落中，勉強重新組起飛行術式落荒而逃的敗者；而留在空中的一方，則是喊著勝利的歡呼並哼唱著讚美歌，樂得朝目瞪口呆的敵人發出術式的暴風雨。

指揮官的單挑。就算是時代錯誤得很嚴重的景象，但結果也帶來非常大的衝擊。

勝者激昂，敗者戰慄。

當然，勝利的一方也很清楚。

這場勝利不是因為技術，而是裝備的差距。

不過，勝者就是勝者，敗者就是敗者。

譚雅一面不由分說地誇示著霸者是誰，一面甩了甩頭，為了驅除腦海中響起的什麼該死的「聖句」而深呼吸。

一調整好呼吸，就發出怒吼。

「擊潰敵人的腦袋了！各位，誇耀暴力的精髓吧！」

特別是在戰爭時，只要掌握機會，結果也會不同。在戰場上光是身為老兵，就不得不總是要見機行事。

暴力。

或是說，適當的「攻擊」。

宛如馬倫哥戰役的克勒曼突擊，只要抓住這瞬間——

「統一射擊！爆裂術式，三連發！」

三個中隊是立刻，剩下一個有點慌張的中隊也接著跟上，第二〇三航空魔導大隊毅然決定以大隊單位進行火力投射。烈焰的奔流將人吞沒，在聯合王國艦隊愕然抬頭的將兵眼前，將大量的海陸魔導師擊墜。

「擊退敵前衛！對艦攻擊路線 Clear！已確保我方的前進路線了！」

格蘭茲中尉提議衝鋒的意氣風發感，還真是讓人痛快。不過，譚雅卻搖了搖頭，告誡部下是該返回的時候了。

「這裡可不是東部喔，中尉。」
「咦？那個……」
「快想起西方空戰的基本吧。時間要是拖久了，增援很可能馬上就會出現。別搞錯撤退的時機。」
假如是像東部那樣遼闊的戰線，在能打擊敵人時徹底殲滅對方，也是有效的手段吧……但這裡畢竟是聯合王國近海。
距離敵作戰基地太近了。
另一方面，部隊已取得充分的結果，達成目標了。成功讓擔任敵追擊部隊前鋒的航空魔導旅團喪失戰力，而我方的損害極度輕微。
只是，與伏兵交戰的事實，讓譚雅選擇慎重行事。畢竟也沒有理由要繼續勉強下去了。
「作戰失敗撤退時，沒有理由要特意去揹負風險。最重要的是，我也沒興趣浪費部下喔。」
「對回轉來說，這個理由就很足夠了嗎？」
沒有錯——譚雅點頭肯定格蘭茲中尉的發言。很高興他這麼懂事。假如沒受到追擊，就唯有返回。有做到薪水以上的工作了。
「既然格蘭茲中尉也能接受了，各位，回去吧。可別向他們告別喲？」
「咦，還以為要留下幾句嘲弄他們的話……」

副官意外似的話語，讓譚雅輕輕搖了搖頭。

「作戰失敗了。現在可不是能嘲弄他人的狀況。」

一面急忙撤退，一面再度嘆了口氣。

總是這樣。

小小的勝利。

這是在敗北之中的輝煌勝利吧。

但不論發出再耀眼的光芒，都沒辦法掩蓋黃昏。

因為帝國軍失敗了。他們向名為木牆的聯合王國信仰發起挑戰，然後遭到擊退。

總而言之，就是讓譚雅得重新考慮起自己的將來。

「該死。等回去後，要去向隆美爾閣下大聲抗議啊。」

當天——帝國軍西方方面軍司令部

幾乎同一時間，一名男人發出怒吼。

是發生在西方方面軍司令部的一隅，房間主人很難得地在房間裡時的事。在收到第一報……

最壞的惡耗後，隆美爾中將就在自己房間裡撞上了無法如願的現實。

「該死！」

不顧竭盡全力揮出的拳頭滲出鮮血，將軍哀嘆起來。

被敵人發現了——打從第一報就是惡耗。更何況，一旦那還是強力的敵艦隊的話？這本來就是以奇襲為前提，基於政治目的的作戰。我方所能投入的終究只有少數的兵力。無法期待正面的軍事對決。

失敗是確實的。

但是，整個過程比失敗這個事實還要折磨著他。

「為什麼！為什麼！」

追求著理由，充血的視線在房間內到處游移，但答案卻沒有寫在任何地方上。

他也承認是有可能失敗。不對，隆美爾中將十分清楚，凡事只要有一半照計畫進行就算很好了。

因為戰爭迷霧，是個比喻得非常確實的說法。

在戰場上愈是累積經驗，就愈會親眼目擊到偶然的不幸，以及同樣難以置信的幸運。命運的女神實在是很殘酷。徹底的反覆無常，過於偏心。

儘管如此，這也是不可能的事。

這種形式的挫敗，就連想都沒有想過。

有為了讓風險最小化，並極力讓成功的可能性最大化而努力了。將一切的資源，僅有的全部都投入進去了。

這應該是賭上一切，做好萬全準備的作戰。

竭盡人類的智慧，以最好為目標。當然，這是人類的所為。也非常認同這會有所極限。

不過，他還是不得不怒吼。

「為什麼皇家海軍會在那裡！」

在最討厭的地方偶發遭遇到敵人？戰術家把這叫做「敵人的埋伏」。儘管很該死，儘管難以接受，但以現實來講……這就跟情報外洩是同樣的意思。

敵人察覺到我方的意圖，還能加以迎擊……這又不是沙漠的機動戰。假如是像以前那樣，被敵人放出的欺敵情報矇騙、引誘的話……倒還有可能。

然而，在應該由我方掌握主導權的本次作戰中發生這種事，到底是怎麼一回事啊。

「難以置信。這沒辦法解釋。」

這是讓人抱頭苦惱，想乾脆借酒澆愁的瞬間。就算靠著排解煩躁的香菸尼古丁，勉強恢復了類似理性的東西……也只能冷靜一下子。

就像頭負傷的野獸在房間裡到處徘徊後，隆美爾注意到了聲音。傳到耳中的是電話鈴聲。

就在感到煩躁時，才猛然回神。是海軍打來的，是艦隊司令部傳來極度渴望的追加報告。就連是這種電話的可能性都想不到，看來我似乎是失去平常心了。

深呼吸一次，拿起聽筒。

「辛苦了……損害如何？」

在隔著聽筒聽到「撤退成功，損害輕微」的報告後，隆美爾將軍這才稍微放鬆肩膀的力道。

在西方的豪賭雖然失敗，但沒有成為重大慘劇。是不幸中的大幸吧。

這是上帝保佑嗎？或是說，因為沒能抓住命運的女神，所以才失敗的嗎？

搞不懂呢——在心中小小聲的抱怨。不過也有一個進展。隆美爾中將總算是抓到機會，詢問失敗以上的詳細內容了。

「很高興海軍沒有受到損害。何時會有詳細報告？」

在他問到何時會送到自己手上後，就說是等戰隊歸還後立刻送來。

雖說是比起迫不及待，更像是心急如焚的心情……但要是有必要等待的話，他就會用拳頭宣洩煩躁，同時深呼吸一次。

「等，我等。沒錯……現在，必須要冷靜下來……來人啊！給我熱咖啡！」

在菸灰缸上堆起大量菸蒂，將不幸的值勤兵戰戰兢兢遞來的咖啡，有如地獄般滾燙的咖啡拚命灌進胃裡，隆美爾將軍努力掌握著情勢。

要讓冷靜與判斷力從衝擊中勉強恢復過來，就必須要這麼做。

本來就因為繁重業務飽受折騰的胃發出悲鳴……但就連這份痛楚，都是在面對痛苦現實時的好伴侶。

於是，勉強在表面上恢復往常的他，就在海軍部隊歸還的同時，取得了期盼已久的東西。

他所極度渴望的報告書。

也由於是初報，所以內容非常薄。儘管如此，戰隊的最終任務報告，對隆美爾中將來說也太過耐人尋味了。

讓他特別注目的是，就像在證實最初的直覺似的敵人構成。

本來光是與敵本國艦隊偶發遭遇，就很讓人起疑了。如今，這份「懷疑」變成「確信」。

「看來敵方也相當不想藏了。」

敵方擁有多數快速的高速戰隊等等，只覺得是針對「我方編成」的最佳編成。外加上一個魔導旅團以上的敵人？聯合王國軍的魔導部隊平均規模，就連「艦隊」單位最大也只到連隊。旅團規模是在開什麼玩笑。就算是敵方的本國艦隊，這也不是能輕易籌出的數量。

而最大的問題，就在於戰隊的最終任務報告上附加的，提古雷查夫中校的報告書。

打從標題就很震撼。

《敵魔導部隊的動向——使用受害擔當部隊的空中戰／與東部的類似性》以這為標題的緊急

報告書上，流露著對敵人使用肉盾的驚訝與震怒。

這別說是懷疑漏水了。

要是敵方假定「最精銳的第二〇三航空魔導大隊」會出現並採取對策的話，「偶然」這種玩笑話就是毫無意義。

「……有必要進行排水工程嗎？」

他在南方大陸充分學到了資訊安全的必要性。

爾虞我詐，意圖瞞過敵諜報網，掌握住勝利的鬥爭。那還真是過分，是不可能忘記的。自從在沙漠被共和國軍的假消息騙到後，就有多麼重視眼睛的重要性與嘴巴的牢靠性啊……

自認為有基於經驗，講究著情報軍官的能力；也自負在制定計畫時，有徹底進行在帝國軍中算是很罕見的情報收集與分析。

「儘管如此，還是不如專家嗎？」

止不住的開口自嘲。

「這邊終究是軍人。即使是參謀將校，也算不上是情報專家吧。」

就算有學到作戰的方式，學校也沒有教導諜報的方法。在過去受到的教育中，最像樣的知識，頂多就是下令加碼通訊吧。

坦白講，在這方面上總是非常被動。

……對於有系統的情報戰，完全沒有準備。

「聯合王國那些該死的傢伙，手腳還真不乾淨。」

為了消除煩躁，隆美爾中將搖了搖頭。

是最糟的狀況。最主要的，還是需要懷疑友軍這點讓人不爽。雖不知是哪裡的混帳搞砸了，但要是計畫的核心外洩，甚至有必要重新清查內部了吧。

「……是暗號？通敵者？間諜？就只是失誤？」

全都很可疑。

儘管想感嘆這是諜報小說嗎？但現實卻比小說還要來得複雜離奇。真正可怕的是，就連到底是從哪裡外洩的都無法確定。

「該死，疑神疑鬼的，看起來全都很可疑。」

隆美爾將軍一面咂嘴，一面無意識地伸手拿起香菸。煩躁地咬著菸屁股，他思考起來。

讓能用的情報部門總動員？

「不夠吧。」

甚至可能必須重新考慮在西方的作戰行動。

現狀下，還看不出在東部的聯邦軍有看破帝國軍作戰的徵兆……但也有必要向東部發出警告吧。

但是，要從哪個管道？

叩地一聲，手落在桌面上。對了，首先要從這裡開始嗎？

他連忙伸手按住腦袋，光是要忍住暈眩就得費上一番工夫。

是就連加密強度都讓人不安的狀況。電報在這種狀況下根本無法使用。考慮到這是非常微妙的問題，就只能由將校直接運送了。

只不過，要讓誰去送？將校是有很多人。可是……要怎樣才能信任那個人？要是現階段連這次的防衛作戰都有可能洩漏的話，就算再慎重也不為過吧。

或者，更加迫切的是「間諜」或意料外的漏洞的情況。

如果是平常時使用的移動司令部的話，就非常難以採取相當於這座司令部設施區域的防碟措施。要是敵人利用了自己的缺陷……

「混帳，該死！」

就像在沙漠被敵狙擊兵瞄準一樣噁心。敵人就躲在某處，而令人不愉快的是，自己就連鎖定對方的位置都沒辦法。

就跟被槍口指著一樣！

這樣的話，就只是頭野鴨。是能打回去當今晚晚餐的好獵物。敵方的獵人肯定會樂得開槍的。

「這樣的話……」

可不是談作戰的時候了。

不對，是在這之前的問題。

「預備計畫也……」

很危險——話還來不及說完，他的腦中就充滿不安。

就性質來講，預備計畫是極度重視保密的那一類。光是有敗露的可能性，就很可能是最糟糕的狀況了。

況且還是被敵國掌握到片鱗半爪的可能性？在這種戰時狀況下，被敵國掌握到這件事？

「……啊，該死，該死，該死。」

宛如全身失去血色般的聲音。視線扭曲，隆美爾中將好不容易才靠坐在椅子上，仰望起天花板。

汗流不止。不是因為熱，而是背上的惡寒。毫無辦法地，心臟顫抖不已。

深呼吸兩次。

儘管調整了呼吸，卻完全無法停止顫抖。

就連在戰場上，都沒有感受過如此的恐怖。是比作為新任少尉到部隊報到時的緊張還要深刻的某種感覺。不知為何，回想起在首次實戰中感到胃痛的往日。事到如今，這甚至令人欣慰。

以前我害怕著自己的失敗。但事到如今，卻能一笑置之。不過就是自己的失策，總是會有辦法的吧！

為了讓精神穩定，隆美爾將軍再度拿起香菸，然後在點火失敗了好幾次後，就放棄地咬著菸屁股敷衍過去。

真是個惡夢。

「可不是談政治的時候了。」

光是被敵方察覺到帝國的內情，就很可能會導致重大慘劇。

要是被敵人察覺到，參謀本部對繼續戰爭感到困難的話，情況會變得怎樣？各國對帝國的包圍網會變得更強吧。

不對，絕不會只有這種程度。

這很可能會是決定性的。只要能確信勝利，敵人毫無疑問會為了圍剿帝國拚命奔走吧。狀況會確實且加速度的惡化。

也非常懷疑在南方大陸害他們吃盡苦頭的義魯朵雅人，會繼續戴著「中立」的面具到什麼時候。

「對義魯朵雅戰……？」

光是意識到，就厭惡得令人作嘔。

在目前的內外情勢下，是不可能再多開一條戰線的。帝國會一如字面意識的滅亡。

帝國軍毫無這種餘力。

說到底，早在很久以前，就無法對大規模攻擊戰抱持希望了。畢竟不得不專心保持抗衡才是實際狀況。

即使考慮對義魯朵雅戰，也顧不了攻擊。

「如果是山岳地帶的防戰，理論上是可能的嗎？」

就連積極果敢的隆美爾將軍，首先擔心的都是能否維持得住防禦。這就足以說明一切了。

作為現實問題，兵力已經用盡了。

只需看西方方面軍配置的大部分拖時間軍團，就知道過去精實的帝國軍已蕩然無存。就連在文件上，也大半都是過去的一線級戰力在東部磨耗瓦解之後的殘渣，以及占領行政用的留守警備部隊。就連像輕師團這樣的單位，都因為太過稀少而無法作為戰略預備部隊，在這種現狀下根本發動不了攻擊。

身為專家，很清楚攻擊是不可能的任務。只不過……正因為身為專家，隆美爾中將腦中也浮現了另一個擔憂。

「義魯朵雅就像把短劍般刺在帝國本土上的現狀太過危險。要是聯合王國或聯邦經由義魯朵雅領地攻打過來的話，會怎樣？」

面對北上的聯軍，帝國軍能撐到什麼時候？光是稍微想一下，就是讓人直打寒顫的可能性。

如今，帝國好不容易才把陸戰正面限定在東部。

在這種情況下，要是被迫在義魯朵雅戰線進行陸戰的話？

當然，國境線附近是適合防衛的山岳地帶。缺乏機動戰的空間，只要搭配戰壕與防禦陣地，就有可能支撐相當以上的時間吧。

因為離帝國本土很近，所以也能有某種程度的後勤與空中支援。至少會比南方大陸遠征軍好多了吧。不過也只有這樣。這意味著必須要從東部的份額中抽出物資與兵員。

帝國早晚會因為東部或南部的過量失血致死。

而在這之前，義魯朵雅本土也離帝國本土太近了。雖是早在萊茵時就有感受到的問題，但讓本土遭受空襲的危險性飛漲是很可怕的一件事。

「現狀下，光是要與聯合王國空軍保持抗衡，就已經一籌莫展了啊……」

假如不止陸戰，就連防空戰也要兩面作戰的話，不失守還比較奇怪。不論機材、人員，所有的一切都不夠。

光是兩面作戰的可能性，就足以讓人恐懼。

可怕的未來預想，不經意地。

真的是不經意地。

讓隆美爾中將的腦海中，閃過了一個可能性。

「先制攻擊……」

現在的話，還有辦法奇襲義魯朵雅。

現在的話，帝國軍就還有靠「傑圖亞攻勢」製造出來的戰略餘裕。

現在的話，就還能在義魯朵雅軍的動員體制穩定下來之前……就連要給予痛擊，或許都還有可能。

這是純粹是基於可能性的假設。

即使幾乎崩潰，但還保有冷靜的隆美爾將軍苦澀地狠狠說道。

這不可能吧。

「就跟因為恐懼而自殺沒有兩樣。不論如何，帝國都不能再增加自己的敵人了。特別是在對保密留有疑慮的狀況下呢。」

用好不容易停止顫抖的手拿起打火機，抽了一口菸。

軍菸的煙霧從嘴中飄散開來的感覺很舒服。

不過，卻在他的腦海中留下了一道小小的汙漬。

是「義魯朵雅」這個驚異的名字。

讓他思考起來，喃喃說出一句。

「要在能攻擊時先發制人……？」

攻擊嗎？——這句話被外頭傳來的叫喊聲給打斷。非比尋常的喧囂讓隆美爾將軍微微蹙眉。我的司令部雖是以有活力為特徵……但可沒到會容許無秩序的程度。

就在忍不住板起臉，想說是什麼事時，一名魔導將校就像破門而入似的，一臉怒氣沖沖地闖了進來。

「隆美爾閣下！請給下官一個說明！」

憤然，猛然，而且充滿憤懣的。

提古雷查夫中校大喊著隆美爾將軍自身的疑問。

「敵人為什麼會埋伏在那裡！」

啊，就是這個。

鏽銀在眼尖地瞪著我咧嘴嗤笑起來的嘴角後，氣憤地唾罵道。

「隱匿、資訊安全究竟是怎麼了！」

說得一點也沒錯。微笑點頭。

「提古雷查夫中校，這是個好問題。想知道答案嗎？」

「還請務必指導！」

「不知道。」

在乾脆地回答後，就連她都無言以對。

「咦？」

是連想都沒想過會這樣回答的反應吧？

沒什麼，反正這傢伙也會得到相同的結論吧。或許就是因為這樣才會大發雷霆。

「有誰是背叛者？暗號被破解了嗎？或者是失誤？貴官要賭哪一項？」

「如果是這三個選項，就無需猶豫了。」

果不其然，立刻就理解了。

「要是有頭緒的話，就來對答案吧。」

說吧——齊聲說出的答案，都是「暗號」。該懷疑的是暗號。還真是該死的是，兩人都認為是暗號。

因此，隆美爾中將就帶著兩人都弄錯的希望，詢問起對方的理由。所得到的答覆非常合理。

「區區的通敵者，有辦法掌握到全貌嗎？要是閣下與聯合王國勾結的話，情況就另當別論了吧。」

確實如此，就跟隆美爾自身的意見一樣。由於太過符合，讓他不可思議地火大起來。怎樣都感到不爽。

因此，也稍微開了個玩笑。

「妳又如何。」

「咦？下官嗎？」

「是在實際可用部隊中，最能掌握情報的立場。只要懷疑是妳作為亡命的伴手禮，出賣情報的話，就勉強可以解釋了。」

愣然注視過來的中校，眼中浮現出了不安。恐怕是懷疑起我的理性了吧。

「我開玩笑的。看來妳很沒有餘裕呢，中校。」

無視自己在不久前也是如此的情況，隆美爾輕笑起來。這種時候，能仗著年紀大捉弄小中校的感覺還挺不壞的。

不過，即使把這件事一笑置之，現實也不會因此動搖。通敵者就只是個愚蠢的假設。能參與核心的實際可用人員，帝國軍本來就徹底調查過身世背景。就連一個個將校的背景，都有詳盡掌握到，這即是軍隊。

總之，不知恥的通敵者是不可能存在的。

要是這樣……

「……全都推翻了。這樣的話，預備與主要目標都完了啊。」

[chapter]

VI

第陸章

沙漏

Sandglass

toi toi toi.

雷魯根上校／邊敲著參謀本部的門

統一曆一九二七年九月二日 帝都——參謀本部

在參謀本部的副作戰長室，房間的主人盧提魯德夫中將很難得的迷惘了。不過要說到最近的話，或許得另當別論吧。

……迷惘愈來愈多了。

如果是在戰場上的話，還可以根據經驗察覺到那裡有迷霧。然而，政治瀰漫著有別於軍事的霧氣。在彷彿五里霧中的現狀前，就連身為作戰專家的矛頭都變鈍了。

抓不到重點的煩躁，每天都在心中縈繞著。

只是，今天稍微不太一樣。

「……該說是好消息，還是該視為壞消息呢。」

就跟嘴上說的一樣，他帶著相反的兩種心情，眺望著掛在牆上的地圖。呼著煙霧，緩緩地呼吸一次。

「久違地覺得香菸很美味了。」

心情愉快的原因出自東部。傑圖亞那傢伙演出的大勝，讓停滯且持續退後的戰線大幅度地往東邊推動。

讓被壓制的戰線躍進，是十分出色的反擊。

以稱為「小旋轉門」的機動戰，痛快地推回了戰線。是早已在軍內部被稱為是提前慶祝晉昇的進軍的戲劇性變化。

「詐欺師傑圖亞，讓人回想起以前呢。明明一副學者樣，個性最惡毒的卻是那傢伙。」

舊友的工作表現，讓他能帶著懷舊之情放鬆表情。好久沒在地圖前感到愉快的心情了。就算是數量劣勢，也能靠明確的作戰與適當的決斷顛覆的實證。這讓對停滯傷透腦筋的參謀本部也深深激起了幹勁。

只不過，要說是甘露……這也是太過苦澀的味道。

「儘管如此，那傢伙的全力以赴，卻只有這種結果啊。」

簡短地狠狠說道，伸去拿菸的手在顫抖著。那傢伙竭盡全力的極限，就只能取得「作戰性的勝利」，這還真是慘不忍睹。

是令人高興的戰果，但也是令人悲傷的戰果。

只不過，這實際上也是他人難以改變的事吧。能放心將東部交給傑圖亞。這件事大幅減少了自己的精神壓力。

哎，要是得揹負起那傢伙在帝都的繁重業務的話……到頭來還是一點也沒辦法放鬆吧。肉體的疲勞也是如此，但最主要的還是精神上的壓力！飽受折磨的神經十分疲勞。
況且要處理的還是不擅長的行政與政治的話，就算說他優秀，也沒辦法做得順手。
「老是在想，要是我能做得好的話。」
等回過神來時，已脫口說出語帶自嘲的話語。
官僚有官僚的立場。
政治家有政治家的打算。
議員有議員的要求。
帝室有帝室的希望。
要是各自有著各自的理由與「特有的表達方式」的話，就連要交流溝通都會非常困難。跟作風不同的人進行兜圈子的議論與協調，對作戰專家來說是非常沒有效率的行為，讓他精疲力盡。
每天都在鋌而走險。
儘管是在戰爭，但現狀卻在考驗他血管的極限。
「這要持續到什麼時候……？」
忽然脫口的牢騷，在無意識中敏銳指出了目前的問題。
在東部打贏了，在西方儘管失敗，卻也在持續讓對方動搖。帝國在現狀下，已向世界毅然地證明了自己並非是能輕易擊倒的獵物。

「就只是這樣」。

這一切……全都只是如履薄冰的均衡。盧提魯德夫中將再次將苦澀的現狀溶入煙霧之中，伴隨著嘆息一塊吐出。

全是時間的問題。

該可悲的是，帝國的沙漏早已流光。在這種狀況下，要是還有能安排的方法，那就只會是將沙漏本身反轉過來了。

問題就只在於，沙漏即是所謂的「體制」。

「……經由軍方一元化的指導，進行總體戰。」

傑圖亞在東部展現的成功，正雄辯地述說了這件事。

只要有適當的作戰指導，帝國軍在戰場上仍然是個不敗的強者。

同時，隆美爾將軍在西方展現的失敗也同樣述說著。

就算是帝國軍，要是缺乏配合的話，在不擅長的戰場上就怎樣也無法期待必勝。

差異太過顯著的結果。作為一個明確的結論，顯示在盧提魯德夫這名作戰專家的眼中。

「一個統一的戰爭指導。」

不只是參謀本部，而是與大參謀本部相稱的，對一切實施一元支配的軍事機構；為了擺脫最高統帥會議、帝室、議會、輿論的束縛，足以自由戰爭的統一指揮系統。

「滿腦子都被這件事給支配了。」

為了轉換心情而將香菸換成雪茄後，就一面默默抽著，一面在腦海的角落玩弄著被視為禁忌的假定可能性。

只要有一元化的作戰指導，就能贏嗎？無法保證。可是，動作會變快。為了以有限的時間與資源，結束瀕臨極限的鋌而走險……

沒有必要吧——就在腦海中浮現這句話時，盧提魯德夫中將以冰冷的表情苦笑起來。

「自己究竟是怎麼了。」

關於迷惘的案件，心不在焉地做出決斷。

預備計畫，依舊是預備。

不論是康拉德參事官的路線，還是經由義魯朵雅的議和案。只要沒有全部失敗，這對帝國軍人來說，就是怎樣都不得不感到猶豫的計畫吧。

「妄想癖似乎變強了。這雖是傑圖亞那傢伙偏好的壞毛病，但應該是跟自己無緣啊。」

想強迫自己一笑置之，笑聲卻很空虛。

有考慮好計畫了。

假定「最壞」的情況，由軍方發布某種預備性的戒嚴令與基於管制的戰時國家構想。這是緊急時的解決對策。成功的把握也不小吧。

……這不是軍人，不是對帝室與祖國誓忠的軍人，能保持理性去做的事。該去看一下推理小說，或是解謎的小故事嗎？腦袋實在是打結了。

但是，但是，但是——盧提魯德夫中將想起西方丟下的炸彈，不得不露出不愉快的表情。

「隆美爾將軍的急報也是，問題太多了。」

特地用密封文件由將校運送過來的「警告」。他叼著雪茄，不論再怎麼重新思考，煩惱都不肯像煙霧一樣消失。

雖是近乎妄想的內容，但最糟糕的是有所根據。

暗號恐怕遭到破解的警告令人震撼。

光是有這個可能性，就會把人嚇得渾身顫抖。儘管無法避免檢證……但假如要確認陸海軍，加上各部門所各自運用的所有暗號的話，就得有所覺悟這會是近乎惡夢般的工作量吧。

話雖如此，但也沒辦法排除間諜、漏水的可能性，還真是讓人頭痛。只能列舉出可能性，卻沒辦法鎖定任何一個問題！

「不想認為有背叛者在。可是，暗號被破解的可能性卻比這還要可怕嗎？不管怎麼說，這樣的話……」

被視為機密處理的議論挫敗了。

再加上盧提魯德夫中將也無法確信，懷疑「暗號」是否就是正確答案。

聯合王國人的手腳很不乾淨。儘管不想承認，但在諜報戰上，帝國總是走在列強的最尾端。何況是熟練的約翰牛。看在對方眼中，單純的帝國就跟純粹的小孩子一樣吧。

諜報很可怕。光是讓軍中瀰漫著不知誰能信任，誰不能信任的疑神疑鬼氛圍，就太過致命了。帝國軍不論好壞，都太過缺乏懷疑自己人的經驗。

這樣要是發動預備計畫的話……

也讓人煩惱起，是否該放棄能發動預備計畫的狀況。然而，要是不假定「最壞」的情況，就會一如字面意思的失敗。身為作戰專家，為了避免在出事時沒有計畫的究極破滅，準備好以防萬一的預備計畫就相當於義務。

而盧提魯德夫中將對於義務徹底的誠實。

「內外的情勢不安嗎？」

儘管一手拿著雪茄迷惘起來，但唯獨回頭是他絕對不能去做的。

祖國、帝國軍殺害了太多年輕人了。失去所愛之人的哀嘆聲沉重地壓在自己的雙肩上已久。

這是詛咒。

對於相信「勝利」的眾多屍體，盧提魯德夫中將有著明確的自覺，自己也是背負著「義務」的其中一人。

要向帝國，向萊希獻上勝利。

正因為如此，對於所能做到的一切，他甚至是將考慮、選擇、決斷的義務承擔下來。不論發生任何事態。如有必要的話，等到那時候……就發動預備計畫。

「……要看義魯朵雅嗎？」

儘管可恨，但帝國戰勝、敗北的關鍵，終究是掌握在態度曖昧，徒具形式的同盟國──義魯朵雅王國手上。根據那個國家的動向，帝國的命運會有很大的變化。

還真是非常不愉快。

他們對遭到海上封鎖已久的帝國來說，確實是作為稀有的貿易窗口，依舊以著中立國的身分在提供「某種程度的支援」。

就連作為外交的仲介人，他們也有著能作為誠實經紀人行動的理性。有辦法整合外交交涉的……恐怕就只有他們了吧。

不管怎麼說，義魯朵雅的戰略位置都太有用了。

鄰接帝國本土，有著勉強能稱為列強的國力，在本次大戰中尚未與帝國交火而能保存戰力的「第三國」。

雖說只是形式上，但義魯朵雅王國軍對帝國軍來說是親愛的同盟國。那怕他們是儘管作為以戰爭為目的的攻守同盟，卻顧左右而言他保持中立的「蝙蝠」……也很怕會打草驚蛇。

對雙方陣營來說，義魯朵雅都太有魅力了。光是想到失去了戰略要衝與新的兵員供給源，負責人就會難掩失望的淚水吧。不論是對帝國，還是對其敵人來說，都實在無法輕視義魯朵雅的發言與意圖。

只不過要更進一步來講的話，對帝國來說，比起他們的「意圖」，他們的「能力」才具有決定性的意思。

「對帝國來說，義魯朵雅……太危險了。」

兩面作戰是個惡夢。在東部不斷展開泥沼般消耗戰的這個瞬間，實在是不可能再多開一個正面。就算是戰務行家的傑圖亞新任上將閣下，也沒辦法引發足以填補這種不可能的奇蹟。

這儘管不是那傢伙的臺詞，但要是再戰爭下去，彈藥、物資，還有人命都會被消費到極限。那傢伙甚至是當成口頭禪的，要為了迴避無法避免的破產抑制損耗主張，說得非常正確吧。

問題就在於，在戰時沒辦法選擇正確的做法。

「想拉攏成為自己人。但他們……有『蠢到』會與帝國一塊面對艱難的戰鬥嗎？」

以超越國家理性，基於同盟國情誼並肩作戰的鄰人來說，義魯朵雅人太過聰明了。

他們是由比起感情，更受到理性支配的軍方在掌舵。

所以會保持中立，絕對不會「被捲入」破滅性的戰爭之中吧。當然，也沒有他們會立刻撕毀同盟北進的危險。因為他們不是利他主義者，也不可能無謀到會自己主動介入戰火。

「正因為如此，才不能對他們置之不理。」

義魯朵雅人就只是忠於國家理性。只要帝國還保持著抗衡狀態，他們就會努力當個誠實的仲介人吧。

一如字面意思，誠實無比的仲介人。

但是，帝國無法對他們有更多的期待。相對地，其敵人卻甚至可能拉攏義魯朵雅成為自己人。即使解決了未回收的義魯朵雅領土問題，最終的結果也一樣吧。

義魯朵雅人會在帝國徹底弱化的瞬間，喪失該誠實的理由。因此，要讓他們止於目前的曖昧中立，帝國就必須保持「不輸」的姿態，持續穩住國境線，讓義魯朵雅人繼續相信對帝國戰的風險太多了。

「辦不到吧。絕對會失敗的。」

直到數個月後都還有把握。

或者，說不定還能勉強撐個一年半載。

不過，在這之後是沒有「展望」的。

要是康拉德參事官等人的交涉，無法期待有確實的成果的話，就甚至得不惜採用「預防性處置」吧。

「雖是本末倒置，但現在的話就還可以。」

還有辦法奇襲性的攻打義魯朵雅。從東部抽出打擊戰力，保障占領義魯朵雅半島北部。能夠確保縱深，穩定南方。

義魯朵雅戰是愚策這種事，打從一開始就知道了。

只是將會確實迎來的破局往後推延的方法。但就算是這樣，只要能往後推延的話？……這就有實際研究的價值。是過於充分的價值。

「我們不得不這麼做……義務，得善盡義務。」

要是時間要求這麼做的話，就得弄髒自己的雙手……還剩下半年的餘裕嗎？

東部的戰勝者；無數的輝煌戰功。

勳章與上將的階級章恐怕明天就會送來的男人——傑圖亞中將帶著非常諷刺的笑容，探頭看著攤在桌面上的地圖。

執拗地記錄，或是施加訂正的地圖，比過去還要大幅地回到東邊了。外電還不掩驚訝地說這是「帝國軍攻勢再起」……唉，這實際上才不是這麼好的事。

「作戰級的勝利。不過，卻是空中樓閣。」

只要看現狀就會知道，帝國軍只是勉強站穩腳步罷了。

聯邦軍雖然瓦解了，但這終究只是修剪掉巨木的樹枝。粗壯的樹幹早晚會再長出強韌的枝葉吧。畢竟聯邦這棵巨木，其盤踞大地的樹根依舊健在。

相對地，帝國的樹根如今則是在漸漸枯萎。

為了彌補這份差距，帝國不論是誰都一直在竭盡自己的所能。光是在戰場上竭盡智謀是不夠的。所以才會將修剪下來的樹枝種下，扶植出自治議會。得絞盡腦汁，用盡手段，盡一切的政治進行安排。

該說是用心工作的成果吧，預期再過不久，就能從他們之中編入義勇師團了。無中生有。就連他也覺得自己作為詐欺師的成長很顯著。

但所能得到的，充其量就是二～三個師團吧。就算是比預期中的還要順利，也無法奢望一打的師團。

而聯邦則會在這段期間，補充一整打的師團。

「令人作嘔的差距……在戰略的層面上，存在著怎樣也無法追上的差距。」

傑圖亞中將伸手拿起廉價軍菸，同時看著晉昇上將的內部通知書苦笑起來。曾經認為沒有濫發高級將官的官位，是軍方體制健全的證據。如今則是無視戰前規定的上將嗎？星星也變得相當便宜了呢。

據說戰敗的軍隊，只有高級軍官會增產……哎呀，看來帝國軍也很順利地走上了這條道路。實在不想壓抑諷刺的心情，讓意識回到無法如願的現狀。

只要看地圖就知道，相較於聯邦軍的充實，我方戰線還真是人煙稀少。兵員密度在全區域上，不是充滿危機就是瀕臨破局。

……而且，還充滿著敵人在品質上獲得改善的實感。

「也就是說，比起我這種人，共產主義者還要能幹多了嗎？」

只能摸著下巴苦笑的現實。儘管百戰百勝，卻唯獨沒有贏到最後的頭緒。

還要再殲滅敵人幾次才行？

開戰初期，帝國正面的聯邦軍有將近兩百個師團。直到今日，能自負已殲滅了當中的大半師團。

儘管取得了如此戰果，帝國軍也仍然被迫在東部與兩百個以上的聯邦軍師團對峙。也無法挽回數量劣勢的常態化。

為了打破狀況，而達成了好幾次打擊十個二十個敵師團的中規模包圍戰，而且每次都有讓兵力比的天秤重新傾斜。

儘管如此，聯邦方的砝碼卻沒有減少。

豈止如此，甚至連品質都充實起來了，讓人驚訝不已。相對地，我方則是典型的每況愈下。帝國軍的軍事機構如今已無法徹底抑制住消耗。配置在東部的帝國軍約有一百五十個師團。大半都處於連人數都無法補齊的狀況。

戰爭打太久了，實在是打得太久了。已經損壞的帝國，再這樣下去會壞到無法恢復的程度。所謂的總體戰，終究是連自家房子都拿來當材燒的愚蠢行為。是名為國家理性的惡魔與名為軍事合理性的必要所下達的不講理命令。看在現場的傑圖亞中將眼中，只覺得祖國的未來是不斷滑落的沙漏。

不阻止是不行的。

「知道要阻止。」

按著眼角，男人在心中抱怨著。

必須要進行改革，是早就知道的事！正因為如此，正因為如此，才會甚至默認他們籌劃假定好一切狀況的「預備計畫」。

有做好覺悟，要將該做的事、能做的事，還有最重要的一如宣誓的義務肩負起來。

「這我非常清楚。」

也理解必要的意思。不對，不論是誰都必須要理解。

這是在用年輕人的血肉，在用他們肩負著，還有未來的帝國將來的屍體在抵償時間。債務太過於龐大。

只要置身東部，不論是誰都會受到焦躁感所煎熬。追求著銀子彈，彷彿鴉片中毒似的渴望著名為鴉片的解決對策。儘管如此，自己作為參謀將校，持續受到軍紀教練的人生卻在嘲笑著——

短期觀點是無意義的。

現在還有可能堆起屍山。既然如此，就堆起更高的屍山，用屍體堆成的碉堡爭取時間。這種作為參謀將校所被教育的思考，仔細想想……確實是太過於國家理性了也說不定。

「儘管一直自負是善良的個人，但這樣的話。」

就已經難以再稱自己是善良的個人了。

只要有所自覺的話，也就能下定決心。

「充其量是善良的參謀將校，邪惡的組織中人嗎？……雖說善良，但終究是參謀將校嗎？原來如此，我們確實是帝國創造出來的奇美拉呢。」

必要。

會因為這兩個字，毫不遲疑地行動的參謀將校，就根本上與其說是「人」，還不如說是戰爭機械的「齒輪」。

「……再也騙不了自己了嗎？」

仔細想想，本來還以為自己是個有良知的人。在東方戰線，也將自己定義為是個知道該做什麼，善盡義務的將校。

在同一片東部的原野上弄得渾身是泥的過程中，是從什麼時候開始覺得一部分的將校很卓越的？而提古雷查夫中校，就連在這些人之中都很突出。

儘管打算認同這樣的提古雷查夫中校，但所謂的「認同」，說不定是以異質性作為前提。

傑圖亞中將輕輕地，但很明確地嗤笑起來。

什麼嘛。

這不是很簡單明瞭嗎？

真是愚蠢至極──他打從心底的苦笑起來。

「也就是在東部……正常人已經達到極限了嗎？」

就只是受過軍紀教練的將校集團的話，會恢復成人。

假如不是人，而是合理性的機械……才能足以在這次大戰當中作為唯一確實的將校的話呢？

也難怪像自己這樣只懂紙上談兵的傢伙，在東部就連晉昇上將的內部通知都能拿到。

「會濫發星星，也是有理由的。」

總而言之，也就是比起其他善良的眾人，邪惡的思考迴路會更加受到肯定吧。雖是非常時期的處置，但不得不承認非常時期的處置正漸漸地常態化。

這所代表的意思也很單純。

「在東部是不可能贏的。因為所有的一切都不夠。」

名為參謀將校的生物，是帝國花費心血製造出來的怪物。是讓不可能化為可能，違背事理的創造物。只要有一根槓桿，甚至能移動世界。

然而，關鍵的怪物數量卻是絕對性的不足。

就算想增加……能力也才是重點。因為是從全軍之中選拔有素質的軍人，在軍大學經過徹底磨練後，才好不容易培育出少數人員的一連串工程，所以也無法期待能立刻增員。

到頭來，還是矛盾。無法讓全軍成為怪物。然而，要是不這麼做就沒辦法繼續戰爭。這種戰爭已經無法期待完全勝利了。

「只能期待政治了嗎？」

還能繼續奮戰下去吧。說不定也能取得局部性的勝利。就只能趁這段期間，在軍事以外的領域結束戰爭了。

可是，辦得到嗎？

能在必要時，甘願承受敗北嗎？這是政治的世界。

就算是輸，但要是五十一對四十九的話，假如就只輸了二的話，這就算是實質上的勝利了——作戰專家能計算這種利害得失嗎？那可是一直被訓練成不是勝利就是敗北的戰爭家喔？

「……盧提魯德夫那個笨蛋，很難講嗎？期待與不安各半呢。」

那傢伙也會作為軍人見機行事吧。並作為專家，十分清楚打仗的方法。因為我們參謀將校，就是為了這個，就只為了這個，而在軍大學接受鍛鍊的，所以這要說的話也是理所當然。

假如要在軍令的領域上與那傢伙競爭的話，就連自己也無法保證能贏。所以要是只關係到戰爭的話，就不會有任何不安。

能很高興地交給他去做吧。

不過，一旦是有關戰爭與政治的本領，就會立刻變成未知數。儘管在這方面上，也有著許多可期待的要素……但在「經歷」這點上，傑圖亞對盧提魯德夫抱持著一個擔憂。

雖然只差之毫釐，但所接觸的領域卻有差。

「那傢伙老是在處理『軍令』，運氣還真是太糟了……」

非常該死的是，參謀本部作為作戰主流中的主流太久了。儘管自己也是如此，但參謀將校出身的將官經驗會很偏頗。

當然，不打算變得不切實際。但是，那傢伙也是個人。很可悲的，會受到經驗與環境所束縛。

最重要的是，身為作戰專家的他，是個「太過優秀的人」。也不曾受過挫折。

自己要是「軍令、軍政」的支流，那傢伙就是「軍令」的主流。總而言之，就是自己知道妥協的方法……但好友知道「制伏」以外的方法嗎？

感到頭痛，輕輕搖著腦袋。

最後要是杞憂的話，那傢伙也會在不久後跟自己人閒聊時，說這是「傑圖亞的多管閒事」一笑置之吧。

「只能寫信了……還得安排公務使者嗎？」

雖然直接跟他講就好了。

但麻煩的是，「距離」與「立場」作為微妙的障礙擋在前方。如果是作為軍事專家，進行將官之間的職務上交流的話，在某種程度內是能順利進行……但「預備計畫」這種劇毒，是不可能經由公開管道討論的。

啊——一名將軍就在這時首次注意到這個事態。

「那傢伙不知道會怎麼做。」

認為是好友的笨蛋會怎麼做？如今，置身東部的未來上將閣下是無從得知的。

譚雅．馮．提古雷查夫這名中校，有著非常平凡的慾望。只要是人，恐怕大多數的人都很普通地會有的慾望。

具體來講，就是效用最大化與幸福追求。

在東部被腦袋有問題的聯合王國海陸魔導師追得到處跑，才想說被踢到西方來，就遇到隆美爾將軍的無理要求。儘管厭煩，也還是認為要做好工作，結果卻碰到「那個海陸魔導師」做好萬全的準備在埋伏我。

「跟蹤狂嗎？」

雖是讓人不舒服的想像，但糟糕的是有著一定的合理性。

是一群追著我們到處跑的執著傢伙。那些叫什麼多國籍義勇軍的傢伙，真是腦子有問題。光是跟這類的傢伙扯上關係，就讓人頭暈目眩。

就算是再健全且堅強的精神，也會像是被銑床給加工過一樣。

「……好想放假。」

以這句喃喃自語為契機，她注意到了一件事。

西方占領地區不論好壞都很「法蘭索瓦風」，至今也仍然保有著文化氣息。當然，也不是沒有空襲的種種情況……但相較於東部可說是天壤之別。

有自來水，有電力，而且睡的還是確實的床鋪。外加上飲食文化實在是太棒了。總之，是能享受最低限度文化生活的環境。

而最重要的是。在隆美爾將軍主導的登陸作戰挫敗的現在，譚雅等人閒得發慌。

「現在的話？」

就能休假嗎？——在領悟到這件事的瞬間，身經百戰的航空魔導軍官沒有錯放機會，以電光石火的速度開始行動。她原本就是慣於處理行政文書與文件的人。甚至不用借助副官，兩三下就匆匆寫好內容，沒錯放這稀有的機會，譚雅以裁決權限在自己的文件上蓋下「休假章」。

之後，就只要默默地進行休假手續。於是，譚雅就在戰鬥群司令部兼大隊指揮所裡向副官發出宣言。

「謝列布里亞科夫中尉！我今天休假喔！」

咦——副官歪著頭一臉困惑。

「休假？」

「沒錯，就是休假！」

副官敲了下手，就像完全忘了有這回事似的微笑起來。

「……真難得呢，中校。」

「難得什麼？」

「很久沒有休假了吧？」

被指摘後，譚雅忍不住苦笑起來。實際上，她說得沒錯。沒辦法輕易回想起來最後一次在自己的休假申請書上蓋審批章是多久以前的事了。

畢竟，根本就沒有機會休假。

東部、西部、中央的被到處調派，除了南方與義魯朵雅的「觀光旅行」外，像是休假的假日簡直是痴人說夢。

「因為我們大隊的特休消化率有問題啊。不只有我這樣。」

「儘管有最低限度的確保睡眠時間，但還真的……真的就只有這樣呢。」

就是說啊，譚雅用力點頭。

放眼望去，司令部裡的人員全是如此。這也難怪吧。魔導大隊本來就沒有獲得充分休息的時間。

況且，雷魯根戰鬥群還徒有其名。實際上總之是將作為核心的第二〇三航空魔導大隊一直任意使喚著。就算是再忠勇的將兵，也還是會想抱怨「何時能休假」吧。

只不過，譚雅並沒有不顧自身顏面到能老實說出這種話來。要裝得就像是迫於必要似的向眾人誇張地點頭，可是小事一樁。

「就如妳所見，維夏。現在正是需要指揮官身先士卒的時候。我要是不休假，部下也很難休假吧。」

要扮演一個充滿體貼的上司，也相當費心呢……哎，這也是為了自己的聲譽。

要補充的話，就是從副官的反應來看也很有效。

「……因為家裡是這種氣氛呢。」

要說是認真，還是在戰場上變得老成了呢？明明會遵守輪班，但等到要消化特休時，魔導大隊就變得非常低調。

只要譚雅不帶頭休假，部下也很難休假……是一群會讓人想到這種藉口的工作狂。不過就譚雅看來，也覺得他們就單純只是「特別休假」的概念被砲彈粉碎了。

畢竟——只能苦笑了。

因為聽到譚雅這麼說的司令部人員全都突然對「休假」兩個字睜亮了眼。

「我休假了，全員要一起申請休假嗎？」

在銳利地朝部下瞪去後，他們全都默默別開了臉。哎呀，要高興他們還有像是人的地方嗎？

「看來你們相當擔心呢。」

對於譚雅的牢騷，副官就像要打圓場似的，帶著曖昧的表情插話。

「如果能休假的話，是想休假呢。畢竟機會難得，那個……儘管想安排休假，但不會造成妨礙嗎？」

「完全沒問題。雖然也覺得你們在帝都放鬆過了……但權利就是權利。能用的時候，就要毫不客氣地用。」

目前在場的所有人，都已經做了超乎薪水的工作了。雖然是馬後砲，但適當地申請、學習補休，正是譚雅與第二〇三航空魔導大隊的將兵所該被承認的正當權利。

權利很重要。這世上要是有神聖不可侵犯的事物，那肯定就是「權利」，一如字面意思的擔保著個人，譚雅對此深信不疑。因為在歷史上，不尊重個人權利的國家……也不會尊重個人的財產權。也就是說，會淪為共匪。

要說是扭扭捏捏吧。沒有人公然表示「我也要休假！」也讓人有點困惑。司令部的人儘管想休假卻不敢休假，這說起來也很奇怪。

……有別於黑心企業，自己可是想要確實尊重權利的。

「各位，不需要感到內疚喔。比起軍人必須要臉色大變地工作，就算偷懶也沒有問題的戰局要來得更加理想。不是嗎？」

這句話成了確實的誘因。

文件爭先恐後地堆了起來。懂得要領的傢伙還準備了只有申請日項目是空白的文件。就這樣，譚雅就迫於必要，得在休假前借助副官的輔助，悽慘地審批部下的休假申請。

讓人傻眼的是，軍官全都申請了。

還想說至少拜斯少校會客氣一下……全員甚至還寫上了各自想休的日數，以及想要返鄉或是來一趟放鬆小旅行的主旨。因為他們知道目前雖說是戰時狀況，但只要跟參謀本部有密切關係，就有辦法安插車位。哎，我跟鐵路部也有交情，確實是能迅速安排好。如果是要申請長距離移動的話，是有辦法靠烏卡中校的好意安排最高級的車位。

只不過，既然有些事情無法靠配給券解決，那也會需要用到錢。譚雅嘆了口氣，交代副官這些費用就用大隊公庫的機密費支付。

可以嗎？——對於用眼神詢問的部下，給予清楚的答覆。

「為了讓戰力最大化，有必要維護名為魔導師的部件。因此，就作為維護、修繕費，用機密費支付吧。」
「那麼，等下我這邊會支付。」
聽到她這麼說後，譚雅就點了點頭，從自己的座位上站起。處理完部下的休假申請書，這下就能名正言順地好好享受休假了。
「哎呀，這下就能偷懶了。」
「誠如中校所言……但中校所謂的偷懶，反正也只是回去宿舍吧？」
哎，因為指揮官要離開崗位，需要更上級的許可……所以之後有必要去取得。雖然也不是沒有雷魯根上校的審批章，但用在這裡也讓人有很多顧忌。
「我會在小休假時寫好『正式休假』的申請書，丟給西方方面軍的。現在就先離開崗位，回到自己的宿舍，在休息室悠哉度過。很有文化不是嗎？就算只是能行使些許的自由，心情也會截然不同。」
能從責任中解放開來，譚雅打從心底祝賀著。
「方便的話，要來喝杯咖啡嗎？」
「我很樂意陪同。」
「副官，機會難得，貴官也休假如何？」
不過面對譚雅的引誘，一直在帝國軍裡歷練的維夏，卻給了一個非常世故的回答。

「要陪伴中校的話，算是公務吧？」

「所以？」

「我要偷懶。」

哦，譚雅啞然失笑。過去在萊茵戰線哭哭啼啼的副官，想不到她會有說出這種話來的一天。

「軍人必須要有訣竅地執行本分嗎？貴官也變優秀了，還真是可靠。」

「那個……不行嗎？」

「怎麼會不行？當然可以，我批准了。」

得認同正當行使權利之人的權利。譚雅打從心底愛著傷害原則這個詞彙。就跟私有財產一樣喜歡。

在前往休息室途中，謝列布里亞科夫中尉就像臨時想到似的敲了下手。

「啊，對了。還有上次將校集會時，梅貝特上尉準備的伴手禮！拿來當點心吧！」

我去拿過來——伴隨著這句話離開的副官，不久後就帶著印有「鳳梨、帝國海軍」的罐頭回來。

「這是……海軍的罐頭？」

「聽說是對港口司令部所幹下的蠢事，潛艦司令部送來的遮口費。」

啊——想起心裡有底的那起事件，譚雅苦笑起來。是連軍港防衛都辦不到的外行海軍想推卸責任，結果讓雷魯根上校勃然大怒的那時候嗎？

「真是太不像樣了。」

隨手拿起一個來看，是相當誘人的糖漬罐頭。

「處理掉吧。就我們兩個。」

「好的！」

於是，譚雅與謝列布里亞科夫中尉就各自帶著該帶的東西，和樂融融地在休息室裡準備著茶會。

陳列在休息室桌上的，是文化的精髓。

譚雅親自在平底鍋上慢慢烘焙著精選咖啡豆，謝列布里亞科夫中尉俐落地用磨豆機磨成咖啡粉。熟練的副官一面用準備好的熱水悶蒸，一面緩緩地萃取出漆黑誘人的液體。

然後在打開帝國海軍的鳳梨罐頭後，散發出難以置信的甜味。

既然是愉快的時光，譚雅綻開笑容的時候，放鬆心情的副官就趁機以有點認真的表情提問。

「能請教一件事嗎？」

「什麼事啊。」

「那個……戰爭會變得怎樣呢？」

出乎意料的提問，讓譚雅就像在說「妳害甘甜的鳳梨吃起來都變酸嘍」似的蹙起眉頭。

在休假時，一點也不想聽戰爭的話題。

「妳問了奇怪的事呢。」

「那個，因為不太有這種機會……」

所以想請教中校的看法——要是她問得這麼恭敬，也就沒辦法斥責她了。這是軍官彼此能不用顧忌士兵目光，自由地交換意見的機會。

如果是在某種程度內的話，說不定可以乾脆老實跟她講。

「懂得深思熟慮是很好……但要是沒活下來，就沒有意義了吧。」

「中校是這樣想的嗎？」

「戰爭最好是要打贏。至少，不該去打會輸的戰爭。只不過……」

譚雅喘了口氣，儘管正在享用著義魯朵雅伴手禮的咖啡，也還是不得不說。

「我們的職業是軍人。貴官，哎，要說是從徵募轉志願的吧……也確實有著被狀況影響的部分……」

「因為是軍官呢。我也跟大家一樣是志願的。」

點頭的謝列布里亞科夫中尉跟自己是同類。是名為軍官，位在國家權力末端的公務員。要是能成為薪水小偷就好了，但很不幸地得做著符合血汗稅金的工作。考慮到甚至還無薪加班的話，可說是優秀的公僕了。想反對奴隸制度。

啊——想到這，譚雅就搖了搖頭，讓意識回到話題上。

「在戰爭中，被徵募的人有地方可以回去。但志願軍人會被當作是『主動投入』的吧。所謂的軍官意外地難當喔。」
「那個，這是什麼意思啊？」
「沒辦法選擇一死了之。既然是志願的，就必須一直掙扎下去。正因為如此，所以也得在戰爭之中生存下來。」
重視性命。譚雅對於只要上吊就能免責這種不可思議的奇怪風俗，無法理解也沒有同感。
「不說能贏嗎？」
「我是不會說樂觀推論的人。哎，也不會輸吧。」
「……咦？」
「怎麼啦，中尉。妳是失敗主義者嗎？」
「不……不……不是的，那個。」
極其困惑的副官是想單純地分出黑白的二元論居民嗎？哎，因為航空魔導大隊是非生即死的極端環境呢。該稍微進行教育性指導修正一下了——譚雅做出判斷。
「這是個好機會。我就明說了吧。」
譚雅把咖啡杯叩地放到桌上，指著維夏繼續說道。
「這場戰爭能贏嗎？答案是不打是不會知道的。不過，不會輸是確實的。」

「……有什麼逆轉的祕密嗎？」

是會讓人想抱怨「喂喂喂，中尉」的發言。

居然說逆轉，還真是老實啊！

譚雅在心中聳了聳肩。儘管並不是特別需要斥責的事，但「逆轉」是有自覺到劣勢的一方的發言。

到頭來，就連謝列布里亞科夫中尉都承認帝國軍的現狀很艱苦。

「中尉，並沒有什麼祕密。動動腦吧。」

「那個……是革新的技術嗎？比方說，那個艾連穆姆工廠又有新發明了！」

令人頭痛的提案，讓人忍不住真的蹙起眉頭。

如果是修格魯那個瘋子的話，是有可能做出奇怪的東西。拜託，算我求你了，別把我捲進去啊。

而且，說到底……就是政治是什麼的延伸？

「不是祕密兵器、祕密作戰，也不是魔法杖。還是不懂嗎？」

「還……還請中校指導！」

儘管並沒有要威脅她的意思，但這麼一本正經地認真回答也很讓人傷腦筋。這可是休假中的私人談話呢。

「很簡單，是政治。」

戰爭終究是政治的延伸。就算是靠武力行使，這也是人類的行為，所以會伴隨著政治。不論戰爭是贏是輸，終究要以政治解決。譚雅為了讓她記住，囑咐著謝列布里亞科夫中尉。

「如果是中隊層級的話，勝負就很單純。」

「就是說啊！」

譚雅輕輕按著眉間，重新認識到用心教育部下的必要性。廣泛的教養教育與「戰爭以外」的教育。

「大隊？連隊？旅團？師團？這些也很單純吧。只不過，一旦來到國家層級的話呢，中尉。」

也不能光靠臂力來決定優勢。

「就連揍人方法也必須下工夫的意思嗎？」

「沒錯，沒錯。就連野獸在狩獵時也會動用智慧。看看狼群吧。」

副官開朗說著我知道了，一臉明白地點了點頭。一面將鳳梨塞得滿嘴，一面擺出她已經掌握重點，理解結論的模樣。

「啊，事情很簡單呢。」

也就是說——謝列布里亞科夫中尉說道。

「能準備強大拳頭的傢伙會贏。」

「……中尉，貴官需要重新教育呢。妳在軍官課程學到什麼了？要補習喔。」

「咦，那個……可是，中校，現在是休息時間耶。」

「貴官是在值勤中喔。」

副官擺出泫然欲泣的表情。不過，這沒什麼好商量的。自己犯的錯要自己去補。

「我作為軍人的意識，可沒有低到會允許軍官不用功。中尉，我命令妳在學習之後，寫一份報告書來跟我報告。」

臉上寫著「踩到地雷了」的副官，望來尋求大發慈悲的視線……但很不湊巧的，譚雅的慈悲也才剛用來支付部下大量提出的休假申請。

這不算加班。

在圓滿地發出課題後……作為值班軍官的謝列布里亞科夫中尉，就面臨得去寫作業的下場。

只不過，出作業的本人也忽然變得非常不愉快。畢竟……最該可悲的是，帝國這個國家機構有著比副官的不用功還要嚴重的缺陷。

帝國太過依賴帝國軍這個暴力裝置了。

「儘管不是維夏的胡說八道，但畢竟是認為準備好強大的拳頭就足夠了的精神性呢。」

只靠著臂力。

正因為偏偏這樣成功了，所以成為頑固且麻煩的成功體驗，讓典範受到束縛。

要是有俾斯麥在的話，就還有可能走上不同的道路吧。

啊，俾斯麥。

你真是太偉大了。

居然能在那個腦袋有問題的帝國主義時代，進行那種鋌而走險的外交！只要一半的能力就好，要是如今的帝國有著足以匹敵的外交官的話！

不對——譚雅就在這時搖了搖頭。

帝國大概也有優秀的外交官吧。真正該可悲的是，帝國肯定沒有活用這些優秀人才的預想。

這雖是預想，但同時也是確信。

主戰論很振奮人心，悲觀論、慎重論總是被稱為膽小鬼。

把作為勝利者「獲勝」當作是至高命題的帝國價值觀，會正視敗北的人是怎樣也不太可能出人頭地的。

……也就是說，譚雅想要保住自身的資歷，就不得不比以往還要更加意識「勝利」。

挑戰也是有限度的。

儘管已下定決心要轉職，但轉職活動說不定要比以往還要提前開始會比較好。不過，這裡是戰時狀況下的軍隊。跟把在職場寫履歷表的蠢蛋解僱不同，現役人員要是想逃，就會輪到行刑隊登場了。

會一如字面意思的成為刑場的汙漬吧。我想要壽終正寢，想要歌頌作為市民的權利。最重要的是，不能是會被存在X嘲笑的下場。

盧提魯德夫中將往往會因為軍人般的嚴峻臉孔與旺盛的氣勢，而被認為是個「個性豪放」的人。特別是表面上交流很多的外部人員會這樣覺得吧。

不過，對像雷魯根上校這樣的部下來說……他是個因為優秀所以嚴酷的上司。

對無能極為冷酷，無情地絞盡各人的能力，對於最大限度的成果，總是一直要求著「更上一層樓」的類型。

毫無疑問是很難侍奉的一名長官。

只不過，這是因為參謀本部所面臨到的任務的重大性與複雜性所致的要求。對無能的徹底憎惡也是跟參謀將校相似的惡習，沒有不講理到不合道理。就連提出意見，也有著能接納道理的度量。即使是作為直屬部下被過度操勞的雷魯根上校，也在「長官的要求水準很高，但很合理」這點上沒有異議。

所謂的參謀本部副作戰長，是以清晰的腦袋，將參謀操到極限為止。在帝國軍這個組織之中，這是理所當然的事。

正因為如此，對長官的命令內容感到疑問……對他來說才會帶有重大的衝擊。

那一天，他在被叫到的副作戰參謀長室裡，目瞪口呆地反問道。

「帝都的『反叛亂計畫』……嗎？」

即使是偽裝成鎮壓計畫，像雷魯根這樣的內部人員也能大致理解到實情。

戰時的管制本來就很嚴格。況且是在這種時機，這種時候。能讓士兵在帝都自由行動的存在就只有一個。

「作為『預備案』，必須做好萬全的準備吧。」

就算只是一個詞，也得費上相當的努力才能面不改色。儘管如此，雷魯根上校作為職業軍人，也還是以專家般的態度搖了搖頭。

「閣下，請恕下官直言，您這是杞人憂天。是操之過急了吧。就目前來說，下官認為這是多此一舉。」

「哦？」

在凝視自己的長官……「盧提魯德夫中將」這名帝國軍副作戰參謀長面前，雷魯根上校鼓舞著幾乎顫抖的心，壓抑著冷汗，就只有外表堂堂正正地發表言論。

「考慮到帝都的政情、治安與民情，近期內並沒有明確的威脅。唯一算得上是威脅的是士兵的叛亂……但既然這也不可能發生，下官就對假設的必要性感到懷疑。」

倒不如說——他以誇張的舉止繼續說著場面話。

「身為作戰負責人，下官想強烈地建議，如果要撥出戰力進行治安戰，還不如撥去加強東部或西方。」

舌頭能沒有打結地把話說完，是奇蹟吧。抑或是惡魔的微笑嗎？

在把話說完的瞬間，雷魯根上校就連自己也有種不可思議的心情。自己到底為什麼得在帝國軍參謀本部說著這種詭辯啊？

「你的意見很有道理，上校。」

「那麼？」

唔了一聲，長官以若無其事的態度，俐落地點了點頭。

「很好，那關於這件事，我就不交代貴官去辦吧。」

要是他意外乾脆地收回成命的話，是會讓人放鬆肩膀的力道。不過，他就像是要對大意起來的雷魯根上校再度攻擊似的，遞出一個雪茄菸盒。

仔細一看，還真是「高級」的貨色。

即使是參謀本部，也正因為海上封鎖而苦於物資缺乏……啊，真可怕。作為交換，到底會要求我做什麼事啊？

「是雪茄，抽吧。」

「請恕下官婉拒。」

「雷魯根上校，別客氣。機會難得，就讓我們稍微聊一下吧。」

長官那親切的態度，從他平時討厭浪費時間的態度來看，讓人感到強烈的不對勁。作為職業人士是自認為很尊敬著他，只不過，雷魯根上校終究是名參謀將校。

要不看不聽不說，也有個限度。

「如果是軍務的話。」

對於他的婉拒，盧提魯德夫中將伴隨著沉默抽起雪茄。雙眼就像在盯著雷魯根似的……不久後低聲說道：

「就陪陪長官吧。還是說，沒辦法跟我推心置腹嗎？」

「雖能以軍人的身分陪同。只不過……下官不會當應聲蟲的。」

「你說得對。」

長官在咧嘴嗤笑一聲後，愉快似的揚起微笑。

「不過，這份正確也有利有弊呢。」

「……閣下？」

「抽雪茄吧。順便也坐到椅子上。」

只能下定決心了嗎？喉嚨咕嚕地響了一聲，還真是討厭。雷魯根上校一面硬是讓緊張、僵硬的關節彎曲，一面緩緩坐在勸他坐著的椅子上。

乾脆一不做二不休吧。

不客氣地抽起雪茄，享受久違的芳醇香氣。

別說是平時抽的，就連跟康拉德參事官提供的貨色相比都是高級貨。自負是帝國最優秀的外交部也顏面盡失了。不過──雷魯根上校儘管不想，也還是不得不聯想到諷刺現實的暗喻。

軍方在帝國受到優待。比起外交，是軍事優先。假如是這種現狀，導致了雪茄的品質的話？那麼，這根雪茄的費用究竟包含著多少毒素啊。

「閣下，要聊什麼？」

「貴官對現狀是怎麼看的。」

「抗衡狀態。除了靠外交解決外，恐怕難以解決這諸多問題吧。經由義魯朵雅的工作也是如此，只能由帝國主導了。」

長官說著我有同感，點頭同意的反應，讓雷魯根上校感到不太對勁。儘管難以言喻，但這是在暗示什麼嗎？

只不過，在掌握到答案之前，長官就開口了。

「問題是，時間。」

厭惡地狠狠說出的是，時間這個要素。

「我們累積著緩慢的失血，也漸漸地邁向死亡。理解現狀吧。要是不堵住傷口，就會一如字面意思的緩慢死去。」

「要是用疲憊不堪的肉體進行無益的運動，患者很可能會休克死亡。」

「所以呢？要對患者見死不救嗎？」

「即使是重症患者的手術，照慣例也都會等恢復到穩定狀態後進行吧。要是手術成功，患者卻死亡的話，可就本末倒置了吧。」

唔了一聲盤起手後，中將閣下拋出直截了當的意見。

「……雷魯根上校，貴官很蠢呢。」

「還請閣下賜教。」

「討厭讓拳頭受傷……」

是舉起拳頭的動作。

不過，對知道這則逸聞的人來說，為了在被「意思」不同的表現壓倒之前制止他，雷魯根插話說道。

「閣下！請不要敷衍了。」

「哦？」

「拳頭能毆打什麼吧！不論是怎樣的拳頭，都能揮出第一拳吧！也能揮出第二拳吧。可是，在這之後有著什麼？」

持劍者皆會死於劍下。即使是帝國軍，也是一把劍。要是輕率揮舞，持劍的帝國也很可能會被砍倒在血泊之中。

……這只不過是藉口，這點雷魯根上校也很清楚。

「所以要期待官僚？期待康拉德參事官能充分達到貴官的期待嗎？」

「軍方，就只是軍方。」

回想起以前在義魯朵雅的外交交涉被推翻，錯失停戰機會的那一天。在那瞬間，要是軍人能介入改變的話……他想要改變。

如今也有著相同的想法。

另一方面，雷魯根上校的理性也強烈否定著「衝動性」的情緒波動。

「我們是參謀將校。是經由軍紀教練被教育成這樣子的。」

「就只是被規定要是這樣。也有辦法重新審視自己的規定吧。」

若無其事的語調。不過，只要仔細想想他吐出的這句話的意思，就會發現話中包含著就算不是參謀將校，也會不得不僵住表情的內容。

「閣下，您是說在這場戰爭當中，有辦法這麼做嗎？」

「……要是不做，一切都是不可能辦到的。你認為有多少事情，是還沒試過就被當作是不可能的？」

「我們是拳頭。閣下，就只是受傷的拳頭。」

「為了討論，就假定是這樣吧。我再問一次，貴官真的相信沒辦法再期待更多了嗎？」

是這之前的問題——雷魯根一手拿著雪茄，以沙啞的聲音回應。

「我們處理軍務，政治家處理政治，官僚連接我們。這是建國以來的大前提。」

他也會感到煩躁；心中也抱持著難以容許的抗拒。儘管知道這是無法原諒的行為……也還是如此地受盧提魯德夫閣下的計畫所吸引！

但這是私情。

更何況，還是只基於感情的反抗。

「閣下，作為個人的雷魯根，確實覺得閣下的方案很迷人。只不過，相信雷魯根上校肯定難以接受。」

能共享危機感；有著共通的問題意識。然而作為專家，他實在難以同意作為解決對策的處方箋。預備就相當於是死亡保險。居然自己主動去追求！

好了，會怎麼出招呢？——作好心理準備的雷魯根上校，有著會遭到叱責的覺悟。

「很好，你說得很對。」

作夢也沒想到會被一本正經地肯定。

因此，他困惑了。儘管知道會被攻擊，卻還是從正面受到無法迴避的奇襲。該說是稀有的戰術經驗吧。

「所以，就把常識統統忘了吧。」

「咦？」

他作為參謀將校，被教導了戰略。

雖說是徒具形式的指揮官，但正因為東部的實際情況，讓他就算不想也還是努力學習，為了讓戰鬥教訓與實例徹底成為自身的血肉而埋首苦讀。但是，來自正面的強攻，盧提魯德夫這種強硬的古典突破策略，打穿了他分心時的破綻。

「所謂的三足鼎立，到頭來總之就是統帥權的問題。」

還來不及問這是什麼意思。

「該是中樞的帝室……儘管非常冒犯，但並沒有適合時勢的人喲。官僚封閉化。應該連繫行政、軍事、門閥的議會群愚化。上校，這個國家……有點太過於怠慢改革了吧？」

這再怎麼說都說得太過頭了。豈止是帝室，還對帝國的國家體制加以批判，這怎樣也難以說是現役軍人可以做出的發言。

連忙搖了搖頭，無視禮節的插話。

「閣下！」

「上校，貴官很認真呢……很好，彼此都在某種程度內清楚對方的想法了吧。我也不打算勉強你。」

「是指這件事嗎！」

當然——盧提魯德夫中將以宛如岩石般的表情點頭。

「預備計畫終究是預備。沒必要變得這麼神經質吧。就如貴官所說的，要是能謀求以正道解決的話，就再好也不過了。絲毫沒有反對的理由。」

最重要的是——他補充說道的聲音非常疲憊。

「作為將校的義務，我相信貴官是明白的。既然如此，我們就只要互相去做該做的事情就好了吧。」

「下官本來就從未忘記過義務。」

「……很好。你可以走了。這盒雪茄，就當作是伴手禮吧。」

不是能允許開口婉拒的氣氛。被一味地硬塞過來是他直率的印象。

形式上地收下菸盒，伴隨著敬禮離開副作戰參謀長室後，雷魯根上校就靠著深呼吸，讓宛如缺氧般喘著的呼吸勉強平復過來。

總覺得腦袋就快不正常了。

隨手叼起收到的雪茄後，雷魯根上校就搖了搖頭，改抽起廉價菸。雖是軍菸，但還是這抽起來習慣多了。

那麼，留在手邊的雪茄該怎麼辦？

「……只有自己抽，也有點那個呢。」

要說是顧忌吧，有種內疚的心情。儘管這應該不是遮口費，但也很困擾要怎麼處理。

這種時候，就拿去塞給別人嗎？

參謀本部裡業務最為繁重的人……哎，連想都不用想嗎？儘管稍微走了一會兒，但目的地不可能是其他地方吧。他一手拿著伴手禮，前往鐵路專家的巢穴。

雷魯根上校一面偶爾跟衛兵與知己打著招呼，一面走在參謀本部冰冷的走廊上。

忽然發現，這裡還真是樸素。即使勉強算是有裝飾過，但相較於外交部真是微不足道。哎呀，也難怪提古雷查夫中校會譏諷外交部了。

這裡終究是實務的堡壘吧。

雷魯根上校伴隨著輕輕敲門，叫喚著這裡的一位居民。

「烏卡中校，有空嗎？」

但沒有反應。

儘管輕輕地重複敲門，也還是沒人答話。

「咦，不在嗎？可是，我記得這時候是……」

懷疑地探頭一看，就某種意思上跟預想的一樣吧。精疲力盡的鐵路專家，趴在桌上熟睡著。在值勤時打瞌睡可是個大問題，但考慮到烏卡中校的勤務量，這也是沒辦法的事吧。

對於將伴隨著傑圖亞閣下在東部的大型運動戰而需要調整的鐵路時刻表調整好的人，就連休假都沒辦法給，考慮到帝國軍的這種現狀……也就沒辦法責怪他了。

雪茄要和字條一起留在這裡嗎？

不對，倒不如把人叫醒，用自己的權限正式命令他去睡覺休息吧——打著這種主意走近後，雷魯根上校注意到攤在桌上的文件。

「……戰區機動計畫的鐵路時刻表？」

可是，東部的應該前陣子就完成，開始運用了。要不是這樣，他也不會累到睡著。

「只不過，這是……」

假如沒看錯，是跟南方方面的軍事列車有關的計劃嗎？假定的戰區當然是……

「義魯朵雅？」

看起忽然在意起來的文件後，是一連串令人在意的數字。儘管只是列著車站與列車的詳細資料，但是莫名地詳細。

看了幾行，想再繼續看桌上的文件時，房間的主人醒了過來。

「嗯？啊？哎呀，是上校？」

朝著難受地眨了眨眼的部下，雷魯根上校從容地擺了擺手。

「沒關係，你繼續坐著。是太累了吧。」

實際上，鐵路時刻表的調整是繁重業務中的繁重業務。車輛有限，需求日益增加。就連路線的維護管理，在戰時也是致命的。根據大量的新路線鋪設——而且還要雙向化的作戰要求，一面努力調整路線，一面在東部將聯邦規格重新編制成帝國規格。

早已繁雜至極到常人無法想像的鐵路，由軍方勉強運作著。儘管承受著國鐵的怨言，聽著運行軍用列車的鐵路部哭訴，承受著前線傳來「收不到東西」的抱怨，他們也仍然工作著。

物流偉大的幕後主角，才配得上這盒雪茄。

「要轉換心情嗎？這是被盧提魯德夫閣下恐嚇後，作為賠罪收下的東西。」

遞出的菸盒，烏卡中校姑且立刻收下。

「多謝上校。啊，不對，得先道歉才是。雷魯根上校，讓你看到我不成體統的樣子了。」

「假如不是我的話，可就洩漏機密嘍。」

「……能在參謀本部內部深處自由走動的人有限呢。」

確實是這樣。

光論權限的話，雷魯根可是足以凌駕在開戰前的中將層級之上。至於能閱覽的資料，能徵用的資源與人手，甚至直逼傑圖亞閣下在開戰前持有的權限。

只不過，實際情況是只有權限肥大起來。畢竟手上並沒有魔法壺。只有命令的權限，是沒辦法無中生有的。

最重要的是，負擔也相對地很多。

「就只有能自由走動這個好處。哎，雖然也拿到了高級雪茄……但被長官恐嚇的機會也大幅增加了許多。」

「哈哈哈，因為能用的人，會被狠狠使喚到死為止呢。」

「中校，貴官也跟我是同類吧。我可是知道的喔。被派去插手各種事情，就只有責任一直在增加吧？」

「由衷感謝上校的關心。啊，對了。方便過目一下嗎？」

在伴隨著這句話遞來的什麼戰區機動計畫書面前，雷魯根上校臉上露出十分明顯的苦澀表情。

「……嚴格來講，關於這個就連我也很危險。」

「不好意思，你是說真的嗎？」

對一臉意外的烏卡中校來說，這就只是普通的計畫書吧。對鐵路專家的他來說，這就是一切。

但是看在作戰專家且連戰務都有接觸的雷魯根眼中，卻有著不同的觀點。

「貴官手邊的是義魯朵雅方面的資料吧。我有說錯嗎？」

是沒錯——烏卡中校點頭說出的回答，讓他嘆了口氣。

「鐵路時刻表。而且專門的鐵路專家……還在義魯朵雅的地圖面前疲憊不堪。抱歉，但這在目前的情勢之下太過不祥了。」

參謀本部在這種時候調整義魯朵雅方面鐵路時刻表的理由？本來的話，是根本不會有的。因為義魯朵雅姑且算是同盟國。就算毫無疑問是以風向雞自居……也多少在包含資源的貿易面上，對帝國做出了貢獻。

是有必要警戒吧，但難以說是過度威脅的鄰人。這就是對義魯朵雅的整體狀況。在這樣的義魯朵雅方面，有必要大規模調整鐵路路線？除了跟預備計畫有關之外，到底還會有什麼事啊？

「烏卡中校，就算是貴官也有察覺到吧。不是嗎？」

「是有隱隱約約地感受到，但果然是這樣嗎？」

「是預備性的吧。但問題就在於真的能到最後都是預備嗎？……這點上了。」

有著主要目標在，是假設當這失敗時的最壞情況的計畫。不過，卻太有真實性到讓人毛骨悚然。當然，這是保險吧。

會想期待比較妥當的一方，這種心情也不是不懂。然而，總覺得感受到了刺激的討厭預感。

「如要以鐵路專家的立場來講的話，義魯朵雅國境地帶規格車輛的安排，反正都是例行公事。但山岳用的牽引車輛與鐵路維護車輛的安排，就實在是窒礙難行。」

哦——正要點頭時，再次感到不對勁。

「鐵路車輛的安排？」

「還在準備階段就是了。」

「等等，中校。」

「怎麼了嗎？」

烏卡中校就像不懂似的回應，讓雷魯根上校忍不住問道。

「你說安排車輛？沒有弄錯嗎？」

「是的，鐵路情況也不太樂觀。為了運輸計畫，無論如何都有必要配置機關車測試運行。」

「中校，我不是問這個。」

「是有關技術細則的部分說明不足嗎？對義魯朵雅作戰也由於是受到政治性理由而遭到封印的關係，所以目前還處在調查跨山路線的階段。」

我不是在問這個——雷魯根上校搖起頭來。

假定萬一的情況制定計畫，是軍隊的基本吧。只是紙上談兵的計畫案的話，是制定了不少。在烏卡中校手邊完結的研究也有很多吧。

然而，要是實際動用到物資的話，可就另當別論了。這是有限資源的分配問題。隸屬作戰當局的雷魯根自己也會不得不深深介入其中。

然而，他卻不知情？

「有關義魯朵雅方面，你是奉命依怎樣的意圖製作這份計畫書的？不對，說到底，發令者是誰？」

「是盧提魯德夫閣下。我聽說是為了防範萬一義魯朵雅成為敵人時的最壞情況，所制定的預防計畫。」

「說得很有這麼一回事呢。不過……中校，本來就有制定好對義魯朵雅的假想了。裡頭只有討論到『防衛計畫』。」

「不好意思，我不太懂……」

身為作戰專家的雷魯根向似乎無法理解事態的鐵路專家指出陰鬱的事實。

「在防衛之際會爆破國境地區的鐵路。死守在山岳地區，進行徹底的『陣地防衛』。在本來的預想中沒有要進攻義魯朵雅領內。」

有著開戰前就準備好的鐵路時刻表，是典型的內線戰略。雖說會無法維持打擊戰力，但能實現以手邊的兵力爭取最大限度時間的目的吧。

烏卡中校再怎樣都感受到狀況有多麼不平穩，他狐疑地探頭看起手邊的文件，不安地扭曲著表情發出疑問。

「那麼，這是……什麼的預想啊？」

「不只是紙上談兵的什麼吧。偏偏是連在作戰局中身為作戰參謀的我都不知道的計畫。」

就如眾所周知，軍隊深愛著計畫。儘管如此，卻也沒有餘裕允許去假設無用的假想。計畫是有著目的，根據目的在推行的。

……也就是說，是對義魯朵雅有著某種目的嗎？

然而，自己卻不知道？擔任兵要地誌的自己？

「……是徹底的隱匿吧。」

從雷魯根的口中，苦笑著說出這句話來。

要欺騙敵人，得先騙過自己人。

作為預備性計畫眾所周知的鐵路時刻表調整，終究只是「例行業務」的一環，就連在參謀本部內部都沒有受到眾人矚目。

但是，要是伴隨著行動的話？

這所代表的意思，太過於……太過於……儘管很嘮叨，但真是太過於嚴重了。

儘管就連「反叛亂計畫」的暗示都太過充足了，但這豈止是充足……看來盧提魯德夫閣下比自己所知道的還要考慮了很多。

預備計畫確實是預備也說不定。

只不過，是伴隨著可能性的預備嗎？

「上……上校……」

「去喝一杯吧，中校。看來我們也稍微推心置腹一下會比較好吧。」

在自己家裡或許會比較好——低聲附上這句話，雷魯根上校壓低音量，若無其事地暗示著。

雖然是不怎麼美好的關係，但個人與個人的關係能補上組織的缺口。

「以只是預備來說，有點太過周到且具體了。我們現在應該……」

要再更加地緊密合作不是嗎？——正當他想到這裡時。雷魯根上校腦中，猛然浮現了一個可能性。

「啊，原來如此。」

這是定時裝置。

「是沙漏嗎？」

是時間，存在著時限！要是無法在期間內達成主要目標……扳機就會觸發？

要發起軍事行動，春天是最適合的。至少在冬天翻越山嶺，並不適合作為機動戰的條件。考慮到沒有安排雪地行駛用的機關車，大概還有半年吧。

……帝國沒有餘裕煩惱到明年了。

盧提魯德夫閣下非常在意「時間」。儘管如此，卻還是分出時間對外交感到興趣，全是因為……跟「預備」放在天秤的兩端嗎？

……自己跟康拉德參事官進行的主要目標，只能認為是在摸索議和的條件之下所被容許的。

難怪會受到參謀本部的盧提魯德夫中將閣下「期待」！

一面期待，一面設下確實的期限……恐怕始終不會明確告訴自己設有期限的事實吧。

肯定是奇襲作戰。

要做的話，就是春季攻勢。或者，也有可能在二～三月時發動攻勢嗎？

所以才會要求自己「拚命交涉」吧。這是為了要讓敵人大意，或許也是為了要讓外交解決方案成功。

……只能說是個不得了的架構。

讓鐵路專家擬定了如此具體的計畫案。扳機有很高的可能性會是一如字面意思的扳機。

他討厭政治，最討厭了。所以雷魯根這名上校至今才會有哪裡覺得事不關己，就只是希望事情能順利進行。

然而，要是以「軍事計畫」這種專業領域提出來的話，就只能正視現實了。

「雷魯根上校？」

你怎麼了嗎？——看著一臉擔心的中校心想。他是鐵路專家，掌管鐵路時刻的專家。既然如此，如果是他的話——

「喂，中校。對你有點不好意思……但能幫我勉強一下嗎？」

他低下頭，由衷地道歉。

「我知道沒有比這還要更過分的要求了。就算罵這是不人道的要求，我也完全不介意。」

儘管如此。

名為必要的惡魔想要時間。所以，要求鐵路部要為了萊希獻身。儘管非常愚蠢，但這是有必要的。

「在進入對義魯朵雅攻勢之前，想盡可能地爭取時間。能幫我把鐵路計畫的靈活性提昇到極限嗎？」

「上校，恕我直言……即使是鐵路專家，也是有極限的。」

這點他非常清楚。但就算不多，也還是想要時間。

儘管不知道是春季攻勢，還是「初春的閃電攻勢」。但只要再爭取七八個月的話，或許就能有不同的可能性了。

……這是願望。

要是康拉德參事官等人失敗的話，情況會變得如何？或是義魯朵雅在條件談判上不斷拖延時間的話？

本來就沒有多少把握。

但是，既然以不是完全沒把握一事而拋棄一切賭上的是故鄉、帝國，就不可能置之不理吧。

垂死掙扎？悽慘的抵抗？

這樣非常好——雷魯根上校作好覺悟。

自己的道路上會有著什麼，他不得而知。也沒有興趣。這或許會和盧提魯德夫中將的道路有著些許差異。不過，只要這有助於祖國的話，不論是什麼都要去完成。

參謀將校就是這種生物。

既然如此，已經不容許猶豫與拖延了。

「想讓萊希的未來多一點餘裕。為了挽救祖國。拜託你，協助我爭取時間吧。」

對於雷魯根不顧一切幾乎是懇求的話語，烏卡中校微微聳肩，以疲憊的表情苦笑。

「暫時得加班了呢。肯定會回不了家。成了一個會讓女兒哭泣的父親呢。」

對於身為愛妻家，同時也是個好父親的部下，雷魯根上校卻命令他勉強自己。這是職務。只不過，他還是作為一個人向他低頭。

「抱歉。中校，你要恨我也無所謂。」

「我很恨你喲，然後……就讓我們團結一致，齊心完成吧。」

掙扎吧。

抵抗吧。

難看地，醜惡地，而且拚命地。

「「為了萊希。」」

（《幼女戰記⑩ Viribus Unitis》 結束）

Appendixe

附錄

【戰況概略圖】

戰況概略圖

①

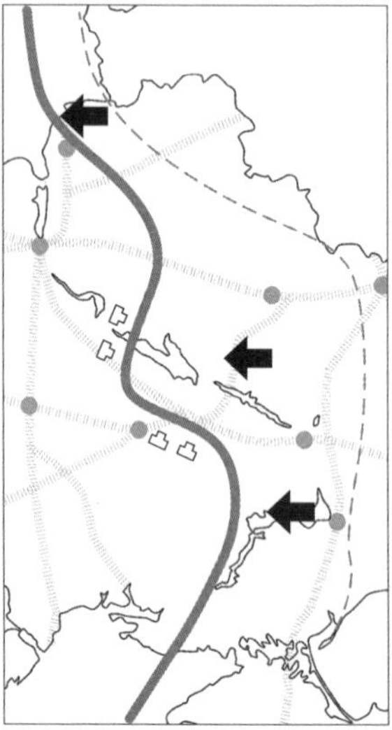

第一局面

1 傑圖亞中將以東方方面的兵力不足為由，開始整理戰線。

2 東方方面軍，包含鐵路路線要衝的大規模退後傳出質疑聲。

3 聯邦軍擴展戰線。

②

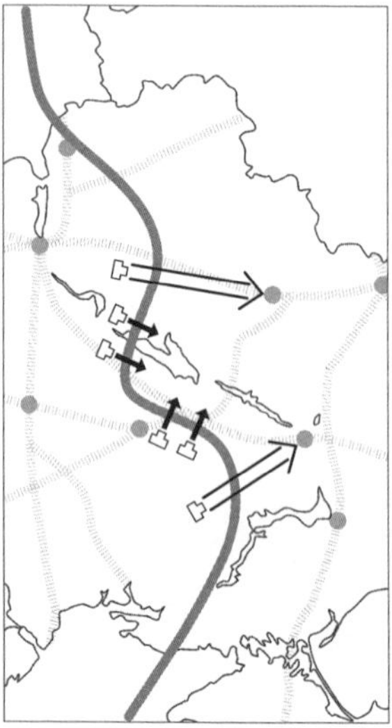

第二局面

1 聯邦軍根據傑圖亞中將的習慣逆向推測，完備突出部的迎擊體制。

2 帝國軍偽裝成對「突出部」的主攻進行佯攻。藉由投入東方方面軍的砲彈儲備的豪賭，成功導致敵方誤認。

3 帝國軍主力毅然進行繞過突出部的大膽機動。

第三局面

③

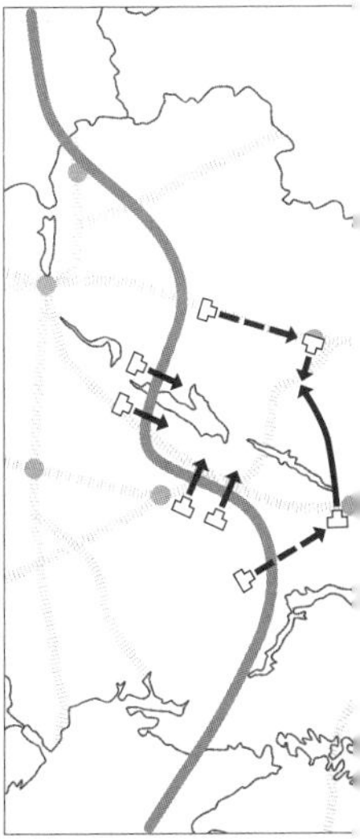

1 傑圖亞攻勢將主要目標放在從鐵路等後勤路線「逆流」的「重新奪回」上。

2 一面直擊聯邦軍的後勤網，一面在出乎敵方預料的作戰層面上達成奇襲。

④

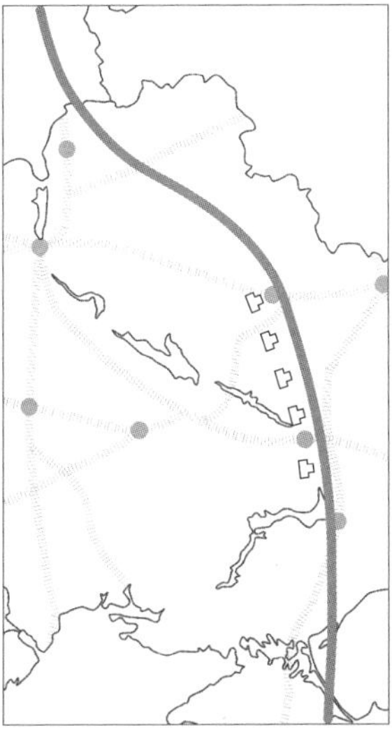

第四局面

1 帝國軍成功讓戰線大幅推回。

2 聯邦軍雖然基於過去的戰鬥教訓成功地迅速後退，也還是喪失了大量重裝備。

總評

「詐欺師」顛覆了天秤。

將計就計地利用敵方的意圖，甘受危險的戰力集結風險，達成局部性的兵力優勢與突破。

將聯邦軍的攻勢能力徹底粉碎，成功確保了在東部的穩定狀態。

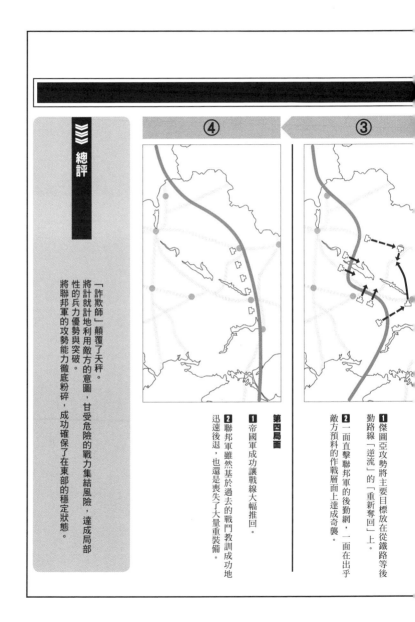

後記

幼女戰記第十集，讓各位久等了。

在迎來初春的清爽季節裡……說不定沒有迎來，但就當成有迎來的大家好！

也不能忘了一口氣買了十集的勇者，初次見面。說著沒有季節感的問候的，是對秋刀魚美味的季節所感動的カルロ・ゼン。

那麼，差不多該讓時間回到現實，向各位道歉了。能配合東條チカ老師的漫畫版第十集在各位的面前登場……讓我深深有種「讓各位久等了真是非常抱歉」的心情。

儘管不是什麼大事，但因為個人的因素，真是讓各位久等了。

雖然寫是這樣寫，但提到「大事」，似乎會讓人擔心起我最近的身心健康。但儘管在社群網站上被人說花心到《YAKITORI》、《賣國機關》等其他地方，自己玩得這麼開心的讓客人等你呢！之類的話，感覺還真的挺受傷的，但除此之外我非常健康。

寫太多私事對各位讀者也很不好意思，就當作「儘管不太明白，但那傢伙也很辛苦呢」地網開一面吧……

姑且不論這些，來談作品的事。

第十集是帝國這個國家邁向滅亡的起承轉合中，相當於起的部分。走投無路與封閉感。他們希望能導出活路的衝動性渴望。

或許是寫得太過黏稠、潮溼、陰沉……準備得有點太長了也說不定。從下一集開始，所累積的伏筆就差不多要引爆了。

不好意思，儘管是完全無關的話題，但這也是我的喜好之一。我最喜歡諸如德瑞克中校、卡蘭德羅上校、雷魯根上校等認真的中間管理職帥氣地按著肚子的模樣了！

根據這句話加上第十一集的副標題是〈Alea iacta est〉，哎，不好意思，儘管恐怕會成為下一集的劇透，但敬請期待帝國所綻放出的耀眼光芒。

最後是在時期上，我想情報也差不多會陸陸續續公開了吧，是有關於電影的事。

有看到各種消息，外加上NUT的努力，所以夢想著等到完全新作能呈現在各位面前時，第十一集也能送到各位手上吧。

不是由我，而是由總編。

……而本人則是被總編撿來作為作家出道之輩。儘管續集發售時期的預告往往會因為印刷錯誤與錯漏字而有著缺乏正確性的傾向……

但有關這一次，由於總編的美好笑容閃閃發光著，所以請各位儘管放心。

寫到最後，要再次感謝各位。

我能持續走到今天，也全是靠著眾人的力量。而這次也得到了許多人的協助。

擔任設計的 next door design、校正的東京出版服務中心、責編的藤田大人、玉井大人，還有插畫的篠月老師，承蒙各位的照顧。

引起騷動，帶給各位非常大的麻煩。

然後很抱歉要談到私事，即使這會讓想必一直在守候著我的兩人微微苦笑，也還是想在墓前持續報告著好消息。

儘管很抱歉老是這樣，但要向對我容易拖稿一事予以海涵的各位讀者，獻上賠罪與感謝。劇場版也有著就快順利上映的氣息。

那麼，今後也請多多指教了。

二〇一八年九月最後一天　カルロ・ゼン

非值班日。

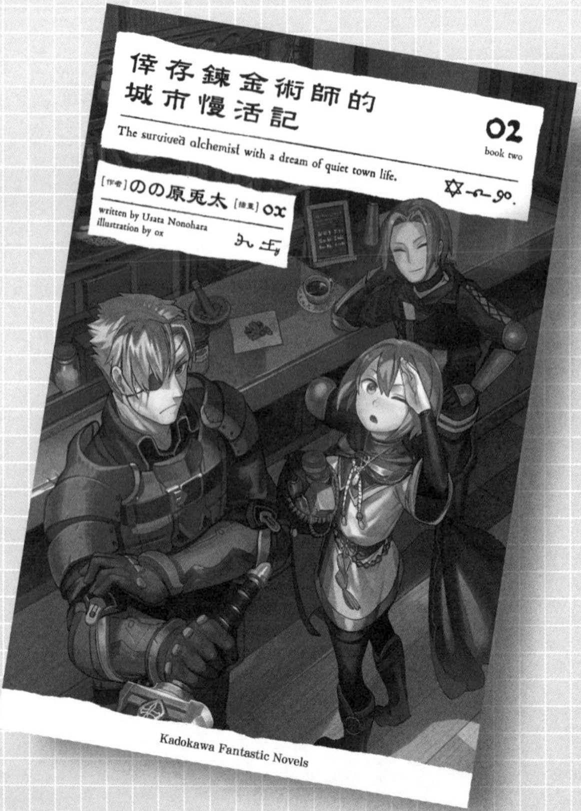

倖存錬金術師的城市慢活記 1~2 待續

Kadokawa Fantastic Novels

作者：のの原兎太　插畫：ox

隱藏於兩百年歲月之中的錬金術師祕密究竟是？
慢活型奇幻故事邁入新篇章！

兩百年後的世界，錬金術師少女瑪莉艾拉與奴隸青年吉克蒙德共同生活，透過與「迷宮都市」的人們邂逅，過著悠閒且平靜的日子——卻無從得知城市背後正在一點點地產生某種變化……「迷宮討伐軍」遭遇悲劇、「黑鐵運輸隊」成員察覺錬金術的存在……

各 NT$280~300/HK$93~98

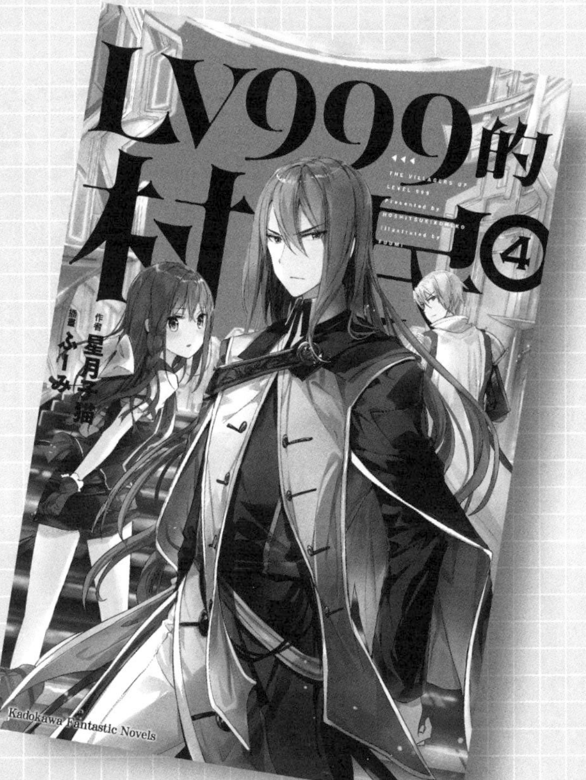

LV999的村民 1~4 待續

Kadokawa Fantastic Novels

作者：星月子猫　插畫：ふーみ

「你的覺悟只有這種程度而已嗎？」
揭開瀰漫世界的謎團，將付出重大的代價！

艾莉絲等人在新世界「厄斯」和鏡會合了。鏡一行人在目睹把怪物、異種族投放到世界，可能是在暗地裡控制「厄斯」的強敵之後，一步步地逼近蔓延世界的謎團真相。然而，敵人的魔手防不勝防，鏡一行人遭逢難以想像的背叛以及重大的喪失……

各 **NT$250~280/HK$78~85**

誰都可以暗中助攻討伐魔王 1~2 待續

Kadokawa Fantastic Novels

作者：槻影　插畫：bob

第一屆カクヨム網路小說大賽「奇幻部門」大賞！
殲滅鬼葛瑞格里歐·勒金茲，史上最糟糕的男人登場！

聖勇者、魔導師和劍士的等級太低，讓一直暗中相助的僧侶亞雷斯苦惱不已。聖勇者一行人來到尤提斯大墳墓，遇見了害怕的不死系魔物，但害怕神之敵人的聖勇者根本不該存在。此時，某個最不該讓他看到聖勇者這副難堪模樣的人居然出現了——!?

NT$250/HK$82~83

廢柴以魔王之姿闖蕩異世界 1~5 待續

Kadokawa Fantastic Novels

作者：藍敦　插畫：桂井よしあき

踏入魔族領地的凱馮等人
將與魔王阿卡姆決一死戰！

凱馮等人為了和蕾斯一起生活下去，去除她心中的憂患，踏入了魔族至上主義的領地，同時分頭採取行動。引發革命、潛入敵陣都是為了擊垮長年折磨蕾斯的元凶——自稱魔王的阿卡姆。凱馮等人的計畫能否順利達成呢？

各 **NT$220/HK$68~75**

打倒女神勇者的下流手段 1~2 待續

Kadokawa Fantastic Novels

作者：笹木さくま　插畫：遠坂あさぎ

莉諾VS聖女！熾熱的人氣競賽即將揭幕!?
可愛的魔族偶像更受歡迎？

擊退勇者之後，真一與魔族們過著和平的農耕生活。就在這時——來自新勇者「聖女」的最高級光魔法瞄準魔王而至。由於聖女在神官戰士環繞下，對真一的甜言蜜語充耳不聞，於是他請求魔王的女兒莉諾協助……這回要用下流手段偶像出道？

NT$200~220/HK$67~75

國家圖書館出版品預行編目資料

幼女戰記. 10, viribus unitis / カルロ.ゼン作；薛智恆譯. -- 初版. -- 臺北市：臺灣角川, 2019.09
面；　公分
譯自：幼女戦記. 10, viribus unitis
ISBN 978-957-743-220-9(平裝)

861.57　　108011448

Kadokawa Fantastic Novels

幼女戰記 10
Viribus Unitis

（原著名：幼女戦記 10 Viribus Unitis）

2019年9月26日　初版第1刷發行
2023年10月2日　初版第3刷發行

作　　者：カルロ・ゼン
插　　畫：篠月しのぶ
譯　　者：薛智恆

發 行 人：岩崎剛人
總 編 輯：蔡佩芬
編　　輯：邱瑧萱
美術設計：黃永漢
印　　務：李明修（主任）、張加恩（主任）、張凱棋

發 行 所：台灣角川股份有限公司
地　　址：104台北市中山區松江路223號3樓
電　　話：（02）2515-3000
傳　　真：（02）2515-0033
網　　址：www.kadokawa.com.tw
劃撥帳戶：台灣角川股份有限公司
劃撥帳號：19487412
法律顧問：有澤法律事務所
製　　版：巨茂科技印刷有限公司
ＩＳＢＮ：978-957-743-220-9